Sigue mi ritmo♥

AMY LEA

Sigue mi ritmo

Traducción de
Matuca Fernández de Villavicencio

PLAZA JANÉS

Papel certificado por el Forest Stewardship Council®

Título original: *Set on You*
Primera edición: mayo de 2023

Printed in Spain – Impreso en España

ISBN: 978-84-01-03097-0
Depósito legal: B-4224-2023

Compuesto en La Nueva Edimac, S. L.

Impreso en Unigraf, S. L.
Móstoles, Madrid

L030970

*Para todas las personas que raras veces
se ven representadas en los libros y las películas.
Para todas las personas que no encajan
en los cánones de belleza establecidos.
Os merecéis una gran historia de amor.
Todas nos la merecemos.*

Nota de la autora

Querido lector:

Muchísimas gracias por elegir mi primera comedia romántica, *Sigue mi ritmo*, como tu próxima lectura. Aunque este libro está escrito con un estilo humorístico, ligero y sarcástico, sería una negligencia por mi parte no advertir a mis lectores de los temas serios que explora: la gordofobia, el ciberacoso, las referencias al racismo, la cultura del fitness y la dieta, y el cáncer.

El viaje de Crystal como mujer china birracial *curvy* es una experiencia ficticia basada en mi propia visión del mundo como mujer canadiense de origen chino que creció en una comunidad predominantemente blanca.

No me cansaré de subrayar la importancia de describir a heroínas de todas las marginalizaciones que practican el amor a sí mismas y el positivismo corporal, sobre todo en las relaciones amorosas. Crystal no es una heroína que necesita aprender a quererse y respetarse porque ya lo hace. Dicho esto, este libro explora el matiz de que la autoestima no es algo tangible que obtienes y te acompaña siempre. Quererse todo el día, cada día, es un viaje individual con resultados muy diferentes para cada persona.

En *Sigue mi ritmo* he intentado no plasmar el lado malsano de la cultura del fitness. Crystal defiende el entrenamiento y el levantamiento de pesas como una más de las muchas herramientas que contribuyen a llevar un estilo de vida saludable y equilibrado, y no cuenta las calorías ni está pendiente de su peso. Sin embargo, puede que el tema de la cultura del fitness y el gimnasio genere malestar en algunos lectores.

Como expreso en la dedicatoria, este libro es mi carta de amor a todas aquellas personas que, como yo, a menudo no se ven representadas en los principales medios de comunicación. En una industria que carece de dicha representación no me tomo esta responsabilidad a la ligera y he consultado a lectores sensibles y beta mientras escribía la novela. Dicho esto, no soy perfecta y deseo recalcar que las experiencias ficticias aquí narradas no pretenden ser preceptivas ni específicas para una única comunidad o marginalización.

Con cariño,

AMY

1

Se supone que el gimnasio es el lugar donde me siento segura. El lugar donde me desestreso, recargo las pilas y reflexiono sobre misterios y enigmas varios, como por ejemplo: ¿tan ilusa era para creer que podía llevar la raya en medio allá por 2011?

Por eso me horroriza y me sorprende a partes iguales que mi tirita de Tinder, Joe, se haya subido a la cinta de correr a mi derecha.

Me preparo para un saludo tenso y torpe, pero, por fortuna, tiene toda su atención puesta en la pantalla táctil. Cuando la pulsa para aumentar la velocidad me llega un tufillo a *eau* de perro mojado. Echa una mirada poco sutil en mi dirección antes de apartarla.

Cierto que Joe Tinder tuvo el detalle de pedirme un Uber después de nuestro rollo de un cuarto de noche hace dos semanas, pero es mucha casualidad que hayamos acabado en el mismo gimnasio con todos los que hay en Boston. Me pregunto si no me habrá seguido. ¿Y si flipó conmigo en la cama? ¿Hasta tal punto que se puso en plan FBI, localizó mi gimnasio y orquestó un encuentro fortuito? Teniendo en cuenta mi presencia en las redes sociales, no es una idea tan descabellada.

Mi padre aprovecha cualquier oportunidad para advertirme de los peligros de publicar mi paradero en Instagram, temeroso de que me rapten y me vendan como esclava sexual igual que en *Venganza*. Con la diferencia de que mi padre no es Liam Neeson.

No posee «habilidades especiales», aparte de su legendaria receta de pollo con sésamo. Y siempre que Excalibur Fitness Center siga financiando mi membresía a cambio de promocionarlo en mi cuenta de Instagram, estoy dispuesta a correr el riesgo.

Joe Tinder y yo nos miramos de nuevo mientras me recupero de un sprint. Nos sostenemos la mirada dos segundos más de lo conveniente y observo que su pelo, peinado a lo banda de música juvenil, permanece sospechosamente intacto pese a sus zancadas de jirafa. Me haya seguido o no hasta aquí, mi primer instinto es huir.

Y eso hago.

Busco refugio en la Zona Gym Bro, donde se concentran los fanáticos de la musculación.

Como asidua del gimnasio, intercambio saludos de mentón con los demás usuarios. Los gym bros hinchados de esteroides deambulan alrededor de los bancos de pesas mientras engullen batidos proteicos de suero de leche como si estuvieran al borde de la deshidratación. Hoy llevan esas camisetas fosforescentes sin mangas que cuelgan exageradamente bajo los sobacos. Hay que reconocer que lo dan todo en sus rutinas diarias. Y después de ver mi cuerpo sudoroso y mi cara colorada en el espejo que va de pared a pared bajo las criminales luces fluorescentes, no estoy en condiciones de juzgar a nadie.

Un tío abierto de piernas sobre uno de los bancos gruñe exageradamente al dejar las mancuernas en el suelo con un fuerte golpe. Algo que me suele sacar de mis casillas, pero estoy demasiado ocupada contemplando una visión gloriosa para que me importe. Mi amada máquina de sentadillas está libre. Aleluya.

Este gimnasio tiene dos máquinas de sentadillas, y una está frente a la ventana. Goza de espectaculares vistas a una discoteca cutre al otro lado de la calle; se rumorea que es la tapadera de una banda de moteros asesinos. La luz natural es idónea para filmar mis entrenos, especialmente si la comparo con la otra opción: la máquina envuelta en penumbra junto al vestuario de hombres, el cual apesta a desodorante Axe.

La máquina de la ventana está lo bastante cerca del ventilador de tamaño industrial como para disfrutar de una brisa ligera que modere mi sudoración, pero no tan cerca como para que me dé una hipotermia. Además, se encuentra en el lugar perfecto para embobarte con la tele, que por razones que ignoro está cruelmente adscrita a Food Network. Adoro esta máquina de sentadillas como Madre Gothel adora el cabello mágico de Rapunzel. Me da vida. Vigor. Cuatro series de sentadillas y tendré un subidón de endorfinas para por lo menos un día entero fantaseando con que la fuerza de mis muslos aplasta el alma de un millar de hombres.

Embriagada por la idea, marco mi posesión de la máquina dejando el móvil y los auriculares en el suelo antes de dirigirme a la fuente. El hombre de la perilla, que luce bermudas de camuflaje y un walkman Sony de los noventa, se acerca al mismo tiempo que yo. Con un gesto de la mano, me invita a beber primero.

Le dedico una sonrisa.

—Gracias.

Me giro apenas tres segundos mientras bebo. Hidratada e impaciente por empezar mis sentadillas, me doy la vuelta y diviso una figura excepcionalmente ancha de hombros estirando justo delante de mi máquina de la ventana.

No he visto antes a este hombre, de lo contrario me acordaría de él. Supera con creces el metro ochenta y luce un cuerpo musculoso que llena su sencilla camiseta gris y sus shorts deportivos. Un rápido vistazo a sus enormes bíceps me indica que sabe moverse por un gimnasio. Tiene el rostro ensombrecido por una gorra de béisbol negra con un logo irreconocible. De perfil, la nariz muestra una suave protuberancia, como si se la hubiese roto alguna vez.

Me escurro por su lado para coger el móvil y me demoro unos segundos más de la cuenta para que capte el mensaje de que esa máquina está OCUPADA. No lo pilla. En lugar de eso, planta sus manazas en la barra al tiempo que junta las cejas en un gesto de intensa concentración.

O me está ignorando o realmente no ha reparado en mi presencia. El ritmo de su música es vagamente audible a través de los auriculares. No acierto a reconocer la canción, pero suena cañera, tipo heavy metal.

Carraspeo.

Ni se inmuta.

—Perdona —digo acercándome.

Cuando nuestras miradas se encuentran, pego un brinco y doy medio paso atrás. Sus ojos son de un verde bosque sorprendente, como una extensión de densos pinos sobre una neblinosa montaña inexplorada. No hablo por experiencia personal. Mi aproximación a la naturaleza salvaje se limita al canal Discovery.

La intensidad de sus ojos casi me hipnotiza, hasta que ladra un «¿Qué pasa?» y se quita a regañadientes el auricular derecho. Su voz es profunda, ronca y cortante, como si le estuviera incordiando. Se levanta la gorra, dejando al descubierto unos mechones ondulados de color rubio oscuro que se le ensortijan en el cogote. Me recuerda al pelo desgreñado de los jugadores de hockey, por el que te entran ganas de pasar los dedos. Y eso es justamente lo que hace. La garganta se me seca de inmediato cuando se alisa la densa mata con la mano antes de volver a ponerse la gorra.

Ignorando la sensación de vértigo en la parte baja de mi estómago, señalo con la barbilla mis auriculares desparramados a los pies de la máquina.

—Yo estaba primero.

Enarca una ceja con expresión gélida y me mira con desdén, como tienden a hacer los gym bros cuando las mujeres osan tocar lo que ellos consideran «su» equipo.

—No vi tus cosas.

Paso por alto su ninguneo y doy un paso al frente para reafirmarme en mi justa reclamación. Cuando estamos casi pecho contra pecho se cierne sobre mí como un mastodonte, lo cual resulta más intimidante de lo que esperaba. Aguardo a que recule, que vea lo errado de su proceder, que comprenda que está comportándose como un capullo, pero ni siquiera parpadea.

Tragándome el nudo de la garganta, recupero la voz.

—Solo me quedan unos minutos. Podríamos turnarnos.

Se hace a un lado. Por un momento creo que va a marcharse. Me dispongo a darle las gracias por su comprensión… cuando, tensando los bíceps contra la tela de su camiseta, carga un extremo de la barra con un disco de veinte kilos.

—¿En serio? —Me llevo las manos a las caderas y clavo la mirada en sus labios suaves y carnosos, que contrastan con el severo contorno de su rasposa mandíbula.

—Oye, entro a trabajar dentro de media hora. ¿No puedes utilizar la otra máquina? Es gratis. —Mientras equilibra la máquina con otro disco apenas se digna mirarme, como si fuera poco más que una mosca cojonera.

Yo me tengo por una persona considerada. En los cruces hago señas a los coches para que pasen aunque tenga prioridad. En el ascensor, tal como me enseñaron mis padres, siempre insisto en que los que tengo delante salgan primero. Si se hubiese mostrado educado, medio amable o incluso mínimamente pesaroso, es posible que le hubiese cedido la máquina. Pero no es nada de esas cosas y estoy molesta.

—No —digo por principios.

Aprieta la mandíbula al tiempo que descansa los brazos en la barra. La manera en que se inclina, con toda su anchura y corpulencia, es un gesto puramente territorial. Encoge los hombros con indignación.

—Pues no pienso moverme.

Iniciamos un concurso de a ver quién pestañea antes en medio de un silencio roto solo por la voz lejana de Katy Perry, que canta que es «una bolsa de plástico mecida por el viento» a través del hilo musical del gimnasio, y los resoplidos de un hombre en la prensa de piernas a menos de un metro de nosotros. Noto los ojos secos y escocidos debido a mi negativa a parpadear, y la intensidad de su mirada no da muestras de fatiga.

Cuando Katy Perry se calla y es reemplazada por un anuncio de Excalibur Fitness, suelto un medio suspiro, medio gruñido. No vale la pena malgastar mi energía con este tío. Recojo los auriculares del suelo y, pisando fuerte, me dirijo a la máquina de sentadillas menos apetecible, no sin antes lanzarle una última mirada de odio.

11.05 — PUBLICACIÓN DE INSTAGRAM: «GILIPOLLAS QUE SE CREEN LOS AMOS DEL GIMNASIO» DE **CURVYFITNESSCRYSTAL**:

En serio: esta mañana un imbécil arrogante con un pelo más bonito que el mío me robó sin piedad mi máquina de sentadillas. ¿Quién hace algo así? Si tú eres culpable de un delito igual, es que ESTÁS FATAL.

No lo conozco personalmente (ni ganas), pero me pareció de esas personas que odian a los cachorros y los placeres en general. Ya sabéis a quiénes me refiero. El caso es que acabé volcando toda mi rabia en mi entrenamiento mientras escuchaba a todo volumen mi canción del momento, «Fitness» de Lizzo (creedme, esta canción es la caña).

Últimos pensamientos: la mayoría de las personas que frecuentan el gimnasio no son gilipollas. Lo prometo. El 99% son atentas y respetuosas, incluso los gym bros hinchados de esteroides! Y si te topas con ese desafortunado 1%, evítalas. Nunca les cedas el poder sobre ti o tu sesión de entrenamiento.

Gracias por escuchar mi TED Talk.

Crystal

Comentario de **xokyla33**: Así se habla! Cuánta razón tienes! Tú a lo tuyo!   ♡

Comentario de **_jillianmcleod_**: Por eso no me siento ♡
cómoda entrenando en el gimnasio. Prefiero entrenar
en casa.

Comentario de **APB_rockss**: Promueves aceptar tus ♡
curvas/talla pero te pasas la vida entrenando en el
gimnasio? Pedazo de hipócrita.

Respuesta de **CurvyFitnessCrystal: @APB_rokss** ♡
En realidad entreno una hora al día. Dedicarte cada
día un rato, ya sea en el gimnasio, dando un paseo
o disfrutando de un baño de espuma, es sumamente
beneficioso para todos los aspectos de la vida, incluida
la salud mental. Además, puedes amar tu cuerpo e ir al
gimnasio. Una cosa no excluye la otra.

Después de la incoherente bronca de ayer en Instagram me di
un muy necesario baño de espuma introspectivo. Mi respuesta a
la persona que me llamó hipócrita desató sin querer un debate
de proporciones épicas entre mis leales seguidoras y mis haters.
Yo procuro no hacer caso a los troles, pero después de la experiencia con Robamáquinas y dos copas de merlot, me sentía un
pelín combativa. Sentimiento que ha ido a más en los últimos
meses.

Llevo siete años luchando por derribar los estereotipos gordofóbicos en la industria del fitness. He obtenido doscientas mil
seguidoras en Instagram basándome en el mensaje del amor a
una misma independientemente de la talla. El drama de que soy
«demasiado grande» para ejercer de entrenadora personal pero
«no lo bastante grande» para representar a la comunidad *curvy*
es habitual en la sección de comentarios. No existe un punto
intermedio.

La humillación corporal y los ocasionales insultos racistas
han aumentado con el incremento de mi número de seguidoras.

A fin de mantener un mensaje positivo he ignorado los comentarios de los haters. La verdad es que yo amo mis curvas. La mayor parte del tiempo. Soy humana. De tanto en tanto los troles consiguen atravesar mi armadura. Cuando eso ocurre, me concedo un periodo de autocompasión, tras el cual les hago un corte de mangas en forma de foto sexy (de cuerpo entero, por supuesto).

Sin embargo, anoche, en algún momento antes de que mi bomba de baño irisada se disolviera por completo, se me ocurrió que probablemente a mis seguidoras les dolían los comentarios tanto o más que a mí. Si quiero mantenerme auténtica y fiel a mi plataforma de positivismo corporal, quizá haya llegado el momento de manifestarme.

El entreno de hoy es el momento perfecto para cavilar sobre mi estrategia.

Pero, para mi desgracia, Robamáquinas ha vuelto por segundo día consecutivo. Está haciendo estiramientos en la Zona Gym Bro. ¿Por qué ha de tener unos cuádriceps tan magníficos?

Cuando cruzo el torniquete, se vuelve hacia mí entornando los párpados. Su expresión pasa de neutra a marcar un ceño profundo, como si mi mera presencia le hubiese arruinado el día.

Lo miro de soslayo antes de dirigir mi falsa atención a las frases motivadoras que cubren la pared con letras en negrita: «No hay cambio sin desafíos».

Evitarle mientras entreno me resulta más difícil de lo que esperaba. Allí donde voy, invade mi visión periférica, ocupando el espacio con su cuerpo gloriosamente musculado.

Esta mañana, al despertarme, se me pasó por la cabeza que Robamáquinas quizá sea nuevo en Excalibur Fitness y no haya pillado aún el concepto de urbanidad dentro del gimnasio. Estaba decidida a concederle el beneficio de la duda. Puede que ayer, sencillamente, tuviera un mal día. Tal vez se pasó la noche mirando al vacío, presa del remordimiento. La de veces que he entrenado yo para descargar mi rabia.

Todas esas posibilidades se vienen abajo cuando Robamáquinas decide competir conmigo en la bicicleta de crossfit contigua. Cuando lo pillo echando un vistazo a mi pantalla, conecto con mi Ángel de Charlie interna y acelero todo lo que puedo.

Al alcanzar la marca de veinte calorías ambos paramos y resoplamos encorvados sobre el manillar. Seguro que mi maquillaje «no-maquillaje» se ha derretido por completo, y estoy viendo estrellitas. Pero el esfuerzo ha merecido la pena: le he ganado por 0,03 kilómetros, nada menos. Robamáquinas echa humo cuando lee mi pantalla. Incapaz de soportar mi victoria, hace un mohín y se larga pitando a las máquinas.

Media hora después declaro la situación oficialmente irreparable cuando le veo alejarse de la prensa de piernas sin molestarse en secar el asiento. Las cavernas más oscuras del infierno están reservadas para aquellos que no limpian las máquinas después de usarlas.

Obligada a manifestarme en nombre de los clientes del gym que acatan las normas de higiene, dejo mis mancuernas y voy derecha hacia él.

Está haciendo dominadas sin el menor esfuerzo. Me detengo en seco, boquiabierta, cautivada por los músculos marcados tensándose con cada movimiento.

Tiene un aire a Chris Evans, pero con el pelo más largo y ondulado. Ignoro si son los hoyuelos o el destello de sus ojos entrecerrados, pero posee un punto aniñado que hace que parezca vagamente accesible cuando no me está fulminando con la mirada.

Cuando me pilla mirándole embobada como una admiradora sedienta de una selfi, hace una pausa suspendido de la barra.

—¿Qué tal las vistas desde ahí abajo?

Estoy en un tris de responder «impresionantes», porque es verdad y porque está en mi naturaleza elogiar a la gente. Así me gano la vida. Pero lo último que necesita este tío es un chute de autoestima.

Recurro a la expresión severa de mi madre cuando se siente decepcionada con mis elecciones de vida y dibujo una línea recta con los labios. Acto seguido, le tiendo una servilleta de papel, generosamente rociada de desinfectante para su comodidad, por supuesto.

—¿No has olvidado nada?

Parpadea.

—No, que yo sepa.

—Olvidaste limpiar la prensa de piernas.

Cuando sus ojos se posan en la servilleta de papel que mis dedos pellizcan como si hubiese sido sumergida en ácido sulfúrico, se suelta de la barra y aterriza en el suelo con suavidad.

—¿Estás haciendo un seguimiento de mi entreno?

—No —digo un tanto a la defensiva—, pero tienes que limpiar las máquinas cuando terminas. Es una norma del gimnasio. A la gente no le gusta tocar tu sudor.

Qué repipi, por Dios. Solo me falta un corte bob angular tipo me-gustaría-hablar-con-el-director. Pero no puedo echarme atrás ahora. De hecho, me reafirmo señalando el letrero que hay en la pared de la derecha, el cual reza: «Se ruega limpien las máquinas después de usarlas».

Ni un vistazo le echa. En lugar de eso, se me queda mirando con los brazos cruzados sobre su amplio torso.

—No he terminado con la máquina. ¿No conoces las superseries? Es la ejecución continuada y sin descanso de dos ejercicios…

—¡Sé qué es una superserie! —le corto.

Al comprender que le he reprendido injustamente me sube un calor intenso desde el vientre hasta las mejillas. Qué vergüenza. Tierra, trágame, trágame ya. Puede que esto sea un castigo divino por meterme donde no me llaman.

Me obsequia con una sonrisita de suficiencia y regresa todo ufano a la prensa de piernas para otra serie.

Como si esta dolorosa interacción no hubiese tenido lugar, me alejo discretamente para filmar mi tutorial de entrenamiento de espalda en la máquina de poleas y cables. Es la ocasión perfecta para mostrar mi patrocinada ropa deportiva resistente al sudor.

Estoy grabando una serie de diez remadas con cable cuando Robamáquinas se materializa de repente. Decide estacionar su inmenso cuerpo justo delante de la cámara, bloqueando la toma. Invadida por una furia silenciosa, pierdo la concentración y ya no recuerdo si llevo dos remadas o diez.

Se apoya indolente en la máquina con una sonrisa de chulito que empiezo a pensar que forma parte de su cara en reposo.

—¿Qué? —le pregunto entre dientes, irritada ante la idea de tener que volver a grabar todo el bloque.

Se saca una servilleta de papel de la espalda y la columpia delante de mi cara.

—Toma, para que no se te olvide limpiar el asiento.

Su tono sarcástico combinado con su mueca burlona me dice que no hace esto por amabilidad. Se trata de un acto hostil destinado a cimentar nuestra rivalidad.

Sin darme tiempo a formular una respuesta mordaz, suelta la servilleta en mi regazo y se dirige con desenfado a los vestuarios.

2

Robamáquinas ha honrado a Excalibur Fitness con su arrogante presencia por tercer día consecutivo. Le he nombrado oficialmente mi archienemigo de gym.

No llevo aquí ni media hora y ya estoy imaginando que le rocío «sin querer» con un botella de desinfectante.

Todo comenzó con un desafortunado encuentro en la entrada. Robamáquinas nos sostuvo la puerta a mí y a otra clienta como si de repente se hubiese transformado en un galante caballero. Mirándolo extrañada, la crucé con cautela después de él, tratando de no admirar su culo musculado más allá de un perturbador segundo.

Resultó que mi escepticismo sobre su caballerosidad estaba justificado. Por lo visto, Robamáquinas solo es capaz de un acto de amabilidad al día, porque quince minutos después me cortó el paso en la fuente, donde procedió a llenar con toda parsimonia su gigantesca botella de agua. Hasta el borde.

Tras colarse sin el menor escrúpulo, se transformó en una versión vagamente más sexy de Superman y corrió hasta el banco de pesas para socorrer a Patty, una asidua del gym entrada en años que jamás pierde la ocasión de quejarse a quien tiene cerca de los defectos varios del gimnasio (la temperatura «glacial», la música «macarra» y la falta de «ambiente»). Cuando Robamáquinas le obsequió con una sonrisa angelical semiauténtica después de salvarla de ser aplastada por una pesa, casi me caigo de espaldas. ¿Será que este hombre sufre un trastorno de doble personalidad?

Desvío mi atención de ese ser egocéntrico pero sumamente desconcertante y la devuelvo a Mel, mi nueva clienta presencial. Estamos intercambiando historias de terror durante un breve descanso tras finalizar un circuito de bíceps y tríceps.

—Un tío se tiró meses enviándome fotos de su polla después de que yo publicara una foto mía en biquini. —Tuerce el gesto, asqueada por el recuerdo, mientras me enseña su foto en el móvil.

Me inclino fingiendo interés, haciendo ver que no he fisgoneado su cuenta desde 2012. La foto está bien encuadrada. Mel aparece sonriente, con la mirada perdida, la exuberante mata de bucles de tenacillas caída sobre un hombro y las piernas colgando de lo que semeja la piscina de una azotea solo para gente guapa. Luce un biquini rosa Barbie brillante.

Mel es de las pocas influencers de belleza y moda de Instagram que no tiene una 32. Todas sus fotos están cuidadosamente enmarcadas contra el fondo de su ultramoderno apartamento blanco y muestran centros de flores frescas en colores pastel y brunches de lujo semanales. Durante años se ha mostrado reacia a apuntarse al gimnasio debido a una lesión en la rodilla provocada por los tacones, pero me solicitó un plan para ganar músculo tras descubrir que las dos vivíamos en Boston.

Conectamos enseguida. Las dos tenemos veintisiete años. Las dos somos chinas, si bien ella es adoptada y yo soy medio irlandesa. Las dos somos defensoras acérrimas del movimiento de positivismo corporal. Además, compartimos una obsesión sin tapujos por los *reality shows*, en particular por *Amas de casa reales*.

—La verdad es que estás impresionante, aunque eso no justifica las fotos de las pollas. —Echo un vistazo al disparatado número de likes de la foto.

Mel se aparta una gota de sudor solitaria de la frente con su impecable uña acrílica antes de continuar con su historia.

—Era la cosa más rara que había visto en mi vida. Estaba doblada... totalmente torcida hacia un lado. Como un gancho.

—¿Un gancho? —pregunto con un gritito de espanto.

—Como el mango de un paraguas, Crystal, no te exagero. ¿Crees que los penes pueden romperse?

Estoy a punto de responderle que no tengo ni idea, junto con una perorata de que las fotos de pollas son siempre feísimas, ganchudas o no, cuando Robamáquinas se instala en el banco de al lado.

Tiene los labios curvados hacia arriba con regocijo, lo que me deja alucinada, pues no sabía que los canalizadores del espíritu de Darth Vader eran capaces de disfrutar. Me pregunto qué ha oído de nuestra conversación penil.

Después del caso Servilleta de Papel me prometí que dejaría de estresarme por este desconocido chulito digno de un buen sopapo. No obstante, me cuesta más de lo que esperaba ahora que lo tengo tan cerca, llenándome la nariz con su delicioso olor a ropa recién lavada y atrayendo mi atención hacia lo divino que está con su sudadera granate y su gorra de béisbol.

Me pregunto si Robamáquinas es de los que envían fotos de pollas no solicitadas. En cuanto detecto ese pensamiento delirante, lo destierro a los inhóspitos rincones polvorientos de mi mente. ¿Por qué estoy pensando en su pene?

«Ya sabes lo que dicen sobre los pies grandes...».

Nos miramos con mutuo desprecio mientras bebe un largo trago de su botella de agua. Lo siento como un desafío en el que persisto antes de desviar la vista. «Crystal, ponte zen. Canaliza tu paz interior».

Me concentro de nuevo en Mel, que le hace un repaso con curiosidad.

—Bien —digo aclarándome la garganta para diluir la tensión—, ahora nos toca trineo de resistencia.

Mel hace una mueca de disgusto. La última vez que le asigné el trineo de resistencia tuvo arcadas y hasta las pestañas postizas le sudaban.

La jaleo por el pasillo mientras resopla, jadea y farfulla palabrotas con cada fatigosa zancada. Aguardo a que empiece la vuelta, pero titubea.

—Parece que no podré terminar la serie. —Señala alegremente a Robamáquinas, que está haciendo estocadas con mancuernas justo en mitad del paso. Del paso de Mel. ¿Quién se ha creído que es?

Mi boca está abierta de par en par, como la de una madre de anuncio que no puede creer que el detergente haya acabado con la obstinada mancha de salsa de tomate de su blusa blanca.

—Lo siento. Dame un minuto —mascullo.

Salgo disparada hacia Robamáquinas y bloqueo su intento de esquivarme.

—¿Es que no nos has visto hace un momento? Estábamos justo aquí.

Señalo como una loca a Mel, quien, sentada en el trineo, nos observa con sumo interés.

Sin decir palabra, Robamáquinas sigue sorteándome como si yo fuera un obstáculo pasajero, un mero bache en la carretera. Estoy en un tris de llamarlo capullo arrogante, pero me muerdo la lengua y me largo para mantener la ilusión de profesionalidad delante de mi clienta.

—¿Qué ocurre? —me pregunta Mel cuando, de mala gana, giro el trineo hacia un pasillo menos idóneo.

—Ese tío no para de tocarme las narices.

Le lanzo una mirada asesina, aunque ni se da cuenta. Está en mitad de una estocada, con su cara de chulito roja por el esfuerzo, sin lamentar en lo más mínimo el trastorno que me hace, como haría cualquier ser humano decente.

Mel enarca sus cejas perfectamente perfiladas.

—Antes, cuando estábamos hablando de pollas, te hizo un repaso de arriba abajo.

—Estaría tramando cómo asesinarme.

—O desnudándote con los ojos.

Si alguien me hubiese sugerido tal cosa hace unos años, habría expresado enseguida mis dudas. Pero ahora, tras años de trabajar la confianza en mí misma, ni me inmuto.

Pese a practicar deporte toda mi vida, nunca he tenido un cuerpo de atleta. Heredé los genes de mi madre: constitución grande y musculosa, muslos gruesos, pecho generoso y un buen trasero; lo opuesto a mi hermana mayor y mi familia por parte de padre, donde todos son delgados y menudos. Dada mi genética, no puedo aspirar a un porcentaje bajo de grasa corporal. Aceptar ese hecho y llegar hasta donde estoy me ha llevado su tiempo. Ahora me concentro exclusivamente en desestigmatizar y desmitificar el gimnasio para esas personas que quizá sientan que no es su lugar. Doy prioridad al objetivo de la confianza personal, no al déficit de calorías y menos aún al número que aparece en la báscula.

—Mel, solo tres vueltas más —le ordeno inflexible, cambiando por completo de tema—. Un sprint final antes de nuestra noche de chicas.

El magnífico plan de esta noche, ver una comedia romántica de Netflix con mi hermana Tara, es justo lo que necesito después de tanto mal rollo en el gimnasio y en Instagram.

Robamáquinas permanece en mi visión periférica mientras sigo a Mel por el pasillo. Se apoya en una máquina para recuperar el aliento. Cuando me vuelvo hacia él, me obsequia con una sonrisita petulante.

Estaba decidida a comportarme como una persona madura. En serio.

Pero después de darle vueltas a lo del robo del pasillo cuando Mel se marchó del gimnasio, solo era capaz de visualizar la expresión arrogante de Robamáquinas. La misma que exhibía cuando se me coló en la fuente y cuando agitó la servilleta de papel delante de mi cara.

Yo he sido una pardilla durante buena parte de mi vida. En el colegio dejaba a las otras niñas elegir primero entre mis propias Barbies (yo acababa con Ken el noventa y cinco por ciento de las veces). En las fiestas de cumpleaños temáticas era relegada a la Spice Girl menos popular (la Spice Pija). En el instituto siempre dejaba que los vagos me copiaran los deberes dos segundos antes de entrar en clase. Para colmo, me faltaba el empuje necesario para decir lo que pensaba o exigir algo a cambio.

Cuando descubrí el gimnasio y la comunidad fitness en la universidad, me juré que todo eso iba a cambiar. Aquí, en el gimnasio, no soy un felpudo. Soy fuerte y competente. No permito que nadie me pisotee, y aún menos este desconocido exasperante y tremendamente sexy.

De modo que cuando Robamáquinas se olvida el móvil en la esterilla al pasar al banco de pesas, no siento la obligación moral de devolvérselo de inmediato. Es bastante probable que me pase la noche acosada por la culpa y el arrepentimiento, pero luego me digo que se lo ha ganado a pulso. Estaba escrito que yo iba a saltar un día u otro. Se merece sufrir un poco.

Me imagino huyendo con su móvil hacia la puesta de sol en una camioneta y riendo como una chiflada mientras piso el acelerador. Hasta que recuerdo que no soy una delincuente, que soy una mujer de principios. Y por eso mismo dejo el móvil temporalmente en el abarrotado estante, entre cuerdas de saltar, cables de enganche y accesorios varios, solo para evitar que acabe aplastado por la zapatilla de alguien.

Satisfecha con mi buena obra, coloco mi móvil en el trípode y me pongo a filmar mi última rutina de abdominales inferiores, la cual comprende giros sentada, patadas de tijera y suficientes elevaciones de piernas para dejar fuera de juego a Jillian Michaels.

Voy por la mitad de la rutina cuando una figura corpulenta se cierne sobre mí.

Es él.

Se arrodilla en la esterilla apretando los labios y disparándome rayos láser con sus brillantes ojos verdes. Desde este ángulo tengo un primer plano de la curva de sus pestañas. Son indecentemente largas y frondosas para alguien del género masculino.

Está tan cerca que su aroma a ropa limpia mezclado con testosterona me anula los sentidos. El olor a sudor suele echarme para atrás, pero en él resulta casi adictivo. Contengo el deseo de aspirarlo como una drogadicta.

—¿Qué has hecho con mi móvil? —me pregunta con calma mientras mis piernas caen sobre la esterilla. Me ha fastidiado el vídeo. Otra vez.

Adopto la expresión de linda granjerita con ojos de cervatillo. Incluso añado un parpadeo lento e inocente para darle un efecto dramático.

—No sé de qué me hablas. —Me pongo de rodillas para situarme a su altura, lista para una confrontación.

No se ha tragado mi numerito.

—Sé que lo has cogido. Me lo dejé aquí hace cinco minutos.

—En este gimnasio hay gente que roba cosas. Como máquinas de sentadillas, por ejemplo. ¿Por qué crees que lo he cogido yo?

—Porque... —Cual inspector de homicidios que no está para hostias, sus ojos se pasean por mi rostro buscando indicios de debilidad—. Estás sonriendo. Te cuesta respirar. Y me evitas la mirada.

El engaño, por justificado que esté, nunca ha sido uno de mis fuertes, aunque en realidad no le haya robado el móvil. Para mantenerlas ocupadas, me llevo las manos atrás y me ajusto el moño.

—Oye, Nancy Drew, intento grabar un tutorial. ¿Te importa?

Estoy a punto de ceder y señalar el estante donde dejé su teléfono cuando me distrae el aleteo de su mirada hacia mi móvil, que sigue grabando. Con un movimiento rápido, lo saca del trípode y se lo mete en el bolsillo de los shorts.

Me abalanzo hacia él pero es demasiado tarde. Mi móvil ha desaparecido en las profundidades de sus partes nobles.

—¡Oye! ¿Qué demonios haces?

Sus labios se curvan con una sonrisa de satisfacción.

—No pienso devolvértelo hasta que me digas qué has hecho con mi móvil.

No permito que su cautivadora sonrisa me desvíe de mi objetivo. Esto es una guerra. No pienso transigir.

—Necesito mi móvil.

—Y yo el mío —responde con calma.

—¿Para qué? ¿Para Tinder?

Pues sí, también puedo ser un pelín hipócrita. De hecho, Joe Tinder está en la cinta de correr mientras hablamos.

—No, para cosas importantes.

—Yo utilizo el mío para cosas importantes. Soy fitstagrammer.

No tengo ni idea de qué me ha llevado a desvelar mi profesión. Podría utilizarlo contra mí. O, peor aún, pitorrearse. Estoy esperando que suelte un resoplido burlón o me mire de arriba abajo, incapaz de entender cómo alguien como yo puede considerarse capacitada para dar consejos de fitness.

Pero no lo hace. Su mirada permanece imperturbable.

—Yo también necesito mi móvil para trabajar.

Estoy tentada de preguntarle a qué se dedica. Imagino que a algo físico. Tal vez sea leñador. O el doble de acción de Capitán América. O puede que un modelo de ropa interior de esos que ponen morritos y aparecen en blanco y negro en una valla publicitaria de Times Square. Aunque no es lo bastante guapo para ser modelo. Por el pelo ondulado quizá sea jugador de hockey semiprofesional.

Basándome en un escrutinio poco sutil, llego a la conclusión de que no es de esos gym bros que se saludan con un golpe de puño y llevan camisetas fosforescentes sin mangas. Calculo que tiene unos años más que yo, entre veintilargos y treinta y pocos.

—¿Seguro que lo necesitas para trabajar? —le pregunto en un tono desafiante, tomándome su cara de irritación como un logro personal.

Asiente con sequedad.

—¿Cuestión de vida o muerte?

Para mi sorpresa, responde «Sí» con total naturalidad. Ahora me muero por saber a qué se dedica. Pero jamás se lo preguntaré.

—Pues demuéstralo.

—¿Cómo?

—Dejando de robarme cosas. Las máquinas, el espacio en el pasillo, mi puesto en la cola de la fuente. —Abarco el gimnasio con un gesto de la mano.

Resopla burlón.

—¿Se te ha ocurrido que yo también podría necesitar las máquinas o el espacio en el pasillo? El gimnasio no es tuyo. —Nos sostenemos la mirada un par de segundos—. Está bien, te devolveré el móvil si tú me devuelves el mío. Lo haremos al mismo tiempo.

Asiento y me levanto para desenterrar el teléfono del estante que tengo a un metro de mí.

—Que conste que pensaba devolvértelo antes de que te marcharas.

Al ver su móvil pone los ojos como platos. Imagino que se alegra de que no se lo haya tirado por el retrete, lo que, a decir verdad, se me pasó por la cabeza.

Columpio el móvil a la altura de mi pecho pero lo aparto antes de que tenga la oportunidad de arrebatármelo.

—¿A la de tres?

Asiente con el mentón.

—Una, dos, tres…

Robamáquinas me arranca su móvil de los dedos al tiempo que sostiene el mío fuera de mi alcance.

Traidor. Este tío es capaz de romper un pacto, y eso es sagrado. Tiene cero principios.

—¿Estás de coña? —le gruño—. Teníamos un trato.

Esboza una sonrisa de labios cerrados.

—Dime cómo te llamas.

—En el gimnasio no desvelo mi nombre a desconocidos.

Cuando da un paso al frente, cerrando el espacio entre nosotros, la sangre me sube directa a la cabeza y me aporrea los oídos.

Baja un poco mi móvil, lo que me permite echarle una rápida ojeada a la pantalla. Todavía está en modo vídeo, el cual es interrumpido por una ráfaga de notificaciones de Instagram. Cuando aparece mi nombre de usuaria, Robamáquinas sonríe de oreja a oreja.

—Crystal.

Al oírle pronunciar mi nombre con esa voz profunda, suave y sensual, las rodillas me fallan y casi me fundo con el suelo.

Aunque mido un metro setenta y tres y no se me puede considerar baja, mis frenéticos esfuerzos por recuperar el móvil fracasan. Con el brazo extendido, Robamáquinas lo sostiene casi a un metro fuera de mi alcance.

Suelto un gemido.

—Vale, ya sabes cómo me llamo. ¿Contento? Ahora devuélveme el móvil.

Puedo ver suficiente trozo de pantalla para reconocer que acaba de entrar un mensaje de Tinder.

Los ojos se le iluminan mientras lee en alto:

—Zayn quiere saber si te apetece un Netflix con chill... —Escruta la pantalla como si quisiera confirmar las palabras—. *Chillaxing.*

—¡No respondas! —Me abalanzo hacia el teléfono pero lo aleja aún más.

Necesito conservar la poca dignidad y el control que me quedan. En realidad no conozco a Zayn. Es un match de Tinder que deslicé a la derecha porque se parecía a Dev Patel en las fotos (de infarto). Pero habiendo utilizado la palabra *chillaxing*, probablemente sea un «No» automático.

Robamáquinas semeja un villano de Marvel a punto de aniquilar la Tierra y a todos sus habitantes.

—Voy a pedirle que defina lo de «Netflix con *chillaxing*».

Sospecho que, como el psicópata que es, está disfrutando con mi desesperación. De hecho, es posible que lo esté alentando, que le provoque algún tipo de subidón, así que cambio de táctica.

—Adelante.

Mi tono es firme. Transmite confianza, aun cuando lo último que quiero es que un extraño vengativo envíe mensajes embarazosos en mi nombre.

Por desgracia, el tiro me sale por la culata. Robamáquinas teclea el mensaje y, con gesto triunfal, pulsa «Enviar» y gira el móvil hacia mí para demostrar que lo ha enviado.

—Doy por hecho que conoces la rutina Netflix-con-chill —digo.

—¿Eso crees?

—Sí.

Niega con la cabeza.

—En absoluto. Además, para ligar yo buscaría una estrategia mucho mejor.

Resoplo.

—Lánzame tu mejor flecha.

Sonríe y se acaricia la definida mandíbula, haciendo ver que está pensando.

—Bueno, las guerras de GIF siempre funcionan. O puede que recurriera a un chiste clásico.

—¿Un chiste clásico? ¿Como cuál?

Se acoda en la máquina que tenemos al lado.

—Vale…. ¿Lista para flipar?

Lo miro impávida.

Relaja todo el rostro y su semblante pasa de Robamáquinas a Hombre-encantador-con-sonrisa-cautivadora ante mis propios ojos. Tiene los dientes blancos y brillantes, si bien una de las paletas está ligeramente torcida, lo que lo hace un poco más humano. Las orejas también sobresalen un pelín, pero eso solo contribuye a su falso encanto.

—¿Eres un préstamo bancario? Porque tienes todo mi interés.

Mantengo la expresión pétrea para no darle ni un ápice de

satisfacción. El chiste no puede ser más malo, pero el modo en que lo cuenta, tan serio, resulta casi adorable. En cuanto me asalta ese pensamiento, me propino un bofetón mental.

Prueba de nuevo.

—¿Eres mi apéndice? Esta sensación en el estómago hace que me entren ganas de invitarte a salir.

Me duele la barriga de contener la risa. Esto es un entrenamiento de abdominales en toda regla.

—Malos no, lo siguiente. Espero que no los hayas utilizado con una mujer de carne y hueso.

Se lleva la mano al pecho, haciéndose el ofendido.

—Son los mejores que tengo. —Echa un último vistazo a mi pantalla y columpia mi teléfono a la altura de su pecho—. Zayn ha contestado... con un guiño —dice inexpresivo, tendiéndomelo.

Rauda como una ninja, agarro el móvil antes de que cambie de opinión y lo secuestre para siempre.

—¿Cómo te llamas? —Las palabras escapan de mi boca antes de darme cuenta de lo que estoy diciendo. ¿Qué me importa su nombre oficial? Robamáquinas le va que ni pintado.

Aguardo su respuesta conteniendo la respiración.

Divertido, abre la boca pero no dice nada. En lugar de eso, gira sobre sus talones y se aleja a grandes zancadas.

♥ 3

Gracias por dejar que me quede esta noche —me dice Mel, instalada a mi lado en el suelo de la sala de estar con un pijama de seda de Ted Baker que probablemente cuesta más que mi sofá.

Tara se arroja sobre nosotras en el colchón inflable, vestida con la camiseta de TEAM PETER KAVINSKY que ella misma ha estampado con la plancha.

—Vale, pon *A todos los chicos*. Mi cuerpo está preparado y listo.

Nos lanza un tubo grande de Pringles.

—¿En serio, Tara? ¿Sabor original?

Me lo tomo como una afrenta personal. Hete aquí por qué no dejo que mi hermana elija los snacks.

Fulminándome con la mirada, reclama los Pringles y los abraza contra su pecho como si quisiera protegerlos de mis duras palabras.

—Los originales son los mejores, gracias.

—Si te gusta el sabor a cartón salado —replico.

Tara resopla.

—Lo dice la que cree que los pretzels son comparables a las patatas fritas. —Se vuelve hacia Mel y su trenza francesa me abofetea la mejilla—. Es una de esas criaturas pretzel —le susurra a modo de confidencia, mirándome como si perteneciera a una extraña raza de personas topo que se rumorea que moran en los túneles del alcantarillado.

Mel asiente muy seria, como si entendiera.

Propino a mi hermana un puntapié en la espinilla.

—Me niego a tolerar semejante calumnia.

Tara finge aullar de dolor un par de segundos y luego se embarca en un enrevesado relato sobre el último fulano del que supuestamente «se enamoró». Lo conoció en el ascensor del hospital en el que trabaja. Al parecer, tenía potencial de alma gemela. Lo sabe porque el tipo le dio un Werther's Original y le dijo que le gustaba su bata de flores antes de bajarse en su planta.

—¿Te dio un tofe? ¿Seguro que no era un vejete desdentado? —pregunta Mel.

—No tenía más de treinta —replica Tara a la defensiva.

—Por Dios, podría haberte drogado —gimo.

Nuestra noche de chicas acabó convirtiéndose en una fiesta de pijamas después de que el hermano de Mel, de diecinueve años, insistiera en montar un fiestorro en su apartamento. Para echarse a temblar, una pandilla de universitarios manchando el impecable sofá blanco de Mel, un imprescindible en la mayoría de sus fotos de Instagram.

Mi apartamento, a diferencia del de Mel, no es blanco y moderno. Es un parque de bomberos reconvertido, con paredes de ladrillo visto y muebles con atrevidos estampados de vivos colores, casi todos restaurados por mamá y por mí. Repintar y retapizar piezas antiguas se convirtió en nuestra obsesión el verano previo a mi graduación. A día de hoy todavía exploro mercadillos privados, rastrillos y tiendas de decoración a la caza de objetos que decididamente no necesito.

Lo mejor de mi apartamento es la barra de bomberos original que desciende desde la buhardilla abierta, que hace también de habitación de Tara, hasta la espaciosa zona de estar. Con la mesita de centro arrimada contra el mueble del televisor, hemos conseguido meter un colchón de matrimonio inflable.

Pese a lo mucho que adoramos a Lara Jean y Peter Kavinsky, apenas prestamos atención a la película. Estamos de lo más entretenidas con el picoteo, el vino y la conversación. No estaba segura de cómo se llevaría Mel con mi hermana, dado su carácter directo y mandón y la naturaleza bondadosa y sensible de Tara. Pero parece que han congeniado. La cosa empieza con una tormenta de ideas para mi campaña de autoestima, pero después de unas copas de vino y de suspirar unas cuantas veces por el encanto bobalicón de Peter, la conversación cambia de tercio.

—¿Tuviste más enfrentamientos con Robamáquinas cuando me fui? —me pregunta Mel.

Se recoge la espesa melena en una coleta alta impecable. Envidio a las chicas que pueden recogerse el cabello sin tener que luchar con un millón de pelillos cortos que apuntan hacia arriba. Cuando yo lo intento, parezco un orangután adolescente recién levantado, a menos que me baje los pelos sueltos con laca.

Tara suelta un gemido.

—¿Sigue quejándose de ese tío?

Le había contado lo del robo de la máquina de sentadillas y me llamó «mezquina», lo cual, viniendo de Tara, es cuando menos irónico. Ella es la chica que organizó su ahora cancelada boda para agosto, justo el mes que su ex futura suegra tenía planeado un viaje a Islandia.

—Se nota que entre ellos hay tensión sexual —explica Mel.

—Mentira. —Me peleo con dos Pringles rotos que se niegan a salir del bote.

Mel pone los ojos en blanco.

—Os lanzáis miradas de una punta a otra del gimnasio.

—Miradas de odio. Y a partir de ahora voy a ignorarlo.

—Venga ya, si es de lo más amable. Siempre le aguanta la puerta a la gente. Y el otro día le vi ayudar a ese hombre que parece el Doctor Phil a hacer el peso muerto.

Suspiro mientras alargo el brazo para meterle a Tara la etiqueta por dentro de la camiseta.

—¿Estás diciendo que hay que darle una medalla por ser medianamente decente? No tengo el listón tan bajo.

Tara se pasa la trenza por encima de su huesudo hombro y examina las puntas abiertas.

—Necesito ver una foto de ese tío antes de opinar.

Ojalá yo no tuviera una foto de él y de su sonrisa de chulito grabada en la memoria.

—No estás de suerte. Ni siquiera sé cómo se llama.

Omito el detalle de que se lo pregunté y se largó sin contestar. Reconozco que me escoció un poco, como el dolorcillo de un corte hecho con un folio del que intentas no quejarte cada vez que te lavas las manos.

Mel se incorpora para beber un sorbo de vino.

—Está bueno. Bueno no, buenísimo. Superalto. Todo músculo. Y levanta un montón de kilos, lo que quiere decir que tiene aguante... —añade agitando las cejas.

Tara asiente con aprobación mientras se pinta las uñas de los pies de un espantoso color ciruela.

—Entonces ¿por qué no le das bola?

—Lo de la tensión sexual es falso. Somos archienemigos.

Tara se agarra el pecho y casi derrama el esmalte de uñas en mi alfombra.

—Seth y yo tampoco nos caíamos bien al principio —empieza, y se le ensombrece el semblante al volverse hacia Mel—. Seth era mi prometido. Nos conocimos en el hospital. Fui yo quien le propuso matrimonio... pero cancelamos la boda hace un par de meses.

Su ex es la razón de que Tara esté ocupando mi buhardilla/estudio. Siete meses antes de su elaborada boda con ciento cincuenta invitados en el Sheraton, Seth puso fin a la relación de manera repentina.

Tara se presentó en mi casa a las dos de la madrugada, en pijama y con una maleta llena de libros, necesitada de comida basura y un lugar donde dormir. Una noche se convirtió rápidamente en dos meses, y por el momento no parece que tenga intención de marcharse.

Dado su frágil estado, que implicaba llorar y escuchar a Taylor

Swift sin descanso, me he resistido a sugerirle que se busque otro lugar. Solo hace un par de semanas que comenzó otra vez a ponerse pantalones de verdad y a depilarse las cejas. Mamá y yo sospechamos que tardará un tiempo en volver al mundo de las citas. Tara ama el amor, prefiere el día de San Valentín al de Navidad.

—¿Tienes intención de volver a las citas? ¿Aunque solo sea para tener algún rollo?

Tara se estremece mientras mastica otro Pringle.

—Paso de tener rollos. Si no sé el apellido del tío, que se olvide de que le toque el pene.

Mel tiene un escalofrío.

—El mundo de las citas me parece espeluznante. Hay cada espécimen en el mercado.

—Prefiero arrancarme los pelos del pubis uno a uno a recurrir a las citas online. Tinder es un páramo —añade Tara, mirándome en busca de confirmación—. Tú llevas sin saber nada de Neil ¿cuánto? ¿Varios meses?

Se me encoge el estómago al oír su nombre.

—Sí.

Mel se tumba boca abajo y apoya el mentón en las manos.

—¿Quién es Neil?

—Mi ex.

Lanzo una mirada de advertencia a Tara. Lo último que deseo es estropear nuestra velada hablando de Neil. Siempre que lo hago me entra el bajón.

—Es lo que Justin Bieber a Selena Gómez —dice Tara, como si eso explicara toda la dinámica entre Neil y yo—. Salvo que Neil es un músico frustrado y seboso que cree que todas las mujeres lo adoran. Crystal es su segunda opción crónica cuando está mal con su ex.

Me encojo de hombros cuando Mel se vuelve hacia mí. La descripción de Tara es totalmente acertada. Neil y yo nos conocimos en una fiesta de Halloween. Una amiga me convenció en el último momento para que fuera. No tenía disfraz, así que agarré una diadema de flores, me puse maquillaje iridiscente y fui de filtro de Snapchat. Neil iba de monje. Le pregunté si era célibe y dio una palmada en la pared, muerto de la risa, antes de anotarse un punto al *beer pong*. Esa tendría que haber sido mi primera pista.

Aunque Neil acababa de salir de una relación, parecía encantado. Se reía de todo lo que decía e imitaba mis gestos. Y coqueteaba descaradamente conmigo, tocándome el brazo y estrechándome la cintura.

—Eres muy diferente de mi ex —me dijo antes de apurar su vaso rojo.

Más tarde descubriría que su ex, Cammie, era modelo. Una versión más alta de Daenerys en *Juego de tronos*, con su melena rubio platino y su esbelta figura. Lo opuesto a mí. Mitad asiática y *curvy*.

Me sonrojé.

—No sé cómo tomarme eso.

Neil sonrió e, inclinándose hacia mí, me tiró de un mechón del pelo.

—Es algo bueno, créeme.

Y le creí. Me tragué todas sus palabras. Que yo era especial. Que teníamos una conexión sin parangón. Salimos de manera informal durante un año, a pesar de que toda mi familia lo detestaba desde el día que se presentó pedo en la fiesta de cumpleaños de mi padre y decidió que era la ocasión idónea para debatir sobre temas controvertidos del mundo. Después de eso no volví a llevarlo con mi familia y amigos por miedo a que ofendiera a alguien. Tampoco él se molestó nunca en presentarme a su gente. Como si existiéramos únicamente en nuestra pequeña burbuja, podíamos pasarnos días y días encerrados en mi apartamento. Hasta que, sin previo aviso, me dejó para volver con Cammie.

—Ya lo he superado —tranquilizo a Mel y a Tara, aunque las palabras salen de mi boca en un tono duro y frío.

A decir verdad, hay días que todavía le echo de menos. Y el dolor se triplica cada vez que, como un grano persistente, asoma de nuevo en mi vida pidiéndome consejos de pareja.

Mel rueda sobre sus rodillas para mirarme de frente.

—Pues si ya has superado lo de Neil, quizá deberías enrollarte con alguien como Robamáquinas.

—Estoy de acuerdo. —Tara se apunta al carro por razones que desconozco, pues no tiene ni idea de cómo es.

Ahogo una carcajada.

—No quiero ser aguafiestas, pero eso no va a ocurrir. Se acabaron los rollos de una noche para mí.

En cuanto Neil rompió conmigo, los rollos de una noche llenaron el vacío. Eran divertidos y alimentaban mi autoestima. Puede que en el sexo obtuviera lo que quería, pero despertarme al día siguiente al lado de un extraño babeante que ni siquiera tenía somier y bajera ajustable era demasiado deprimente. Después venía esa sensación punzante, ese jugueteo con el afecto, el ansia de conectar con alguien, quien fuera, durante un rato. Recordar lo bien que sienta. Lo maravilloso que es que te acaricien, que te abracen. Y luego la oscuridad. La desolación. La nada. La abrumadora soledad.

Así que hace dos semanas, desde lo de Joe Tinder, decidí renunciar a los rollos de una noche y esperar a que aparezca algo auténtico.

Pese a las esperanzas de Mel y Tara, esta guerra con mi archienemigo del gimnasio tiene que acabar. No habrá fuegos artificiales y rollos de una noche, y menos aún con él. De hecho, no habrá nada salvo dos enemigos tomando caminos diferentes.

10.00 — PUBLICACIÓN DE INSTAGRAM: «CAMPAÑA DE POSITIVISMO DE TALLA» DE **CURVYFITNESSCRYSTAL**:

¡Sacad vuestras básculas y cintas métricas y tiradlas a la basura! Ya no las necesitáis.

Puede que estéis pensando: Crystal, siéntate y ponte una copa de vino. ¿Por qué me estás pidiendo que tire mi sofisticadísima báscula de 200 pavos?

Vale, reconozco que me he pasado un poco. Lo que quiero deciros es: dejad de depender de la báscula y la cinta métrica para sentiros bien con vosotras mismas. Hoy es el lanzamiento oficial de mi campaña de primavera/verano, POSITIVISMO DE TALLA. Me propongo evaluar vuestros progresos de fitness basándome en CÓMO OS SENTÍS, sin la tiranía de los números, los cuales, según demuestran los estudios, causan ansiedad y desaniman a la gente.

Como muchas sabéis, yo estuve años batallando con mi peso. En los vestuarios del instituto empecé a percatarme de que las otras chicas eran diminutas comparadas conmigo. Me encantaba la clase de gimnasia, pero me daba vergüenza cambiarme delante de mis compañeras, lo hacía en los cubículos de los lavabos. Para que no me vieran. Un día, la profesora de gimnasia me dijo que no podía seguir cambiándome en los lavabos, entonces me fui a casa y lloré.

Si pudiera hablarle a mi niña de 12 años, le diría que ella vale muchísimo más que el número que aparece en la báscula. Le diría que pruebe a comer hasta sentirse llena, no atiborrada. Que coma lo que le haga sentirse bien, no solo porque esté triste o aburrida. Que salga a comer con amigos y disfrute sin preocuparse de cuántas calorías tiene un sándwich Subway.

La salud mental es una parte fundamental del fitness. Si estás alicaída, estresada y te machacas constantemente, tu cuerpo rechazará el progreso. Y, por supuesto, no te sentirás tan motivada para seguir avanzando cuando las cosas se pongan difíciles.

Por eso os propongo que os suméis a la campaña de Positivismo de Talla ignorando a los haters y los números y gozando de la vida. Tu talla no significa nada si no eres feliz. ¿Quién se apunta?

Comentario de **trainerrachel_1990**: Me encanta! ♡
Me apunto ya. A la mierda la báscula.

Comentario de **BradRcerrr**: O sea que crees que ♡
no importa que la gente esté obesa si es «feliz»? LOL.

Comentario de **_jillianmcleod_**: Me siento muy ♡
identificada. Yo también odiaba cambiarme en los
vestuarios.

Comentario de **Pilatesgirl1016**: Gracias por compartir ♡
tu historia y tu fantástica campaña! Muy inspiradora.
Estoy de acuerdo, me siento mucho mejor cuando no
me peso. Llevo años sin hacerlo. Solo me concentro en
mi progreso en el gimnasio.

Comentario de **Kelsey_Bilson**: Cómo controlo mi ♡
progreso sin dieta y sin báscula? No hay que ingerir
menos calorías que las que quemas?

Respuesta de **CurvyFitnessCrystal**: @**Kelsey_Bilson**: ♡
No estoy diciendo que dejes de controlar esas cosas por
completo si a ti te funciona. Pero si empieza a angustiarte
o a estresarte, deja de hacerlo unas semanas y simplemente
escucha y respeta a tu cuerpo.

4

Cada año, el Domingo de Pascua suceden, en este orden, las siguientes cosas:

La familia por parte de mi madre, los McCarthy, se reúne en casa de mi abuela Flo. Vemos *Charlie y la fábrica de chocolate*, la versión original, apretujados en el duro sofá de flores mientras devoramos los Mini Eggs de toda una semana.

Tara entretiene a la familia con su imitación asombrosa (tan precisa que pone los pelos de punta) de Veruca Salt cantando: «Quiero tener entre mis manos el mundo entero. Y todo lo quiero. Es mi tableta de chocolate. ¡Dámela a mí ya!», mientras yo me tapo los oídos.

La «tercera hija» de mamá, una espantosa chihuahua de tres kilos llamada Hillary (sí, la llamó así por Hilary Clinton), gimotea incesantemente a todos los varones de la familia reclamando atención. Y cuando no la obtiene, se venga meándose en la alfombra persa de la abuela.

A la hora de la cena ya estamos demasiado hartos los unos de los otros como para darnos conversación. Papá se atraganta con el pavo reseco de mi abuela y mi madre le da un pisotón por debajo de la mesa cuando ve que su fachada de qué-bien-estamos-aquí empieza a desmoronarse. A continuación, mamá y tío Bill se lanzan comentarios pasivo-agresivos sobre quién hace más por la abuela Flo.

Este año es diferente.

La abuela Flo no nos ha invitado a su casa. En lugar de eso, se ha largado en coche al Plainridge Park Casino con sus dos amigas de la infancia, lo que es totalmente impropio de ella. Ni siquiera ve con buenos ojos el bingo y las tarjetas de rasca y gana. Tara está convencida de que está pasando la crisis de la tercera edad.

Como nadie se enteró del delirante plan de la abuela hasta hace dos días, estamos disfrutando de una sencilla *fondue* china en casa de mis padres, situada en un barrio residencial de las afueras de Boston.

Mi padre está encantado con la cena porque consigue evitar el pavo de la abuela hasta Acción de Gracias. Su familia es dueña de un conocido restaurante chino, por lo que es sumamente exigente con la calidad de la comida.

—¿Tienes por lo menos seis meses de salario en tu fondo para emergencias? —me pregunta papá, y se limpia la comisura de los labios con una de las servilletas de papel cuidadosamente dobladas por la mitad de las que siempre hace acopio cuando come fuera.

Suelto un gemido.

—En serio, papá, deja de preocuparte. Apenas gasto nada. Mis patrocinadores me pagan el gimnasio y toda la ropa, y estoy esperando un talón enorme de Nike. Además, el dinero que tengo ahorrado e invertido para el futuro es más que suficiente.

Desde que el caldo de carne rompiera a hervir, mi padre ha estado soltándome un sermón sobre la necesidad de reevaluar mis opciones profesionales, dado que mis ingresos actuales son «temporales». No para de insistir en que he de buscarme un «trabajo de verdad» para gozar de una «seguridad económica a largo plazo». Incluso después del éxito de su empresa de limpieza sigue mirando el céntimo de una manera enfermiza. Tara y yo lo apuntamos en *Tacaños extremos* de la TLC. Cuando los productores lo llamaron para que participara en el programa, papá declinó la invitación y estuvo cinco días sin hablarnos.

—No pretendo menospreciar lo que haces, tu cuenta de fitness es un hobby fantástico. Pero soy tu padre y es mi deber preocuparme por ti. —Me lanza una mirada severa mientras mezclo mi salsa.

Papá nunca oculta su decepción por no haberme incorporado al mundo empresarial después de licenciarme en Administración de Empresas por la Universidad de Northeastern, como una buena muchacha china. Sin embargo, a base de promociones y publicaciones, ya en tercero ganaba bastante más que un sueldo medio. Me parecía absurdo conformarme con menos dinero, atrapada en un cubículo de nueve a cinco y recibiendo órdenes de un *boomer* insatisfecho que no sabe ni cómo me llamo.

Mi madre, por lo general, secunda las quejas de mi padre, pero esta noche está visiblemente inquieta por la abuela Flo.

—Me parece muy raro —dice de pronto, mojando con torpeza su ternera en la salsa de soja. Después de casi treinta años con mi padre, todavía ha de dominar el arte de los palillos. La destreza con las manos no es lo suyo.

—A lo mejor quería tener una Semana Santa tranquila este año, aprovechando que Bill y Shannon están con los niños en Europa —sugiere papá.

—¿Pero irse a un casino? ¿Un fin de semana religioso? Mi madre es muy devota.

Sacude la cabeza mientras estruja entre sus brazos a una Hillary temblorosa. Los demás detestamos tener a Hillary en la mesa como si fuera una persona, pero mamá se niega a ceder, y cuando protestamos se lo toma como un ataque personal. De hecho, se pasa la mitad del tiempo hablándole a ella en lugar de a nosotros.

Asiento y engullo un champiñón mientras evito los ojillos negros de Hillary.

—Tienes razón, hay algo que no cuadra.

Tara está teniendo problemas para sacar una albóndiga de pescado de la *fondue*.

—Dejad en paz a la abuela. Las fiestas siempre han sido difíciles para ella desde que murió el abuelo.

Nunca lo había visto de ese modo. La muerte de mi abuelo, hace tres años, fue dura para todos, especialmente para mi abuela.

—Puede ser, pero pensaba que le encantaba hacer de anfitriona.

—Y le encanta —asegura Tara—. Si este año no ha querido quedarse para hacer de anfitriona sus razones tendrá.

Me imagino a mi abuela Flo llorando la muerte de su marido y se me rompe el corazón.

—¿Y si la llamo ahora? ¿Para ver cómo está? —propongo.

Mamá se inclina hacia delante, meciendo a Hillary, y hunde su codo en el mío.

—Sí, veamos cómo está.

Mi padre deja escapar un largo suspiro antes de beber un trago de agua.

Antes de que Tara o papá puedan protestar, le doy a «Llamar» y pongo el altavoz. Mi abuela descuelga al quinto tono.

—¿Diga? —Su voz chillona me destroza el tímpano.

Me aparto el móvil de la oreja con una mueca de dolor.

—Hola, abuela, soy Crystal.

—Ah, Crystal, hola. —Un silencio incómodo. Dondequiera que esté, reina la tranquilidad. No se oyen los timbres y las campanitas que cabría esperar en un casino—. Oye, recibí tu mensaje en Facebook sobre mi cita de la semana que viene y quería enviarte un pulgar en alto, pero en lugar de eso pulsé el botón del mojón. Ya sabes que no se me dan bien esas malditas pantallas táctiles. Tienes suerte de no haber heredado los pulgares rechonchos de los McCarthy. Confío en que no te ofendieras, cariño. —Tara y yo nos miramos conteniendo la risa. Las meteduras de pata con los emojis de mi abuela Flo son el pan de cada día. El mes pasado insertó en Facebook cinco emojis de la cara llorando de risa en una elegía por su amiga recién fallecida. La había confundido con una cara triste—. Feliz Pascua, por cierto —añade.

—No te preocupes, ya supuse que el mojón era un error. Feliz Pascua a ti también. Solo te llamaba para saber cómo va el viaje con tus amigas. ¿Habéis ganado mucho en el casino?

—¿Casino? —Se queda callada un instante, como si le hubiese preguntado sobre la vida en Marte. Cruzo miradas de extrañeza con mi familia—. Ah, sí, claro, el casino. Muy bien. Pero no hemos ganado nada —dice con una risa nerviosa.

—¿A qué has jugado? —interviene mi madre. Deja a Hillary en el suelo, lo que resulta en un lloriqueo incesante—. ¡Ten paciencia! No seas maleducada —le susurra con vehemencia, como si Hillary fuese una niña.

La abuela hace otra pausa.

—Eh, al bridge.

—¿Al bridge? ¿En un casino? —Las aletas de mamá se hinchan.

—Perdón, quería decir al blackjack.

Nos quedamos en silencio mientras mi padre se levanta para echar más caldo en la *fondue*. Mi abuela no ha puesto un pie en un casino en su vida. Está claro que miente. Pero ¿por qué?

Contemplo la posibilidad de ponerme en modo detective visualizando la mirada furiosa de Robamáquinas cuando le escondí el móvil, hasta que me asalta el sentimiento de culpa y reculo. Si mi abuela siente la necesidad de inventarse una elaborada mentira para pasar el Domingo de Pascua a sus anchas, ¿quién soy yo para molestarme?

—Bueno, esto, me alegro de que te lo estés pasando bien. —Decido sacarla del apuro porque mamá ya tiene medio cuerpo encima de la mesa, lista para empezar un interrogatorio—. Te echamos de menos.

—Y yo a vosotros. Seguro que tu padre está feliz de no tener que comerse mi pavo este año —dice a propósito.

Papá pone los ojos en blanco.

—¿Se lo has dicho tú? —le susurra a mamá, que sacude la cabeza sin demasiada energía.

—Tengo que dejarte. ¡Te quiero, cariño! —se despide mi abuela antes de colgar.

Parpadeo despacio, digiriendo la conversación mientras removo mi salsa.

—¿Qué ha sido eso?

Mamá aprieta los labios, poniéndose a Hillary de nuevo sobre la falda.

—Es obvio que no estaba en el casino.

Después de la rara conversación telefónica de ayer con mi abuela Flo y de algunos comentarios desagradables sobre el lanzamiento de mi campaña de Positivismo de Talla, me voy al gimnasio para desconectar. No hay ni un alma, lo que era de esperar siendo el fin de semana de Pascua. Hasta el personal ha librado, por lo que solo se puede acceder a las instalaciones con la tarjeta magnética. Al parecer, los gym bros también celebran la Semana Santa, porque en la Zona Gym Bro únicamente estamos otras dos mujeres y yo dándolo todo.

Esta energía femenina tan positiva se diluye en cuanto Robamáquinas cruza el torniquete rezumando testosterona suficiente para llenar el gimnasio entero. Lleva la gorra de siempre, pantalón de chándal y una sudadera verde oscuro que realza el verde musgo de sus ojos. Cruzamos una mirada reticente cuando pasa por mi lado camino del vestuario.

Aunque nos fulminamos con los ojos varias veces durante nuestros respectivos entrenos, mantenemos las distancias. Hoy es día de piernas para él. Yo me centro en bíceps y hombros.

Esta tregua extraña, silenciosa, resulta bastante soportable. Quizá podamos volver a ser completos desconocidos, aunque conozca mi nombre, mi profesión y mi identificador de Instagram, todo lo cual es información fácilmente explotable.

Hablando de Instagram, he de mirar mis correos electrónicos. Estoy a la espera de que Maxine, una clienta especialmente absorbente, me confirme la clase virtual de esta tarde. Cuando deshago la postura del perro para coger el móvil de la esterilla, donde lo dejé, no está. Para asegurarme de que no estoy alucinando, lo busco examinando el suelo alrededor de todas las máquinas que he utilizado hoy, pero no lo veo.

A menos que el móvil se haya desintegrado, solo existe una explicación. Dirijo mi atención a Robamáquinas, que en estos momentos está trabajando en la máquina de aductores y abductores. Por lo visto, nuestra tregua queda anulada.

Cansada y malhumorada, me paro delante de él con los brazos en jarras.

—Estoy harta de este jueguecito. Devuélveme el móvil.

Me mira en mitad de una serie.

—Hay que estar muy enfermo y pirado para robarle a alguien el móvil en el gym.

—Yo no te cogí el móvil. Simplemente lo puse a buen recaudo.

—Yo tampoco te he cogido el móvil, Crystal. —Sonríe de manera casi imperceptible, embriagado de poder al pronunciar mi nombre.

—Sí lo has cogido —replico—. No me he separado de él en todo este rato, excepto cuando estaba estirando. Lo dejé sobre la esterilla.

Termina su última repetición con una mueca. Resoplando, deja ir la tensión de la máquina y se inclina hacia delante.

—Lo habrá cogido otra persona, porque yo no he sido.

—No te creo.

—Yo no lo tengo. —Abre las manos para proclamar su falsa inocencia—. Aunque no me importaría haberlo cogido. Imagina todo el tindering que podría hacer en tu nombre. —Se relame solo de pensarlo.

Ignorando el comentario, señalo con el mentón la mitad inferior de su cuerpo, la cual resulta demasiado atractiva con esos shorts bajos Under Armour.

—Vacíate los bolsillos —le exijo.

Se pone en pie, se mete las manos en los bolsillos y saca su móvil.

—¿Lo ves?

No sé qué es lo que me posee, pero me pongo a palmearle los bolsillos como una entregada agente de aduanas en el aeropuerto. Están vacíos salvo por el tintineo de unas llaves. Ni rastro de mi móvil.

—¿Acabas de cachearme? —Su risa grave y profunda hace que mi cuerpo se estremezca de un modo que no debería.

Le clavo una mirada desdeñosa, perdiendo rápidamente el interés. Es evidente que mi móvil no está en sus bolsillos. Si él no lo cogió, ¿quién demonios lo hizo?

Me largo para llevar a cabo una última inspección del gimnasio. Me devano los sesos buscando posibles explicaciones. ¿Pudo robármelo una de las mujeres? Ambas eran tías normales. Maduras. Con energía de madres. Cortes de poco mantenimiento. Una de ellas hasta llevaba una visera de tenis. Nada que ver con el tipo de mujer que robaría un iPhone 10 abollado y con una funda hortera comprada en una liquidación en Chinatown. Por otro lado, cualquiera podría ser un cleptómano.

Las espeluznantes posibilidades rondan por mi cabeza hasta que Robamáquinas pasa por mi lado cuando estoy doblada hacia delante como una idiota, escudriñando los rincones llenos de mugre de la máquina de prensa de hombros, y suelta una risita.

Me vuelvo de golpe y le sigo como un perro a un hueso.

—Lo has escondido, ¿verdad?

Gira sobre sus talones y echa a andar hacia atrás, pasando junto a las cintas de correr, a paso de caracol.

—Créeme, si quisiera buscarte las cosquillas se me ocurren maneras mucho mejores. —El tono pícaro con que dice «buscarte las cosquillas», grave y aterciopelado, casi me corta la respiración. Pero solo momentáneamente.

Emito un gruñido cuando se mete en el vestuario de hombres y desaparece de mi vista.

Una bocanada de espray corporal Axe asalta mis sentidos al detenerme en seco frente a la puerta. Echo un raudo vistazo a mi alrededor. No hay más hombres en el gimnasio aparte de Robamáquinas. Y necesito el móvil. Mi clienta me está esperando. No puedo fallarle. Me precio de ser una profesional responsable y puntual y de estar siempre disponible. Mi marca y mi reputación se basan en eso.

A la mierda.

5

Meterme en el vestuario de hombres es una experiencia nueva para mí. La disposición es idéntica al vestuario femenino: las hileras de taquillas en la parte de delante, las duchas y los lavabos en la parte de atrás. Aun así, tengo la sensación de haber entrado en Narnia o en la guarida de una bestia. El mero hecho de saber que no tengo permitido estar aquí hace que un escalofrío de energía nerviosa me recorra la espalda cuando paso junto a la primera hilera de taquillas.

A punto de abortar la misión, vislumbro a Robamáquinas en la segunda hilera. Está hurgando en su taquilla con su espalda desnuda hacia mí. Me detengo un instante a admirar sus marcados músculos. Por detrás tiene forma cónica. Hombros anchos y cintura estrecha.

No debería estar viendo esto. Las palmas de las manos no deberían sudarme. Las orejas no deberían arderme. No debería notar un cosquilleo por debajo del ombligo. Me he convertido oficialmente en una voyeur, una pervertida, una acosadora. Cierro los ojos con fuerza. Debería dar la vuelta y salir por piernas. Si me marcho ahora, podré olvidar lo que he visto. Aunque otra miradita tampoco me hará daño, ¿no? Solo una.

Apuesto a que tiene la maldita V. La línea que desciende directamente hasta…

Mierda. La tiene. Qué cruel es la vida. ¿Qué he hecho yo para merecer tan despiadado destino?

Ahora lo tengo de frente y no sé dónde poner los ojos. ¿En la prominente tableta? ¿En la fina extensión de vello castaño claro del pecho? ¿En la V? ¿En los músculos descomunales de los hombros? ¿En sus preciosos ojos, abiertos de par en par al verme ahí de pie, como la acosadora que soy? Su cuerpo es una obra de arte. Debería estar en un museo de París protegido por un cordón de terciopelo y un guardia.

Me observa detenidamente mientras sus labios esbozan una media sonrisa. Está entretenido y desconcertado a la vez. Normal.

—¿En qué puedo ayudarte, Crystal?

Adopto una postura firme al recordar la verdadera razón por la que estoy aquí, que no implica admirar ávidamente el cuerpo de Robamáquinas. Y, por supuesto, no pienso fantasear con él más tarde.

—Sé que me has cogido el teléfono. Deja de fastidiarme y devuélvemelo.

Suelta una carcajada, como si estuviera loca de atar. Y puede que lo esté. Pero mi vida entera está en ese teléfono. Fotos. Contenido profesional sin editar. Vídeos. Los planes de entrenamiento de mis clientas. Lo peor de todo: hace meses que se me agotó el almacenamiento de iCloud y por pereza no he comprado más. Si pierdo el móvil, lo pierdo todo.

—¿Seguro que no estás confundida y agotada después de tanta prensa de hombros? —me pregunta, incapaz de disimular su regocijo condescendiente.

—Yo no me agoto. Nunca. Pero gracias por preocuparte —añado en un tono más dulce que la tarta de mi abuela Flo.

—Yo sí podría agotarte. —Los ojos le chispean y casi me atraganto con su insinuación (intencionada o no)—. De hecho, creo que has llegado al límite de tu paciencia.

—En absoluto.

—La verdad es que no hace falta mucho para sacarte de tus casillas.

Su voz grave casi consigue distraerme mientras se coloca, muy despacio, delante de su taquilla abierta.

Mis ojos se clavan en ella. No es casualidad que se haya puesto delante de su taquilla como un guardaespaldas apostado en la puerta de una discoteca. Tiene mi teléfono secuestrado ahí dentro. Estoy convencida.

Como una pantera concentrada en su presa, voy derecha hacia él.

Estamos frente a frente, con el pecho jadeante, embarcados en otra confrontación. Pero esta vez él tiene el torso desnudo y yo estoy perdiendo la batalla de no comérmelo con los ojos a cada segundo que pasa.

Para desviar la atención, examino su cara en busca de algún defecto. El que sea. Y no encuentro ninguno. Hasta ahora no había reparado en que sus pupilas están rodeadas de tenues anillos dorados.

Un ligero levantamiento de ceja ablanda su expresión severa. Lo interpreto como una señal de debilidad. Es el momento de abalanzarme.

Miro hacia la izquierda para despistarlo antes de precipitarme sobre la taquilla. Al alargar la mano me cierra el paso con el hombro. Intento apartarlo con los brazos pero su cuerpo es como un árbol recio. Uno de esos majestuosos árboles de tres mil años de Yosemite. No se mueve ni un milímetro.

Me observa con una mueca divertida cuando retrocedo resoplando.

—No vas a meterte en mi taquilla —dice como si se tratara de un hecho irrefutable, tan simple como que dos y dos son cuatro.

Apoya la palma de la mano en la taquilla, bloqueando cualquier intento futuro. Pero yo no me rindo tan fácilmente.

Aun siendo consciente de su fuerza, pruebo de nuevo.

Cuando arremeto contra él, me frena sujetándome por los hombros. Me gira rápida pero suavemente contra las taquillas.

—Sigue intentándolo todo lo que quieras. Puedo tirarme así todo el día.

El frío metal en mi espalda contrarresta el calor que siento en la piel. Trato de ignorar con todas mis fuerzas los círculos lentos que está dibujando en mi hombro con el pulgar. Sus ojos entornados mantienen cautivo todo mi cuerpo a pesar de que la presión de sus manos es suave. No me está reteniendo contra mi voluntad. Podría irme en cualquier momento. De hecho, debería hacerlo. Pero no me voy, e ignoro por qué.

No me atrevo a parpadear. Parpadear es de débiles. Rompemos el contacto visual cuando baja la vista hacia mis labios. También la mía desciende hacia los suyos. No son ni demasiado finos ni demasiado gruesos. De hecho, son perfectos. Mi mujer de las cavernas interna se muere por besarlos. Y es en este momento cuando pongo en duda mi cordura. Si existiese un equivalente femenino a «pensar con la polla», iría acompañado de mi foto. La auténtica Crystal, una mujer lógica y ante todo práctica, jamás se sentiría atraída por semejante capullo exasperante.

De pronto, sus labios rozan los míos, robándome el aire. Una ola de fuego me recorre como un violento tsunami dispuesto a arrasar con todo a su paso. Todos mis órganos internos se contraen. Mis músculos se tensan. Mis ojos se cierran. Los dedos de mis pies se curvan hacia arriba.

¿Sigo viva? ¿De verdad acaba de besarme?

Estoy congelada en el sitio y en el tiempo. No puedo moverme.

Su beso es sedoso, tanteador, como si no estuviera seguro de si debe continuar. Tiene un sabor familiar, mentolado y fresco, que sin prisa pero sin pausa me devuelve a la vida. Relaja las manos en mis hombros, como si tuviera la certeza de que no voy a escapar. La mano derecha trepa por mi nuca y se sumerge en mi pelo.

Me entra el pánico, porque mi pelo es un nido de ratas enmarañado y sudoriento. Aun así, en cuanto noto las yemas de sus dedos acariciándome el cráneo, me pierdo en el instante. Quiero que dure eternamente. Elevo el mentón para hacer más profundo el beso y él acoge el gesto con glotonería. Noto el temblor de su mano al deslizar la yema del pulgar por mi pómulo.

Nadie antes me ha acariciado el rostro de ese modo, como si adorara cada curva, cada contorno.

Entonces caigo en la cuenta de que mis brazos cuelgan a los lados como tallarines blandengues. Subo lentamente las manos por su estómago duro, por sus hombros prominentes. Los músculos se tensan bajo mis palmas. Estoy casi de puntillas cuando detengo los dedos en su cuello y me aprieto contra su cuerpo. Deja escapar un pequeñísimo suspiro de alivio en mi boca.

Sus labios se abren y se cierran contra los míos a un ritmo lento. Gimo en su boca y se aparta medio segundo. Sus ojos experimentan una transformación tormentosa, oscureciéndose hasta un tono musgo electrizante, mi nuevo color favorito. El aire cambia a nuestro alrededor como si estuviéramos en el ojo de un tornado.

Es desesperado, anhelante, salvaje. Lo aprieto aún más contra mí hasta que puedo sentir su dureza en mi estómago.

Nuestros besos dan paso a un frenesí de tirones de pelo, colisiones de dientes y mordeduras de labios. Cuanto más lejos llega su lengua, más me adentro en un ensueño nebuloso del que no quiero despertar. Cada vez que sus labios osan apartarse de los míos una fracción de segundo, lo atraigo de nuevo hacia mí con mayor vehemencia aún, cerrando el espacio entre nosotros, deseando más y más.

¿Quién soy y cómo he acabado montándomelo con un desconocido en el vestuario de hombres? En serio, tendría que despegarme de él y echar a correr.

Pero el contacto de sus labios con los míos es como una explosión de euforia. De todo lo que quiero y necesito. El sabor perfecto. La sensación perfecta. La presión perfecta. El todo perfecto.

Su mano avanza por mi glúteo derecho y, deteniéndose debajo del muslo, me sube la pierna alrededor de su cintura. Un gemido quedo escapa de su boca y vibra en la mía mientras mis caderas se mecen contra las suyas, lanzando una descarga cegadora a los recovecos olvidados de mi cuerpo. Sus labios recorren ávidos la comisura de mi boca y descienden por mi mandíbula y mi cuello al tiempo que me levanta completamente del suelo. Apoya de nuevo mi espalda contra la taquilla y rodeo su cintura con ambas piernas.

Nunca un hombre me había levantado antes. Describirlo como «excitante» sería el eufemismo del siglo.

—Joder —susurra en mi oído mientras me balanceo contra él con una mano alrededor de su cuello y la otra agarrada a su pelo.

Está mirándome a mí, no a través de mí. Creo que nunca he mirado a los ojos a un ligue más de dos segundos antes de apartar la vista. De hecho, ni siquiera recuerdo que Neil y yo nos miráramos fijamente a los ojos una sola vez.

Su expresión es una mezcla perfecta de placer, adoración y sinceridad. No lo creía capaz de algo así. Me recreo en ello. Me pierdo en ello.

Estoy a punto de sufrir una combustión espontánea ya solo por la presión cuando la puerta del vestuario se abre.

La cabeza de Robamáquinas se vuelve rauda en dirección a la puerta. Sus músculos se tensan y se contraen bajo mi cuerpo, inmovilizándome. Yo solo deseo atrapar este momento y congelarlo en el tiempo. Sin apartar los ojos de mí, me deja en el suelo con más delicadeza de la que esperaba y me clava una mirada de «Mierda, nos han pillado».

Un hombre fornido y medio calvo, cubierto a duras penas por una toalla minúscula, rodea la esquina silbando. Colorado por la sauna, se detiene en seco al verme acorralada contra la taquilla con el pecho jadeante y los labios inflamados. Solo alcanzo a verle la cara de pasmo una milésima de segundo porque Robamáquinas cambia de posición, como si quisiera protegerme de su escrutinio.

Pestañeo mientras el silencio me devuelve bruscamente a la realidad. Con las mejillas ardiendo como feroces llamas del infierno, rodeo a Robamáquinas y salgo del vestuario sin mirar atrás.

Me dirijo al vestuario de mujeres y por poco me llevo por delante a la mujer de la visera de tenis.

—Perdona, cielo, ¿es tuyo este móvil? —Me tiende mi iPhone blanco—. Lo cogí de la zona de las esterillas por error, pensando que era el mío. Hoy me dejé el teléfono en el coche. Supongo que es la costumbre.

En lugar de ponerme a dar saltos de alegría por haber recuperado mi adorado teléfono, solo puedo pensar: «Mierda».

Estaba equivocada.

Robamáquinas es inocente.

—Oh, vaya, gracias por devolvérmelo —acierto a decir. Casi no puedo mirarla a los ojos sin sonrojarme.

Con el teléfono a salvo en mi bolsillo, me tiro media hora encorvada hacia delante en el banco del vestuario, ofuscada. No puedo irme. El riesgo de cruzarme con Robamáquinas camino de la salida es demasiado grande. Seguro que piensa que soy una pirada por acusarlo de robarme el móvil y luego subirme a él en el vestuario como si fuera una escalera de mano.

Pese a todos mis esfuerzos, incluso una vez duchada y vestida, mi terco corazón se resiste a recuperar su frecuencia en reposo.

6

Entro en el gimnasio con la gorra echada sobre los ojos en un penoso intento de no ser reconocida, o por lo menos de pasar lo más desapercibida posible con mis mallas Lululemon rosa chillón. La bolsa del gym se me engancha en el torniquete y le pego dos tirones antes de conseguir liberarla.

Cuando el candado choca contra el torniquete de acero inoxidable, se oye un fuerte clanc y Claire, la chica pelirroja de la recepción, se tapa la boca, intentando en vano no reírse en mi cara.

Menos mal que quería pasar desapercibida.

Camino del vestuario miro a mi alrededor esperando tropezar con la inevitable mirada burlona de Robamáquinas desde alguna de las máquinas que tengo intención de utilizar. Todos los asiduos están aquí. Los venosos gym bros. La aplicada culturista sacando músculo delante del espejo y admirando su impresionante y premiada figura de competición. Sin embargo, ni rastro de Robamáquinas.

Cabizbaja, me concentro en grabar los segmentos planeados del día, pero cada vez que un tío alto y musculoso entra en el gimnasio el estómago me da un vuelco. Estoy en guardia, esperando que aparezca en cualquier momento. Pero no lo hace.

A decir verdad, me alegro. ¿Cómo voy a mirarle a la cara después de lo de ayer? Sin duda fue el momento más fogoso de mi vida, y eso que estuve todo el rato vestida. De hecho, me atrevería a afirmar que fue mejor que el sexo. Mentiría si dijera que no he pensado en ello. Día y noche.

Por desgracia, existe un noventa y nueve por ciento de posibilidades de que Robamáquinas piense que me inventé lo del robo del móvil para asaltarlo en el vestuario. Eso me hace parecer una maniaca sexual desesperada, y además no dejo de preguntarme qué habría pasado si el calvo no nos hubiese interrumpido. ¿Habríamos ido más lejos? Probablemente, porque estábamos frotándonos contra las taquillas, yo con las piernas alrededor de su cintura como un pretzel. Lo peor de todo es que no me hubiera importado hacerlo, lo que va en contra de mi juramento de descansar un tiempo de los rollos pasajeros.

Aunque no llegamos al final, ningún rollo anónimo de Tinder me ha hecho sentir… «eso» antes. Y encima es un archienemigo que se niega a decirme su nombre.

Me reprendo por seguir ensimismada con él cuando salgo del gimnasio con los muslos ardiendo ya por el entreno. He de vencer la tentación de pensar en ese hombre, por mucha tableta que tenga o por muy profunda que sea su V.

A media manzana de casa, mi mente ha entrado en una espiral de hipótesis. ¿Y si me está evitando? Lo más seguro. O eso, o ha enfermado de repente o ha fallecido en un extraño accidente. Aunque la evitación es la explicación más lógica. No es casualidad que de pronto haya cambiado su horario después de pasarse días yendo al gimnasio a la misma hora. Está claro que no quiere verme.

Puede que la situación le resulte demasiado incómoda, igual que a mí me gustaría que se me tragara la tierra cuando veo a Joe Tinder, quien, por cierto, sigue actuando como si yo no existiera.

Intento apartar a Robamáquinas de mi cabeza mientras recojo el correo en la portería y subo a mi apartamento: folletos, facturas y un paquete gigantesco de barritas de proteínas patrocinadas que han entregado en mano.

Nada más abrir la puerta me recibe una abuela Flo de mirada

brillante y permanente recién hecha, blandiendo un batidor envuelto de masa. Cubierto de harina, lleva el delantal de Tara que reza: «ME VA LA CAÑA».

Sin darme tiempo a preguntarle qué hace en mi apartamento, me mete el batidor hasta la garganta.

—¿Notas la mantequilla? —inquiere perforándome con sus luminosos ojos castaños, como un agente que interroga a un prisionero bajo unas luces fluorescentes que provocan convulsiones.

Cuando empiezo a tener arcadas, se apiada de mí y retira el batidor.

—Eh, sí, sí noto la mantequilla. ¿Por qué? —pregunto antes de percatarme de la presencia de Tara en el sofá, riendo disimuladamente rodeada de libros.

Tara se subió al carro de Instagram después de mí. Es una influencer literaria que lee 483.398 libros al año y publica reseñas. Con miles de seguidores, recibe gratis montones de libros de editoriales para que anuncie y reseñe sus nuevos lanzamientos. Recordarle que guarde los libros en su cuarto en lugar de tenerlos desparramados por mi sala se ha convertido en mi segundo trabajo. Tara gana dinero como influencer literaria, pero no tanto como para dedicarse a ello a tiempo completo, que es lo único que la salva de la desaprobación de mis padres. Ella tiene un empleo «como es debido» de enfermera en la unidad neonatal del hospital infantil.

Satisfecha con mi respuesta, la abuela Flo regresa a mi cocina sin dejar de parlotear.

—En la merienda de la iglesia, Janine le preguntó a Ethel si mis galletas eran compradas. ¡Tendrá valor!

Janine Fitzgerald es la archienemiga de mi abuela. Al parecer, su rivalidad comenzó por un codiciado banco de la iglesia y se intensificó tras un desacuerdo especialmente dramático durante una catequesis. Escucho a medias mientras me suelta el rollo de que a Janine le gusta tener las manos en alto durante el sermón para taparle la vista.

Me derrumbo en el sofá al lado de Tara.

—¿Cuánto tiempo lleva aquí? —le pregunto en voz baja.

—Dos horas. Dijo que tenía que hacer unos recados en la ciudad. Me la encontré de frente cuando iba en pelotas. Ni siquiera se molestó en llamar a la puerta.

—¿Qué hacías en pelotas en mi apartamento? —susurro con vehemencia—. Además, ¿no tenías turno en el hospital? —Me quito las zapatillas y dejo el correo por abrir en la mesita de centro.

Ignorando mi primera pregunta, asiente con la cabeza.

—Sí, pero me dejaron salir antes.

La expresión de su cara me dice que hay algo más, así que guardo silencio y espero.

—Fui víctima de una explosiva diarrea verde.

Me tapo la boca, ahogando una carcajada, en tanto que abro el portátil para empezar mi plan de entrenamiento con una clienta virtual de Arkansas.

—Es lo más gracioso que he escuchado en todo el día.

—Era tan potente que te habrías desmayado —asegura muy seria.

—¿Y qué hace la abuela aquí? —pregunto.

Tara abre la boca, muriéndose por contármelo, pero vuelve a cerrarla cuando la abuela Flo emerge de la cocina con un plato de galletas. Lo deja delante de Tara, quien, en su opinión, está «demasiado flaca» y corre el riesgo de desvanecerse en cualquier momento.

Tras instalarse en la butaca, juguetea con una de las minúsculas suculentas que tengo en la mesa auxiliar. Insatisfecha, al parecer, con su estado, le echa el poso del té de Tara. DEP, suculenta. Mi abuela Flo nunca ha tenido mano para las plantas.

—Como sabéis, esta Semana Santa cancelé la comida en mi casa —comienza despacio, eligiendo las palabras. Se demora tirando de un hilo suelto de la butaca.

Cierro a medias el portátil para dedicarle toda mi atención.

—¿Estabas realmente en el casino?

Niega con la cabeza.

—No. Estaba… con alguien.

—¿Con alguien? —preguntamos a coro Tara y yo.

Alarga la mano para mostrarnos lo que parece un rubí incrustado en una elegante sortija de oro.

—Estoy prometida. —Contiene el aliento a la espera de nuestra reacción.

Tara se levanta de un salto, chillando de alegría, y prácticamente aplasta a la abuela con un abrazo. Yo me hundo en el sofá, evitando por los pelos que el portátil se me caiga al suelo. Mi cabeza se niega a procesar sus palabras. «¿Prometida?». ¿De qué demonios está hablando?

El único hombre con el que puedo imaginarme a mi abuela Flo es mi abuelo. Aunque falleció hace tres años de cáncer de huesos, jamás imaginé que ella pudiera salir con otro hombre. Recuerdo que se sentaban en sus sillones reclinables para ver *La rueda de la fortuna* y *Jeopardy!* cada noche. Y que sus correrías nocturnas consistían en asistir al sermón de los martes y regresar a casa a las ocho para devorar una bolsa de Chex Mix mientras cotilleaban sobre los demás feligreses.

—Ni siquiera sabía que estuvieras con alguien. —Las palabras me resultan extrañas saliendo de mi boca mientras me vuelvo hacia Tara—. ¿Tú lo sabías?

—No, pero es gracioso. La abuela tiene una vida amorosa más activa que la nuestra. —Se mira el dedo que antes lucía el enorme brillante de talla princesa. Sospecho que una de las peores cosas de la ruptura de su compromiso fue renunciar al anillo.

—¿Con quién te casas? —pregunto a mi abuela, devolviendo mi atención al asunto que nos ocupa.

—Con Martin Ritchie… —dice sonriendo como una cervatilla enamorada.

Tara la interrumpe.

—¡Lo conocemos! Vive en tu misma calle, un poco más abajo, ¿verdad?

La abuela asiente con orgullo.

—El mismo.

—¿En serio? ¿El tipo del bigote con el que jugabais a la petanca el abuelo y tú? —Visualizo el grueso bigote de estrella del porno de los ochenta. Que yo recuerde, Martin siempre llevaba un polo a rayas.

La abuela Flo se pone a hablar de lo atractivo que es Martin. Y cuenta algo de un barco y un partido de tenis. Su mirada adquiere un brillo sentimental cuando explica los detalles de su escapada de fin de semana a Cape Cod. El marisco. El mareo de ella. El apoyo incondicional de él. La romántica proposición con puesta de sol incluida. Apenas la escucho. No sé cómo procesar la información. No es que esté enfadada porque cancelara nuestra tradicional cena familiar de Pascua. Es el hecho de que haya estado llevando una doble vida.

—Uau, reconozco que la noticia me ha sorprendido, pero me alegro por ti —me obligo a decir con una dulce sonrisa nietesca—. ¿Cuándo es la boda?

Encoge los hombros.

—Aún está por decidir. Me gustaría que fuera en verano, pero ya es tarde para eso. A estas alturas dudo que haya salones disponibles para la celebración…

Un gritito ahogado sale de la garganta de Tara, sobresaltándome. Por su cara se diría que ha descubierto la cura para una enfermedad mortal.

—Dios mío, yo todavía tengo contratado el salón de mi boda. En el Sheraton. Y casi todos los servicios.

La abuela parpadea.

—¿No los cancelaste?

—Todavía no. Me están guardando los depósitos. Pensaba… que igual Seth cambiaba de opinión. —Le empieza a temblar la barbilla—. Pero no lo hará, de manera que puedes quedártelo todo. Así no se desperdiciará el dinero y la planificación.

El ceño se ahonda entre las finas cejas de la abuela Flo mientras considera la extraña propuesta.

Estrujando los cantos de mi portátil, examino el semblante ilegible de Tara.

—¿No te importa?

Sinceramente, yo no sé cómo me sentiría viendo a otra persona avanzar hacia el altar en mi salón, el día de mi boda, con mi decoración y mi música, cuando era yo la que debería estar ahí.

—No, de verdad que no. —Tara parece sincera. Por la manera en que ha bajado los hombros, creo que hasta se siente un pelín aliviada—. Sabes que papá lo aprobaría. Lo calificaría de «responsable y económico» —dice imitando la voz de nuestro padre.

La abuela Flo sonríe.

—Creo que te tomaré la palabra. He de hablarlo primero con Martin, pero estoy segura de que le encantará la idea.

Mientras Tara y ella se dan un abrazo sensiblero, yo intento visualizar qué se pondrá mi abuela. ¿Elegirá un vestido de novia tradicional o un vestido de noche? ¿Un elegante traje de chaqueta? Todo esto me resulta muy raro, pues yo siempre la he visto con sus peculiares conjuntos de abuela. Con esos estampados con dibujos de flora y fauna. Un par de somorgujos. Una hoja de arce. Un zorro. Nunca la he visto con un vestido de novia.

—Por cierto, ahora que me acuerdo —dice la abuela Flo con una palmada—, ¿tenéis planes para mañana por la noche?

—Creo que no.

Descanso la cabeza en el respaldo del sofá y miro el techo, deseando para mis adentros que la vida regrese a los tiempos en que mi abuela Flo no iba a reemplazar a Tara en su boda. Mejor aún, a los tiempos en que yo no me lo había montado con mi archienemigo sin nombre del gimnasio después de decidir pasar de los rollos de una noche. Necesito una copa.

—Estupendo. Me gustaría que conocierais a la familia de Martin. Hemos reservado en Mamma Maria's.

La idea de pasar la noche socializando con desconocidos me arranca un largo suspiro. Tara encubre mi desganada respuesta elogiando el anillo y hablando de los detalles de la boda. De vez en cuando asiento y suelto un gritito a fin de parecer mínimamente ilusionada pese a estar todavía en estado de shock. Por fin, mi abuela recoge el resto de sus galletas (para Martin) y se marcha, pero no sin antes expresar su desaprobación por mis mallas, señalando que se me marca la «flor».

—Crystal. —En cuanto la puerta se cierra, Tara me lanza el cojín de lentejuelas—. Ni se te ocurra ponerte en plan *Los padres de ella* con Martin. Es un anciano encantador.

Se lo lanzo de vuelta. El cojín rebota en su rodilla y cae al suelo.

—¿Qué te hace pensar que lo trataré como Robert de Niro? Yo no tengo un detector de mentiras.

—Todavía. —Hace una pausa—. Porque es lo que siempre haces. Entras en modo mamá oso. Con todo el mundo.

Me repliego con el ceño fruncido.

—No es cierto.

Tara se me queda mirando fijamente, como si llevara tiempo queriendo sacar el tema.

—Nunca te gustan los tíos con los que salgo. ¿Sabías que Seth te tenía pavor? Tardaste como seis meses en dirigirle la palabra, y solo para pedirle que te prestara su espiralizador de verduras.

La miro de hito en hito. No le devolví el espiralizador. Probablemente porque los espaguetis de calabacín se han convertido en un ingrediente básico de mi dieta, y porque sabía que Seth iba a cagarla. Pero puede que Tara tenga razón. Lo último que quiero es disgustar a mi abuela Flo si ha encontrado una segunda oportunidad de ser feliz.

—Me portaré bien, te lo prometo.

7

Martin ya no lleva bigote. Me he pasado la última media hora contemplando la piel desnuda de su labio superior, así como el enorme lunar que tiene en el cuello. Del centro del lunar le sale un pelillo que estoy resistiendo la tentación de arrancar.

No para de hablar de los numerosos miembros de su familia mientras estos entran en el salón privado del restaurante. No ahorra detalles con sus historias, por ejemplo que su sobrina nieta sacó sobresaliente en todas las asignaturas en su último semestre en Duke pese a tener amianto en la habitación de la residencia.

Sé que solo intenta ser amable y que nuestras familias se conozcan, pero descubrir el ancho del último brote de herpes zóster de su hija mayor no es precisamente la conversación ideal antes de sentarnos a comer una cena italiana de cuatro platos.

—Crystal, ¿te importa venir un momento? —nos interrumpe mi madre.

Me tira del codo al tiempo que obsequia a Martin con una sonrisa de lo más falsa. Yo he heredado su incapacidad para suavizar la expresión, sobre todo cuando está molesta.

—¿Qué pasa? —susurro inclinándome hacia ella.

Mamá pasea la mirada por el salón iluminado con velas, nerviosa por la tirante división de las dos familias, que aguardan de pie a cada lado de la mesa.

La familia de mi madre, los McCarthy, son gente formal.

Constituimos un grupo reducido porque mamá solo tiene un hermano con dos hijos. No somos excesivamente bulliciosos, a diferencia de los Chen, la familia de mi padre.

Todos intentan mantener la calma mientras observan, más que incómodos, la imagen de la abuela Flo envolviendo a Martin con todo su cuerpo en el diván, posando a tope para las fotos. Martin lleva toda la noche cubriéndola de carantoñas vergonzosas.

La de Martin parece la típica familia del Medio Oeste, blanca, sensata, nacida y criada en Estados Unidos. Él tiene tres hijos, varios nietos ya mayores y una pila de hermanos que están hablando alegremente de sus casas de campo y de la próxima temporada de pesca. También están dando buena cuenta de la barra libre, palmeándose la espalda y gritando muchos decibelios por encima de lo que requiere este salón.

—Solo quería salvarte de la conversación de los herpes.

Apartándose el flequillo de los ojos, mamá me hace un guiño. Después de mi charla con Martin, me ha quedado claro que la discreción no es lo suyo. Nada que ver con el carácter hosco y reservado de mi abuelo.

—¿Cómo lo llevas? —le pregunto con empatía.

De todos nosotros, ella es la que peor se tomó la noticia. Mi madre estaba muy unida a mi abuelo. Tara me aseguró que mamá estaba bien, pero no me fío de ella, dada su paranoia de que canalizaré a Robert de Niro y les estropearé la cena.

Mi madre juguetea con la copa de champán, forzando otra sonrisa.

—Bien. ¿Por qué no iba a llevarlo bien? Si la abuela es feliz, yo también.

Por lo visto, Tara no exageraba.

Mamá tiene razón. La abuela parece tan llena de vida, con su elegante vestido de encaje dorado y el chal a juego. Su pelo, corto y gris, luce unas ondas estilo años veinte. Sigue arropada por el brazo de Martin con una medio sonrisa a lo Julia Roberts mientras él la mira como si fuera la luz de su vida.

—Estás muy guapa. —Mamá le da un repaso a mi vestido de

noche azul marino—. Hacía tiempo que no te veía fuera de tus Lulus.

Sé que su comentario, por mucho que ella lo negara, es un desprecio a mi elección profesional.

—Sabes que no me queda más remedio que llevar mallas Align el resto de mi vida —digo, y decido que este no es el momento ni el lugar para empezar una discusión. Además, esas mallas son increíbles. Lululemon me atribuye haber introducido a cientos de mujeres en el divino confort de sus mallas Align—. ¿No ha venido Hillary?

Mi madre suelta un suspiro de pena y de inmediato lamento haber sacado el tema.

—El restaurante no la aceptaba sin la documentación que demuestra que es un perro guía.

La miro con dureza.

—Mamá, Hillary no es un perro guía. Tienes que dejar de decirle eso a la gente.

Se lleva una mano al pecho, horrorizada por mi osadía.

—Para mí es una perra terapéutica.

—Ya hemos hablado de eso. Sabes muy bien que se trata de una acreditación real. Hay personas que necesitan un perro guía por razones de salud, no solo porque estén obsesionadas con su perro y no puedan separarse de él sin que les dé un ataque.

Parece que mamá no está de acuerdo, porque pone los ojos en blanco con gesto desafiante. Cuando la abuela Flo anuncia que ha llegado el momento de sentarse a cenar, apura el resto de su champán como si fuera agua.

Como hace siempre para las cenas familiares, mi abuela ha escrito tarjetas con los nombres de todos. Los invitados se sientan entre los coloridos arreglos de ranúnculos que Tara y mi madre han preparado con sumo gusto esta tarde.

Por desgracia, las familias están mezcladas a propósito, uno de nosotros entre dos o tres de ellos, para fomentar que nos conozcamos. La peor pesadilla de una introvertida como yo.

Tengo el privilegio de sentarme entre Martin y una tarjeta

que reza «Scott» con letra elegante. De todos los miembros de la familia Ritchie que me han presentado esta noche, no recuerdo a nadie llamado Scott. Cuando los camareros proceden a servir la ensalada, me percato de que todos los asientos están ocupados menos el de Scott.

Martin se inclina hacia mí masticando su ensalada César. Un trocito de picatoste sale disparado de su boca y aterriza cerca de mi muñeca. Escondo la mano rápidamente en mi regazo, bajo la protección del mantel.

—Estarás al lado de mi nieto Scotty. —Me sonríe de oreja a oreja, como si me hubiese tocado la lotería en lo que a distribución de asientos se refiere. Qué bien.

Me distrae la visión de mi padre chocando esos cinco con el hijo de Martin por encima de la mesa. Papá es de esas personas que pueden entrar en una estancia llena de desconocidos y salir quince minutos después con nuevos amigos para toda la vida. Es sumamente extrovertido, el primero en llegar a una fiesta y el último en marcharse.

—Parece que Scotty se está retrasando —digo echando un vistazo a la silla vacía a mi lado.

Una mujer de ojos verdes con una elegante melena corta, a quien Martin me presenta como Patricia, su nuera, se inclina en diagonal desde el otro lado de la mesa.

—Me dijo que vendría en cuanto terminara su turno —explica mirando su reloj de pulsera.

Por la manera irritada en que arruga la nariz deduzco que es su madre.

—Mi nieto es bombero —me informa Martin, orgulloso—. Ha seguido la tradición familiar.

Miro a Martin tratando de imaginármelo de bombero cuarenta años atrás.

—Debes de estar muy orgulloso de él.

Mi abuela, que está sentada al otro lado de Martin, interviene.

—Oh, Tara, hablando de Scotty, espera a verlo. Es guapísimo.

Mi hermana y yo nos removemos incómodas en nuestros

asientos. Desde que el compromiso de Tara se fue al garete, la abuela Flo está obsesionada con hacerle de casamentera.

No es que desee que mi abuela me busque novio, pero en una ocasión, por una cuestión de principios, le pregunté por qué no hacía de casamentera conmigo. Restándole importancia, respondió que yo era una de esas «chicas independientes». Luego se puso a elogiar mi cara, dijo que yo era una mezcla perfecta de mis padres y que había heredado los increíbles ojos color miel de mi madre. Alabar mi «belleza facial» es lo que la gente hace cuando intenta compensar, suponiendo erróneamente que necesito un chute de confianza porque mi cuerpo «no es perfecto».

Por el bien de Tara, intento desviar de la conversación el asunto de su soltería.

—Si Scott es tan guapo, ¿por qué está soltero? —Sonrío de oreja a oreja para que comprendan que estoy bromeando.

—No lo está. —Martin se vuelve hacia su nuera—. Sale con Diana, una patinadora artística, ¿no es así, Patricia?

Patricia asiente.

—Llevan seis meses. Aunque ella está de gira con Disney on Ice —añade al tiempo que vuelve a mirar su reloj de pulsera—. No quiero que tengáis que esperar por él. Lo más seguro es que esté todavía en el trabajo, como siempre.

Martin se encoge de hombros.

—El deber es lo primero.

Mi irritación con el impuntual Scott crece cuando caigo en la cuenta de que él es la razón de que nadie, excepto Martin, haya tocado aún la ensalada. Ya son las siete y media. A mediodía comí algo ligero previendo una cena copiosa, pero a las siete como muy tarde. Ahora entiendo por qué estaban retrasando los cócteles y los aperitivos.

Martin posa la mano en el respaldo de la silla de mi abuela antes de darle un beso en la sien.

—A Scotty no le importará si empezamos. Ahí voy con mi discurso.

Deja la servilleta en la mesa y se levanta con su copa de vino tinto en alto. Todos los comensales se vuelven hacia él.

—Antes de empezar a comer, sería descortés por mi parte no dar las gracias a mi familia y a la familia de Flo por estar aquí esta noche. Y a Tara por regalarnos una boda completa —añade con un guiño, recalcando por quinta vez esta noche la mala fortuna de Tara.

La gente ríe con tirantez mientras mi hermana estruja su tenedor.

—No sé si todos lo sabéis, pero Flo y yo íbamos al mismo colegio. Fuimos compañeros de clase hasta octavo. Flo era, de lejos, la niña más guapa de la clase con sus adorables trenzas —dice con ternura—. Siempre que...

El discurso de Martin se interrumpe de golpe cuando la puerta de nuestro salón privado se abre bruscamente.

Los Ritchie estallan de entusiasmo, gritando:

—¡Scotty!

Mis ojos se posan en la imponente figura que ocupa casi todo el hueco de la puerta. Los ojos verde bosque. El rostro de Chris Evans.

Imposible.

Es Robamáquinas.

Robamáquinas es Scott.

Nunca he deseado desaparecer de la faz de la tierra como ahora mismo.

8

Confirmado, el universo está conspirando contra mí. Debí de hacer muchas cagadas en otra vida.

Scott, más conocido como Robamáquinas, está casi irreconocible con su atuendo no-gym y sin la gorra de béisbol proyectando una sombra lúgubre sobre su rostro. Su pelo ondulado está húmedo y peinado hacia atrás, como si acabara de salir de la ducha. Las tonalidades profundas de sus ojos estallan como esmeraldas a la cálida luz de las velas. Viste un blazer sobre una camisa azul claro y un pantalón beis, todo lo cual se ajusta a su cuerpo con injusta precisión.

Cuando me ve al lado de su abuelo, da un paso atrás y se agarra al marco de la puerta. No hay duda de que está tan estupefacto como yo. De hecho, casi estoy esperando que dé media vuelta y salga disparado del restaurante.

Me chirría verlo aquí, pues en la última imagen que tengo de él cada centímetro cuadrado de mi cuerpo sudoroso estaba pegado al suyo.

El estómago se me encoge cuando Martin, de pie frente a la mesa, aúlla:

—¡Scotty, muchacho!

La cabeza me da vueltas al caer en la cuenta de que el hombre que me dio el mejor beso de mi vida no está soltero. Tiene novia. La sinceridad de sus ojos cuando me miraba era una gran mentira. Una farsa. Una actuación digna de un Oscar.

Y lo peor de todo es que me siento fatal por Diana, su novia patinadora. Sé mucho sobre la traición, el desamor, la rabia, y sobre el sentimiento de baja autoestima que acompaña al engaño. Si miro atrás, tengo razones para sospechar que antes de que acabara mi historia con Neil y él volviera oficialmente con su ex, Cammie, se solaparon algunas semanas. Lo último que desearía es ser esa persona para otra mujer. Con eso no estoy diciendo que el peso de la culpa deba recaer en mí, pero no quiero ser parte de algo así.

Scott aparta su mirada deshonesta de mí y obsequia a su abuelo con una sonrisa cálida. Rodea la mesa para darle un abrazo cariñoso.

—Siento llegar tarde. Recibí un aviso al final de mi turno.

—¿Qué pasó? —le pregunta Martin.

—Unos chavales provocaron un incendio en una cocina. Los padres no estaban en casa. Si el vecino no llega a llamar al 911, la cosa habría acabado mal. Eran muy pequeños y no paraban de temblar. Me quedé con el equipo hasta asegurarnos de que estaban bien —presume con falsa modestia.

Se me escapa un bufido. Mi cerebro no puede conciliar la imagen del Robamáquinas moralmente corrupto y el Scott que consuela a unos niños atemorizados. Seguro que exagera. De hecho, me apuesto algo a que estaba vagueando en su casa en boxers de cinturilla baja. Seguro que se le fue el santo al cielo organizando sus diferentes polvos de proteínas o admirando su reflejo en el espejo.

Martin resta importancia al retraso.

—Bravo, muchacho. Siempre supe que me harías sentir orgulloso.

Scott asiente con la empatía del falso héroe y luego, volviéndose hacia mi abuela Flo, la abraza con unos bíceps que acabo de descubrir que son empleados para salvar vidas en incendios... además de para sostenerme contra las taquillas.

—Flo, estás guapísima —le dice al tiempo que las comisuras de sus ojos se arrugan de manera casi imperceptible.

No solo resulta irritante que Scott la esté obsequiando con una sonrisa absolutamente encantadora, también me escuece que ya conozca tan bien a mi abuela.

Tengo la sensación de estar en una dimensión desconocida. Esto me recuerda a cuando Kelsey, mi amiga del instituto, comenzó a salir con nuestro profesor de inglés al empezar la universidad. Aparte de ser inapropiado y asqueroso, verlo en las fiestas de la residencia se me hacía rarísimo. Como dos mundos diferentes que nunca nunca deberían colisionar.

Scott me mira de nuevo. La nuez le sube y baja cuando repara en el asiento vacío a mi lado. Su asiento.

Antes de sentarse, Martin nos presenta.

—Scotty, esta es Crystal Chen, una de las preciosas nietas de Flo.

Cuando me tiende la mano, me entran ganas de borrarle de un bofetón esa cara de chulito.

—Scott Ritchie. Encantado de conocerte, Crystal —dice como si nunca nos hubiéramos visto.

Como si no nos hubiéramos puesto a cien en el vestuario del gimnasio hace apenas cuarenta y ocho horas.

No se molesta en ocultar lo mucho que le divierte la situación. Si siente el menor remordimiento por haber engañado a su novia patinadora conmigo, no da muestras de ello. Es exasperante.

Quiero reconvenirle por su infidelidad aquí y ahora. Destapar su execrable conducta. Pero me contengo. Lo último que deseo es estropearle la cena a mi abuela, sobre todo después de prometerle a Tara que no lo haría. Así que respiro hondo y me muerdo la lengua.

—Lo mismo digo —respondo, todo cortesía.

Lo miro con suspicacia mientras se sienta a mi lado. Si ya pensé que olía bien todo sudado después de entrenar, ahora desprende un olor delicioso, como una fantasía erótica en la ducha. Seguro que está recién duchado, porque huele a ese jabón verde en pastilla. Masculino. Ligeramente especiado. Demasiado sensual. Al parecer, este es el olor de los infieles sin corazón que no dan ninguna muestra de remordimiento.

Mi cuerpo me traiciona. Su mera proximidad hace que las piernas me vibren hasta los dedos de los pies. Me reacomodo en la silla y desvío el rostro al tiempo que su madre le lanza una mirada severa, y seguro que por dentro está gritando: «¿Cómo te atreves a llegar tarde a la cena de compromiso de tu abuelo?».

Me niego a mirarle cuando Martin reanuda su discurso.

—Como decía, he querido a Flo desde que íbamos a primaria. Desde el día que me robó la gorra en el recreo y se negó a devolvérmela. Probablemente ella no esté de acuerdo con el término, pero fuimos novios durante toda la secundaria, hasta que me dejó por Ned Reeves. —Se vuelve hacia ella con una sonrisa nostálgica.

Mi abuela Flo le propina una palmada en el brazo.

—Te dejé porque besaste a Peggy Penton.

Se ríen y Martin continúa.

—Sea como sea, estuvimos años separados… muchos años. —Se le quiebra la voz—. Pasamos casi toda nuestra vida como buenos amigos, pero siempre la he querido. También quería a Roger. —Se detiene y mira uno por uno a los miembros de mi familia—. Os prometo que cuidaré de ella tanto como la cuidó él durante cincuenta y siete años.

Todos los presentes exclaman «Oooh» y aplauden educadamente antes de brindar por la abuela Flo.

Estoy en shock cuando alzo la copa de vino y brindo con Scott. Martin lleva enamorado de mi abuela Flo desde primaria. Por adorable y digno de una canción romántica country que sea, solo puedo pensar en mi abuelo. Pienso en la de veces que Martin fue a verlos cuando Tara y yo estábamos en su casa. Pienso en lo mucho que mi abuela hablaba de él. El hecho de que hasta yo le conociera como un amigo de mi abuela me lleva a preguntarme si no habría algo más. Martin también tenía esposa, pero, si no recuerdo mal, falleció hace diez años por lo menos. ¿Es posible que mi abuela estuviera engañando a mi abuelo con Martin? ¿Amó a Martin durante todo ese tiempo?

Siempre he tenido la relación de mis abuelos en un pedestal. Mi abuelo le llevaba flores todos los viernes. Aunque rezongaba abiertamente, le preparaba platos especiales, incluso cuando mi abuela pasó por una fase en la que solo comía verduras crudas. Ahora me surge la duda de si todo fue una farsa. Y encima he de lidiar con la presencia de Scott el Infiel.

Trato de calibrar las reacciones del resto de mi familia al discurso de Martin, pero nadie parece molesto. Mamá está charlando animadamente con los camareros sobre cómo evitan la contaminación cruzada en la cocina. Tara conversa con la abuela. Papá sigue enfrascado en lo que parece un *bromance* con el hijo de Martin.

No sé si es el vino, pero me estoy asando aquí apretujada entre el nuevo amor de mi abuela y el Infiel. Me levanto algo brusca y la servilleta se me cae del regazo. Salgo a la tenue luz del pasillo, junto a los servicios. Siento el frío de la pared en las yemas de los dedos. Cierro los ojos y, respirando hondo, trato de volver a encerrar bajo llave al monstruo antisocial que llevo dentro. «Aguanta hasta el final de la cena», me digo. «Luego podrás irte a casa, meterte en la cama y evitar la realidad».

Al inspirar, mi nariz inhala un soplo de ese olor a jabón verde. No necesito mirar para saber que Scott anda cerca.

Me obligo a abrir los ojos y confirmo que, efectivamente, está justo delante de mí.

—¿Te encuentras bien? —me pregunta con voz ronca, estudiando mi rostro—. Estás un poco pálida. Puedo traerte un vaso de agua, si quieres. —Se balancea sobre los talones con las manos en los bolsillos.

—Estoy bien, solo necesitaba un poco de aire —digo, demasiado nerviosa para soltarle una respuesta mínimamente hiriente.

Ladea la cabeza, indicándome que no me cree, pero decide no insistir.

—Hoy no fuiste al gimnasio. Y tampoco ayer. —Las palabras escapan de mi boca antes de que pueda detenerlas.

Su aparente mirada de inquietud es reemplazada por una sonrisa de satisfacción.

—¿Me echaste de menos? —Se lo cree tanto que seguro que tiene selfis enmarcadas en la mesilla de noche.

Resoplo.

—No, no te eché de menos.

—Ya lo creo que sí. Aunque solo sea un poquito. —Ríe con desenfado y repara en que tengo el móvil en la mano—. Veo que finalmente encontraste tu teléfono. Y no lo tenía yo...

Ignorando la segunda parte de su comentario, me aclaro la garganta y enderezo la espalda. Prefiero morir antes que reconocer que estaba equivocada.

—Eres tú quien empezó a ir al gimnasio a la misma hora que yo.

—El gimnasio de mi parque de bomberos está de reformas y tiene para unos meses. Excalibur Fitness se encuentra a medio camino entre el parque y mi apartamento. —Hace una pausa, inclinándose un poco más—. Y como sé que te mata la curiosidad, los dos últimos días me han cambiado el turno. He estado yendo al gimnasio por la noche.

Arrugo la nariz.

—Ahórrame los burdos pormenores de tu rutina diaria, por favor. No podrían importarme menos.

—Oye, fuiste tú la que me siguió hasta el vestuario.

—Estaba buscando mi móvil.

Me mira fijamente.

—Y te llevaste algo más.

Aparto de mi mente el erótico recuerdo de mi ser aplastado entre la taquilla y su duro cuerpo.

—No volverá a ocurrir. Está claro que perdimos momentáneamente el juicio. Los dos.

—Está bien. —Me observa divertido, como el cabrón petulante que es.

—Nunca —recalco por si no le ha quedado claro.

—Como quieras.

Incapaz de descifrar si está siendo sarcástico, lo fulmino con la mirada. Estoy escogiendo mis palabras para reprocharle su estatus de no-soltero cuando interrumpe mis pensamientos.

—¿Qué extraño, verdad, lo de tu abuela y mi abuelo?

Su tono me pilla desprevenida. En lugar del acostumbrado sarcasmo desdeñoso, suena normal. Como una conversación relajada entre amigos o conocidos. Parpadeo un par de veces.

—Mucho —admito.

—Lamento tu pérdida. Sé que tu abuelo murió hace un par de años —dice en un tono sereno y comedido.

Por la manera en que sus ojos buscan los míos, como si entendiera mi dolor, diría que está siendo sincero.

—Gracias.

Doy una bocanada trémula, esforzándome por contener las lágrimas. No pienso llorar delante de mi infiel archienemigo del gimnasio, aunque por una vez esté comportándose como un ser humano decente. Inspiro de nuevo, recuperando la compostura, antes de volver al salón.

Parece que la distribución de los asientos ha conseguido romper el hielo entre las dos familias, porque ahora todos están charlando muy animados. Menos yo. Estoy todo lo repantingada que se puede estar en una silla de restaurante. Tengo medio cuerpo fuera del asiento con las piernas estiradas frente a mí.

Lo reconozco, me estoy comportando como una aguafiestas. Pero solo porque ha sido una noche emocionalmente agotadora. A decir verdad, la sociable familia de Martin, aunque encantadora, me ha dejado exhausta. Solo quiero irme a casa, acurrucarme bajo el edredón y mirar un *reality* soporífero en la tele.

El hecho de tener el estómago revuelto, no sé si por la situación con la abuela Flo, Martin y Scott, o por haber comido demasiados fettucini, no ayuda. Llevo diez minutos mirando el móvil, más bien un mensaje que me ha llegado inesperadamente.

NEIL: Hola.

Una sola palabra y ya estoy atrapada en un torbellino de emociones. Un torbellino que gira incontrolable, dejándome jadeante y sin aliento, y no en el buen sentido.

No he sabido nada de Neil desde la última vez que me escribió para quejarse de Cammie y de su «vida sexual de mierda», a lo cual no respondí. Hasta este último mes no había llegado al punto de no esperar con el alma en vilo un mensaje suyo.

—¿Otra vez en Tinder? ¿Chateando con Zayn? —dice una voz profunda por encima de mi hombro.

Scott ha vuelto a su asiento después de pasarse veinte minutos junto a la barra, socializando y llenando el salón con su risa increíblemente contagiosa. Quién iba a decir que el Infiel era capaz de reír de una manera tan auténtica e irrefrenable.

Lee el mensaje por encima de mi hombro. Está tan cerca que noto la brisa de su aliento haciéndome cosquillas en la nuca.

Aplasto el móvil contra mi pecho desbocado.

—Perdona, pero no es asunto tuyo.

—Solo me preguntaba qué haces con el móvil en la fiesta de compromiso de tu abuela.

—Para tu información, estoy respondiendo mensajes de trabajo.

En realidad he contestado un correo. Básicamente, estoy debatiéndome entre responder o no a Neil a la vez que investigo las ventajas de la faja Skims de Kim Kardashian en comparación con la OG de Spanx.

—Yo diría que estás escribiendo a «Neil».

Vuelvo rauda la cabeza para asegurarme de que nadie de mi familia le ha oído pronunciar ese nombre. No lo han hecho, de lo contrario ya los tendría a mi alrededor soltándome la chapa.

—Estás muy equivocado.

Se inclina hacia mí, divertido, girando una cucharilla sin usar sobre la mesa.

—¿Al final hiciste con Zayn un Netflix con chill?

—No.

—¿Por qué?

—Porque no nos poníamos de acuerdo en qué versión de *Office* era mejor, si la inglesa o la estadounidense —miento. Lo cierto es que nunca respondí a Zayn. Además, ¿qué diantre le importa a Scott?

—¿Cuál crees tú que es mejor?

—La estadounidense, obviamente.

Se reclina en la silla y sacude la cabeza.

—He de decir que en eso estoy con Zayn. El humor inglés es insuperable.

—Por eso tú y yo no nos llevamos bien —espeto.

Esboza una sonrisa lenta.

—Yo creo que a veces sí nos llevamos bien.

Una corriente eléctrica vuelve a recorrerme el cuerpo, hasta el punto de que siento el calor en mis mejillas. Pero no puede ser. Porque Scott es un cabrón. Lo mejor será largarse y evitarlo el resto de la noche; no, el resto de mi vida.

Justo cuando me dispongo a huir, Tara se desploma a mi izquierda, en la silla vacía de Martin.

—Creo que el camarero pelirrojo se ha enamorado de mí —susurra—. No mires.

Me giro con disimulo hacia el camarero, quien no le quita el ojo a Tara mientras le sirve una taza de té a mi madre. El pobre chaval no aparenta más de diecisiete.

—¿Has coqueteado con él?

—Dios mío, no. Es un crío, aunque entiendo que se le caiga la baba conmigo. Estoy que me salgo con este mono —dice señalando su mono corto de lentejuelas color champán.

Río débilmente y Tara cambia de tema.

—¿Te he hablado alguna vez del día que me comí una caja

entera de Krispy Kremes? —me pregunta frotándose el tonificado vientre.

—No.

Empieza a relatarme los acontecimientos que la llevaron a comerse media docena de dónuts. Algo sobre una cena de langosta, Seth y el transporte público. A decir verdad, solo la escucho a medias porque Scott ahora está charlando animadamente con mi abuela Flo.

La sangre me hierve por dentro, pues sé que está engañando a mi dulce abuela. Es evidente que ella piensa maravillas de él. Como todos. No se dan cuenta de que lo suyo es una fachada elaborada con esmero.

Scott asiente con las mejillas sonrosadas cuando mi abuela le susurra algo al oído. Nuestras miradas se cruzan de nuevo mientras él le contesta algo que no alcanzo a oír.

El elevado tono de Tara ahoga las siguientes palabras que salen de la boca de mi abuela. Mi hermana ha llegado a la parte más animada de su relato.

—Y entonces el tío tuvo la osadía de preguntarme a qué fiesta iba. Y yo le solté: «No, hermano, estos dónuts son todos para mí...».

Scott y la abuela Flo ahora están partiéndose de risa, como si fueran colegas del alma. Seguro que a estas alturas ya tienen las pulseras de la amistad. Solo les falta un apretón de manos sincronizado en plan *Tú a Londres y yo a California*.

Esto es demasiado. No puedo quedarme aquí ni un segundo más viendo al falso Scott en acción. Me levanto bruscamente, bolso en mano, tambaleándome por los retortijones de la salsa Alfredo. Ni siquiera me molesto en despedirme mientras pongo rumbo a la puerta. Echo una rápida ojeada por encima de mi hombro, lanzándole a Scott una mirada de desprecio, antes de salir disparada del restaurante.

No es propio de mí marcharme de una fiesta sin avisar, pero después de todo lo ocurrido solo deseo estar sola, preferiblemente en posición horizontal.

La acera está abarrotada de gente que pasea y disfruta de la cálida brisa primaveral.

Mientras confirmo mi Uber, Tara baja a toda prisa los escalones de piedra, los bucles de plancha rebotándole con cada zancada.

—¿Estás bien?

Suspiro, oteando la calle en busca del Honda Civic 2016 blanco que he pedido.

—Estoy cansada, nada más. Mi ser introvertido ha despertado de su letargo.

—¿Seguro que no te pasa nada?

La miro con expresión grave.

—Scott Ritchie, el nieto de Martin, es Robamáquinas.

Se tapa la boca con la mano.

—¿Qué? ¿En serio?

—Sí.

—¿El tío con el que te enrollaste en el vestuario del gimnasio?

Asiento secamente.

Levanta una ceja, comprendiendo al fin.

—Y tiene novia…

—Exacto. Es un cerdo asqueroso. Oh, sorpresa.

Tara pasa de la conmoción a la indignación.

—Esa es la razón de que haya dejado de confiar en los hombres.

—Dímelo a mí. —Hago una pausa, observando su enojo—. Pero no digas nada, no quiero aguarles la fiesta. Prefiero marcharme y ya está. —Mi Uber se detiene en el bordillo en el momento justo.

—Qué ganas me dan de entrar ahí y decirle cuatro cosas —declara Tara, girando sobre sus talones, mientras abro la portezuela del coche.

—¡No! —le grito.

Desvelar la infidelidad de Scott en la fiesta de compromiso me parece cruel e infantil. Además, hace que yo parezca la «otra mujer», despechada y celosa, y no es el caso.

Demasiado tarde. Tara ya ha entrado.

9

En mi vida vuelvo a tomar leche, me juro. Por desgracia, tenía que ser yo la intolerante a la lactosa. Toda la familia de mi padre lo es.

Me saco el sujetador por debajo del vestido y lo tiro al suelo de la sala antes de caer despatarrada en el sofá, víctima de un coma digestivo. Me dispongo a poner el canal Bravo cuando mi móvil se enciende en la mesita de centro. Se me cierra la garganta. Espero que no sea Neil.

No es él. Es un mensaje privado en Instagram. De Ritchie_ Scotty7.

Joder, no.

Cojo el teléfono y abro el mensaje.

RITCHIE_SCOTTY7

> Hola, Crystal. Tu hermana me ha dicho que estás enfadada.

Contemplo el mensaje unos segundos antes de sacudir el móvil con violencia. Ni siquiera es un tío original. De hecho, es un infiel de manual, colándose en el correo privado de una chica.

¿Y qué se supone que debo responder? Decido resolver la

situación pasando olímpicamente de él. No pienso seguir fomentando su conducta.

Dejo el móvil en la mesa, agarro el mando a distancia y pongo una reposición de *Amas de casa reales del condado de Orange*. A medio programa, en pleno intercambio de gritos entre Tamra y Vicki, se enciende de nuevo el móvil.

RITCHIE_SCOTTY7

> Veo que has leído mi mensaje. Piensas contestar? Incluso acepto un emoji como respuesta.

Resoplo, porque puedo visualizar su cara de puñetazo y oír su tono de sarcasmo mientras leo el mensaje. Me paso el resto del episodio mirando ignominiosamente su Instagram. No tiene muchas fotos, pero examino cada una de ellas con lupa.

En su foto de perfil lleva gafas de aviador contra un cielo azul intenso. En el regazo tiene un enorme y patilargo goldendoodle. El perro está sonriendo, literalmente. Con los dientes. Al parecer me equivoqué sobre eso en mi diatriba de Instagram. Sí le gustan los perros. De hecho, parece obsesionado con el suyo, porque su bio de Instagram reza: «Papá canino de Albus Doodledore».

En contra de mi buen juicio, sigo deslizando el dedo cargado de odio. Ni rastro de Diana, la novia patinadora de la que hablaron Martin y su madre. En lugar de eso hay multitud de fotos de naturaleza, algunas de Albus Doodledore en senderos de montaña, y un par de instantáneas de camiones contraincendios y tipos vestidos de bomberos.

Ni una selfi del gym bro con el torso al aire. De hecho, solo hay una foto sin camisa, de él con un amigo en el borde de un muelle en un lago. Hago zoom con precisión milimétrica para asegurarme de no darle un like sin querer. Sus abdominales son inconfundibles. Y la foto es de 2016. Maldito sea. Lleva años siendo así de hermoso. Es casi injusto.

No encuentro pruebas de sus gustos sobre mujeres, ni siquiera después de revisar las fotos etiquetadas. Nada de imágenes en discotecas con modelos pechugonas o en yates con chicas en biquini. Cierto que sus amigos son musculosos y guapotes, pero no seré yo quien juzgue a alguien por tener amigos atractivos, de modo que abandono la tarea y dejo el móvil en la mesa.

Al cabo de unos minutos vuelve a encenderse. Esta vez es un mensaje de Tara.

> TARA: Hola, espero que estés mejor. Solo que sepas que me quedo en el restaurante para ayudar a mamá a recoger las flores y todo lo demás. Ah, el camarero ronda por aquí y la recepcionista me ha contado que está reuniendo el coraje para pedirme una cita. Tendré que rechazarle con delicadeza. Deséame suerte.
>
> CRYSTAL: Suerte! Y siento no estar ahí para ayudar. Dile a la abuela que me perdone por haber tenido que irme.
>
> TARA: Tranqui, no hay mucho que hacer. Y creo que deberías hablar con Scott. Para tu información, quiere disculparse.

Pongo los ojos en blanco. ¿Disculparse por haber sido descubierto? ¿Suplicarme que no se lo diga a nadie? No, gracias.

> CRYSTAL: Tara, no quiero una disculpa. Paso.

Devuelvo el teléfono a la mesa. Que ahora quiera ir de legal y «disculparse» me cabrea todavía más.

Miro mis mensajes y releo el de Neil. «No sucumbas, Crystal», me digo una y otra vez con la mirada fija en las vigas del techo.

Para no caer en la tentación de contestar a ninguno de los dos, pese a matarme la curiosidad, me pongo ropa de deporte y me marcho a Excalibur Fitness, el único lugar donde encuentro algo de paz. La rabia ha hecho que desaparezcan los retortijones y estoy deseando levantar algunas pesas.

NO HAY NI UN ALMA en Excalibur Fitness. Normal, es medianoche y la gente en su sano juicio no levanta pesas a estas horas.

Ni siquiera hay música, por lo que la tranquilidad es total. Me recuerda a cuando de adolescente trabajaba en el Pottery Barn del centro comercial y abría la tienda a primera hora de la mañana y la cerraba por la noche. La quietud de un lugar que normalmente bulle de gente resulta perturbadora para algunas personas, pero para mí es el súmmum de la serenidad.

Antes de empezar a entrenar, fotografío mis zapatillas y las mancuernas para mi historia de Instagram, que titulo: «Sesión nocturna para desfogarme!».

Después de dos series recupero el aliento mientras me masajeo la pequeña llaga que está formándose en mi palma callosa. Cierro los ojos, para concentrarme en el aire que entra y sale de mis pulmones, cuando la puerta del gimnasio se abre con un silbido.

Scott cruza el torniquete.

Aún viste el blazer entallado de la cena, mientras que yo llevo una camiseta espantosa que resalta mis peores ángulos. He de poner una lavadora ya.

Por el rubor de sus mejillas y el ritmo al que sube y baja su pecho se diría que ha venido corriendo desde el restaurante.

—¿Podemos hablar un momento?

Dejo la haltera con un gruñido.

—Mejor te pregunto yo a ti, ¿cómo sabías que estaba en el gimnasio?

Mi expresión amenazadora, y seguro que de lo más inquietante, lo frena en seco. Da un paso atrás, manteniendo un metro de distancia conmigo.

—Por tu Instagram.

—¿Ahora te dedicas a acosarme en Instagram?

Mi padre fliparía si se enterara de que sus miedos se han hecho realidad y que de verdad alguien me está acosando.

—Dicho así suena un poco siniestro.

—¿Por qué me has seguido hasta aquí?

Deja escapar un largo suspiro y da un paso hacia mí.

—Lo siento mucho…

—Déjalo, Scott. Paso de ser tu amante secreta cuando tu novia no puede darte lo que quieres.

—Crystal. —Se le contrae el rostro—. Ha habido un gran malentendido.

—¿Me estás diciendo que tienes novia y que tu lengua aterrizó en mi boca sin querer? —Estoy furiosa. La sangre me hierve y tengo unas ganas locas de estrangularlo.

Echa la cabeza hacia atrás y se lleva las manos a las sienes.

—No tengo novia. Si la tuviera, no te habría besado.

—Entonces ¿por qué tu abuelo y tu madre creen que sí? ¿Diana, la patinadora artística? No hace falta que mientas, no voy a delatarte. Tengo cosas mejores que hacer con mi tiempo.

Avanza otro paso, cerrando el espacio entre nosotros.

—Rompimos hace dos semanas. Poco antes de conocerte, de hecho. No se lo he contado a mi familia hasta esta noche.

Menos mal que no estoy sosteniendo la haltera, porque seguro que se me habría caído en los pies. Mira tú qué oportuno. Meneo la cabeza.

—Scott, no hace falta que te inventes historias. Buenas noches. —Me doy la vuelta para iniciar mi siguiente serie de diez.

—No miento. —Rodea el aparato y se coloca a mi lado. Aguarda en silencio—. Crystal —dice firmemente cuando termino mi última repetición.

—¿Qué? Vete, por favor —le suplico a la vez que dejo la haltera en el soporte con un golpe seco, todavía incapaz de entender por qué no se esfumó en cuanto le dije que no voy a delatarlo.

—¿Es lo que quieres?

Le sostengo la mirada tratando de determinar si está siendo sincero. Quiero creerle. Quiero atesorar nuestro beso. Quiero decirle: «No, quédate», pero me contengo.

Sincero o no, eso no cambia las cosas. Acaba de romper con su novia. Yo tardo el doble en superar el final de una temporada jugosa de *Juego de tronos*, no digamos de una relación amorosa. Tampoco ayuda el hecho de que Diana sea, literalmente, una princesa de Disney sobre hielo. A juzgar por una rápida incursión que hice en sus redes sociales, es la encarnación del personaje de Bella en *La Bella y la Bestia*. Además de su figura menuda de patinadora, tiene los ojos grandes y conmovedores de Bella, su piel de porcelana y una cara con forma de corazón totalmente simétrica. ¿Qué tío no volvería corriendo con una chica así si pudiera?

No quiero ser el segundo plato, un alivio temporal para su corazón roto, aunque Scott todavía no sea consciente. Acabo de salir del País de las Sustitutas con Neil y no tengo intención de volver.

—Sí, vete —digo entornando los párpados en un triste intento de borrarlo de mi vista.

Scott suspira y levanta las manos, está a punto de claudicar.

—De acuerdo. Pero no miento. No tengo novia. Yo no haría algo así.

Mantengo el gesto impasible. Tras unos segundos de denso silencio, baja la cabeza, derrotado, y abandona el gimnasio.

10.47 — PUBLICACIÓN DE INSTAGRAM: «CAMPAÑA DE POSITIVISMO DE TALLA — ENTÉRATE DE LO QUE VALES» DE **CURVYFITNESSCRYSTAL**:

Preparaos, que este post va fuerte.

¿Serías capaz de decirle a una amiga: «Eres asquerosa», «Eres fea», «No eres lo bastante lista», «No eres lo bastante buena para él»? Apuesto a que NO. A menos que seas una amiga de mierda o una sociópata. Si nunca le dirías esas cosas a una amiga, ¿por qué te las dices a ti?

Tu valía no tiene que ver solo con tu peso o tu condición física. También tiene que ver con la salud de tu mente, tu alma y tu corazón. Si algo he aprendido de mi experiencia con el fitness, es que la negatividad atrae negatividad. Expulsa esa toxicidad de tu vida. Y sí, eso incluye a la gente. Si eres tóxica contigo misma, atraerás a personas tóxicas. No permitas que la gente te ponga en situaciones que te hagan sentir inferior. Hazte con el control de tu vida y no tengas miedo de poner a los demás en su sitio cuando sea necesario.

Por tanto, hazme un favor y elabora una lista de todas las cosas que te gustan de ti misma. Tu pelazo. Tus piernas alucinantes. Tu sentido del humor. Lo que sea. Observa esa lista y grábatela en la memoria como si fuera tu discurso de primaria. Léela a diario.

Si tienes uno de esos días en los que te gusta lo que ves en el espejo o has hecho un entreno de la hostia o estás contenta con la forma en que has gestionado algo, anótalo y guárdalo para cuando tengas un pensamiento negativo. Tendemos a recordar lo malo y no tanto lo bueno.

Con cariño,
Crystal

Comentario de **Train.wreckk.girl**: Justo lo que   ♡
necesitaba oír hoy. Gracias.

Comentario de **Melanie_inthecity**: Sí! No le des   ♡
a la gente el poder de apagar tu alegría.

—¿Qué ocurrió cuando entraste de nuevo en Mamma Maria's? —le pregunto a Tara nada más salir de mi habitación después de dormir hasta tarde, algo inusual en mí.

Está tendida en el sofá, boca abajo, leyendo un libro, una novela histórica a juzgar por la portada. Me hace esperar un par de segundos antes de levantar la vista y poner los ojos como platos al reparar en el estado de mi pelo. Parezco una muñeca asesina maltrecha, necesitada de un buen exorcismo, pero no quiero hablar de ello.

—Mamá, papá y la abuela estaban preocupados, no entendían qué pasaba. Les dije que estabas disgustada porque Scott era un capullo —explica.

—Ya... —Le hago señas para que continúe mientras me siento en el borde del sofá.

—Creo que Scott me oyó, porque después se me acercó tímidamente. Empecé a contarle mi desastre en la Biblioteca Pública de Nueva York, pero la mirada se le perdió al minuto uno, y mira que la anécdota es buenísima —añade a la defensiva—. Qué tío más torpe, pensé, con esa cara de pena y mirando a todos lados. Por lo visto, estaba preocupado por ti. Quería saber por qué te habías marchado. Me pareció que te correspondía a ti explicárselo, así que le dije: «Pregúntaselo a ella», y ahí lo dejé. Luego Nathan, el camarero, me dejó discretamente su número de teléfono anotado en una servilleta sobre mi plato. Lo cogí. Si sigo soltera dentro de diez años, le escribiré.

—No estarás soltera dentro de diez años —la tranquilizo, y me recuesto en el sofá para mirar las notificaciones de Instagram sobre mi última publicación para promocionar mi campaña de Positivismo de Talla—. Por cierto, Scott se presentó en el gimnasio.

Me mira atónita.

—¿En serio?

—Me aseguró que no tiene novia —digo con un resoplido—. Según él, rompieron antes de que nos conociéramos y me robara mi máquina de sentadillas, mira tú qué oportuno.

—¿Por qué iba a decírtelo si no es cierto? —Tara me mira pestañeando.

—Porque eso es lo que hacen los tíos como él. Se inventan una mentira tras otra. Aparte de mojar la polla, lo único que les interesa es su imagen.

—¿Y si no miente? ¿Y si le molas de verdad?

—Y qué más da. En el gimnasio se ha portado como un completo gilipollas conmigo. Incluso cuando me besó fue cero romántico. Fue un beso en plan «quiero follarte contra una taquilla». —Esto último no es cierto, pero me niego a recordar la ternura con que me miraba, la dulzura con que me tocaba.

Tara me clava una mirada burlona antes de dejar su libro boca abajo en la mesita de centro.

—No me lo creo. Fue a buscarte al gimnasio, lo cual no es ninguna tontería. Scott no es Neil, ¿sabes?

—Quizá solo pretendiera limpiar su conciencia —continúo, ignorando la referencia a Neil—. Se siente culpable por haber sido infiel. Seguramente intenta cubrirse las espaldas. Dudo mucho que quiera que su familia sepa que es un mujeriego. Y ahora que nuestras familias están emparentadas, busca minimizar el daño.

—No haría eso si solo pretendiera «limpiar su conciencia». Yo diría que los infieles no tienen conciencia.

Meneo la cabeza con escepticismo.

—La gente es capaz de todo por salvar las apariencias. Y aunque no mienta, no pienso involucrarme en un drama posruptura, y menos con un tipo que ahora es parte de la familia.

A mi declaración de no más rollos, le sumo un juramento nuevo: no volver a ser el segundo plato de nadie. Nunca.

♥ 10

Te está mirando como un cachorrillo perdido —susurra Mel cuando nos dirigimos a la máquina de remo.

Me he pasado la primera mitad de nuestra sesión relatándole los acontecimientos de anoche. Al igual que Tara, Mel es una traidora. Se ha subido al tren de Scott Ritchie con un billete no reembolsable. Y su entusiasmo subió diez puntos cuando Scott le devolvió educadamente la botella de agua que se había dejado en la máquina de dominadas. Le he dicho a Mel que no se merece ni un mendrugo de pan, pero ni caso.

Scott no nos ha robado ni una máquina en todo el entrenamiento. De hecho, cuando parecía que apuntábamos hacia la misma máquina de poleas, se detuvo y viró a la izquierda. Ni siquiera me ha obsequiado con su habitual sonrisa arrebatadora desde la otra punta del gimnasio.

—¿Y dices que es bombero? —me pregunta Mel entre remada y remada.

—Eso parece —farfullo en tanto que reprimo el pensamiento invasor de Scott sorteando heroicamente un virulento incendio para salvar a una manada de indefensos cachorros de goldendoodle. Sin camisa, por supuesto.

Mel se lo come con los ojos desde el otro extremo del gimnasio.

—¿No crees que se parece al tío de esa película de Nicholas Sparks... el que se casó con Miley Cyrus?

—Ya se han divorciado —digo, y me siento del lado de Liam Hemsworth sin un motivo lógico—. Y puedes guardarte tu prueba del embarazo. No pienso salir con Scott. Si lo encuentras tan atractivo, ¿por qué no sales tú con él? Aunque no te lo aconsejo.

Mel suelta un bufido.

—Yo ya tengo novio. Peter, ¿recuerdas? Se parece a Henry Golding. Suficientemente guapo para mí.

Trato de no babear.

—Henry Golding, hashtag «demasiado bello para este mundo».

Nos reímos, y hago ver que no estoy admirando la resistencia de Scott mientras hace lo que parece un número inconcebible de cargadas y enviones.

Cuando Mel sigue la dirección de mi mirada, la desvío y doy una palmada hacia la máquina de remo.

—Lo estás haciendo genial. Doscientos metros más y serás libre.

—Creo que deberías averiguar de qué va. Segundo plato o no. Incluso utilizar su cuerpo para el sexo —me sugiere, ignorando por completo lo que acabo de decir.

Tener sexo con Scott, el cuello me arde con esa sola mención. Si nuestro revolcón en el vestuario es un anticipo de cómo sería acostarse con él, probablemente sería mi perdición hasta el fin de los tiempos.

—No me va el papel de «la otra», gracias.

Mientras Mel termina sus últimos metros, tropiezo sin querer con la mirada de Scott cuando hace un descanso. Su amable sonrisa me ruboriza al instante. Esta vez no es esa sonrisita arrogante. Parece una sonrisa sincera que grita «lo siento».

La que he liado. ¿Cómo es posible que la ciencia no haya descubierto aún cómo viajar en el tiempo? Me encantaría ser capaz de retroceder para evitar nuestro apasionado encuentro en el vestuario. Detesto las situaciones incómodas. De hecho, prefiero mil veces nuestra mezquina rivalidad.

Me esfuerzo por ignorar todo su ser y mantengo los ojos al frente cuando me dirijo con Mel a la salida. Antes de cruzar el torniquete oigo unos pasos corriendo a mi espalda.

Es Scott, sin el menor signo de desgaste tras un intenso circuito de crossfit.

—Crystal, ¿podemos hablar?

Mel me lanza una mirada pícara y se despide agitando la mano.

—Hasta luego, colega —dice por encima del hombro, dejándome sola con Scott en el recibidor bañado de sol.

Que no se me olvide aplicarle un entreno extraduro la próxima vez como venganza por su despiadado abandono.

Con la bolsa del gimnasio colgada del hombro, me vuelvo hacia Scott y cruzo los brazos sobre el pecho.

Baja la mirada al suelo antes de volver a clavar sus preciosos ojos en los míos. El sol ilumina las motas doradas entre el denso verde.

—¿Qué tengo que hacer para que aceptes mis disculpas?

—Acepto tus disculpas, ¿contento? —digo para quitármelo de encima. Tengo cosas más importantes que hacer que quedarme aquí discutiendo con él.

Parpadea.

—¿En serio? Porque me estás mirando como si quisieras caparme con un cuchillo de untar.

—Lo cierto es que te mereces un castigo severo. —Dejo las palabras flotando en el aire hasta que traga saliva, como si temiera por su vida—. Y que yo acepte tus disculpas no significa que tu novia también deba hacerlo —añado.

Suspira y levanta la vista al techo, como si suplicara ayuda a los dioses.

—No sé cómo demostrarte que no tengo novia.

Me encojo de hombros y en ese momento otro cliente del gimnasio nos rodea con impaciencia, lanzándonos una mirada furibunda, como si le hubiésemos arruinado el día. Nos desplazamos hacia la izquierda para dejar libre la entrada.

Scott se pasa la mano por el cuello.

—Oye, ¿por qué no se lo preguntas a Flo? Anoche le conté a mi abuelo que había roto con Diana. A él no le mentiría.

Lo miro con cara de aburrida antes de volverme hacia la salida.

—Puede que lo haga.

Mi abuela Flo siempre ha sido una acumuladora compulsiva. No como algunas personas de ese programa de la TLC que acumulan basura putrefacta y pellejos de gatos muertos entre pilas de periódicos de 1978, pero es digno de mención.

Hay al menos cincuenta ejemplares de la revista *Oprah* debajo de su mesa auxiliar, junto con incontables cestas repletas de ovillos de lana de todos los colores y texturas con pinta de picar. También tiene una amplia colección de esas espeluznantes figuritas de Precious Moments en la repisa de la chimenea. Mientras espero a que mi abuela llegue con el té, contemplo una de aspecto demoniaco que se hace pasar por una delicada bailarina. Descansa junto a una foto enmarcada de mi madre y tío Bill cuando eran jóvenes, con unos cortes de pelo espantosos.

A la izquierda hay un marco más pequeño con una foto de carnet de Tara y otra mía. Tara tiene doce años y es la viva imagen de papá, pero con una tierna sonrisa dentona y un grueso flequillo peinado hacia un lado, mientras que yo aparezco a mis diez años en el punto álgido del desgarbo, en mitad de un parpadeo, vistiendo tres camisetas de colores diferentes de Hollister. Cada vez que le pregunto a mi abuela por qué, de todas mis fotos, tenía que elegir esa, su respuesta siempre va en la línea de «Porque capta tu esencia», y me deja cuestionándome toda mi vida.

—Vigila, que arde.

Deja la taza en el posavasos de la mesita de centro, repleta de cupones de Joann Fabrics.

—Gracias, abuela. —El sofá de flores chirría cuando me echo hacia delante para coger la taza—. ¿Cómo van los preparativos de la boda?

Se instala en su La-Z-Boy con las zapatillas de ganchillo apuntando hacia el techo.

—Lo más importante ya está decidido. Tara es de lo más organizada. Solo falta revisar algunos pequeños detalles, como los centros de flores.

Asiento con tirantez después de soplar el té humeante. Además de quitarme de encima la conversación sobre Scott, estoy deseando preguntarle si Martin y ella estaban juntos antes de que muriera el abuelo. Pero no existe una forma sutil de plantearlo.

—Me sorprendió que te decantaras por una boda a lo grande —digo en su lugar.

Se encoge de hombros, tirando de su blusa.

—Tu abuelo y yo nunca tuvimos una boda de verdad. No le gustaba la pompa. Ya sabes cómo era, detestaba ser el centro de atención. —Es cierto. A mi abuelo ni siquiera le gustaba que le fotografiaran, y aún menos que le dedicaran un día entero—. Así que cuando llegó el momento de la boda, decidió que era mejor poner el dinero en una casa. Y eso hicimos.

—¿Tú estabas de acuerdo?

—Qué remedio, era su dinero —dice con naturalidad. Siempre me recuerda cómo se hacían las cosas en sus tiempos. Como si no hubiera una manera mejor.

Mi abuela ejercía de madre y ama de casa mientras mi abuelo trabajaba en el distrito financiero y controlaba la economía familiar. De hecho, no dispuso de dinero propio hasta que él falleció.

—¿Y a Martin le apetece una gran boda?

—Él tampoco tuvo una boda como es debido. Sheila y él se fugaron. A Las Vegas, nada menos. Supongo que a los dos nos apetecía, y así evitamos que Tara pierda los depósitos. —La voz se le apaga mientras juega distraídamente con el dobladillo de su blusa—. ¿Crees que es una locura que me case a los setenta y siete?

Dicho así, es difícil responder que no. Pese a mis sospechas sobre la coexistencia de Martin y mi abuelo, de pronto me parece un error reprochárselo. En realidad, yo quiero que mi abuela viva feliz y sin culpa, al margen del pasado.

Niego con la cabeza y me obligo a sonreír.

—No, creo que es genial. ¿Tenéis intención de vivir juntos?

—Algún día, sí. Pero nos está costando mucho decidir dónde. Yo no quiero irme de esta casa, y el muy terco no quiere irse de la suya. Propuso que buscáramos algo más pequeño, pero... —Pasea una mirada triste por la abarrotada sala de estar—. No estoy segura.

Me estremezco al pensar en la inevitable tarea de remover toda esta basura. A saber qué criaturas saldrán a la superficie.

—Seguro que lo sabrás antes de la boda. No hay prisa.

—Por cierto —me dice con la mirada chispeante tras beber un sorbo de té—, ¿qué te pareció Scotty?

Relajo los hombros, aliviada. Me alegro de no ser yo la que sacara el tema.

—Ahora que lo dices, iba a preguntarte algo sobre él. Pero primero quería disculparme por irme de la fiesta tan pronto. No me encontraba bien.

Asiente, como si ya lo supiera.

—No te preocupes, cariño.

Se hace un silencio denso antes de formular la gran pregunta.

—¿Scott tiene novia?

Mi abuela curva sus labios hacia arriba, divertida.

—¿Por qué? ¿Te gusta? —Antes de que pueda responder con un exagerado «No», prosigue—: Pensaba que sería perfecto para Tara, pero creo que ella estará mejor con alguien que la mime y le dedique toda su atención. Scott está demasiado ocupado para eso. Pero a ti, oh, a ti sí que te veo con él. ¡Imagina qué hijos! —Se le escapa un gritito y da una palmada solo de pensar en nosotros procreando.

Pongo los ojos como platos y me recuesto en el sofá, lejos de ella.

—A lo que iba. —Me aclaro la garganta y la redirijo a mi pregunta inicial—. Creo que Martin dijo que tenía novia.

—Eso pensábamos, pero después de la cena Scotty le contó que había roto hacía poco. Por lo visto les pesaba la distancia. Martin dijo que se le veía alicaído. Pobrecillo.

Guardo silencio aferrada a mi taza. Me alegra saber que Scott no mentía en lo de que estaba soltero. No es un infiel, después de todo. Pero eso no cambia el hecho de que acaba de salir de una relación y que su abuelo lo ve «alicaído».

—Pero en mi opinión no tiene de qué preocuparse —continúa mi abuela—. No estará soltero mucho tiempo. Es todo un partido. Americano cien por cien, guapo, atento con Martin, amante de la familia, y además es un héroe. Cierto que trabaja mucho... pero eso significa que llevará un buen dinero a casa. ¿Y si os arreglo una cita? ¿Estás libre mañana por la noche?

—Te lo agradezco, abuela, pero no es mi tipo. —Omito que somos archienemigos de gimnasio y nos detestamos.

—¿Qué has dicho, cariño? No te he oído bien. —Se lleva la mano a la oreja con gesto teatral.

—Que no es mi tipo —repito.

Me repasa con la mirada, como si acabara de decir una completa estupidez.

—Scotty es el tipo de todas las mujeres, cielo. Y los años pasan, ¿sabes?

La abuela Flo es producto de los años cincuenta, aunque eso no es excusa para no estar al día. Sigue creyendo firmemente que las mujeres deberían casarse antes de los veinticinco. Según su humilde opinión, tener veintilargos y no estar casada te convierte en una solterona.

—A menos que aún estés interesada en ser una de esas mujeres con carrera. Ahí sí que te imagino —dice, incapaz de entender que una mujer puede tener ambas cosas, una familia y una profesión.

Hago ver que consulto el móvil, ignorando el hecho de que mi propia abuela me imagina muriendo sola.

—Tengo que volver a casa para una reunión virtual con una clienta —miento—. Pero te veré mañana para la analítica.

Como soy la que tiene el horario más flexible de mi familia, me encargo de acompañar a Flo a todas sus visitas médicas.

Asiente mientras me levanto.

—Aquí estaré, puntual como un reloj.

Sentada frente al volante de mi coche, me descubro revisitando el Instagram de Scott. Creo que le debo una disculpa. Es lo mínimo después de tratarlo con tanta dureza y tacharle erróneamente de mujeriego.

CURVYFITNESSCRYSTAL

Tenías razón. Perdona por no creerte.

Para cuando aparco el coche en el garaje de mi edificio, Scott ha contestado.

RITCHIE_SCOTTY7

Hablaste con Flo?

CURVYFITNESSCRYSTAL

Sí. Me confirmó que estás soltero.

RITCHIE_SCOTTY7

Significa eso que ya no deseas mi muerte?

CURVYFITNESSCRYSTAL

Está por ver.

RITCHIE_SCOTTY7

Entonces, cuándo piensas proponerme una cita?

Resoplo cuando leo el mensaje. ¿Por qué a los tíos les cuesta tanto estar solos?

«Llevas soltero poco más de dos semanas. Seguro que todavía lloras en la almohada por ella», quiero escribir en mayúsculas, negritas y subrayadas. Pero freno esa respuesta visceral y me doy un minuto para serenarme.

CURVYFITNESSCRYSTAL

Nunca.

RITCHIE_SCOTTY7

Puedo preguntar por qué?

Estoy tentada de decirle la verdad: que es demasiado pronto tras su ruptura. Pero no lo hago. Después de todo, se trata de Robamáquinas. Me gusta hacerle sufrir.

CURVYFITNESSCRYSTAL

Porque no.

RITCHIE_SCOTTY7

«Porque no» no es una respuesta aceptable.

CURVYFITNESSCRYSTAL

Tengo derecho a rechazarte sin excusas.

RITCHIE_SCOTTY7

Cierto, pero estoy casi seguro de que te gusto. Fingiste perder el móvil para poder asaltarme en el vestuario.

CURVYFITNESSCRYSTAL

☺ Eres un creído. Esa es una de las razones por las que no puedo salir contigo.

RITCHIE_SCOTTY7

Una de las razones? Hay más?

Sonrío al ver que he despertado su curiosidad.

CURVYFITNESSCRYSTAL

Sí.

RITCHIE_SCOTTY7

Te apetece compartirlas?

CURVYFITNESSCRYSTAL

Prepárate porque me va a llevar tiempo escribirlas.

RITCHIE_SCOTTY7

LOL... Esperando impaciente tu novela.

CURVYFITNESSCRYSTAL

Además de la razón número 1, el hecho de que tu ego tenga el tamaño de Boston...

2) Vamos al mismo gimnasio y nuestras familias ahora están emparentadas. Y si la cosa sale mal? Tendríamos que vernos. Sería raro e incómodo para todos los implicados.

3) Solo se me camela con frases para ligar clásicas. Tú no me has dicho ninguna que no pueda rechazar.

4) No quiero ser el segundo plato de nadie.

RITCHIE_SCOTTY7

1) No soy un engreído. Es todo teatro. Parte de mi fachada. Pero no se lo digas a nadie.

2) Solo es una cita, no una propuesta de matrimonio. Si la cita no va bien, podemos ser amigos como personas adultas.

3) Ahora verás.

Espero que sueñes con los angelitos, pues ya quedamos pocos.

CURVYFITNESSCRYSTAL

RITCHIE_SCOTTY7

Venga ya, es genial.

Reparo en que todavía no ha respondido a la razón número 4. La razón clave. La que realmente me está impidiendo aceptar su propuesta.

CURVYFITNESSCRYSTAL

No es la peor que he oído en la historia de frases cutres para ligar.

RITCHIE_SCOTTY7

Está bien. Acepto el desafío.

11

9.34 — PUBLICACIÓN DE INSTAGRAM: «CAMPAÑA
POSITIVISMO DE TALLA — MITOS SOBRE SER CURVY» DE
CURVYFITNESSCRYSTAL:

Nada me subleva tanto como el estigma que rodea a la
gente curvy. He aquí algunos mitos que me gustaría abordar:

1) Las personas curvy son poco saludables — Hasta los
profesionales de la salud se equivocan en eso. No imagináis
la de veces que los médicos han culpado de una lesión a mi
peso, aun cuando el esguince de mi tobillo no tenía nada
que ver. ¿Sabías que puedes tener un índice de masa
corporal dentro del rango de peso «saludable» y ser de lo
menos saludable? Mi hermana (lo siento, Tara) tiene la talla
36 y se alimenta únicamente de patatas fritas.

2) Las personas curvy son perezosas y apáticas — Que
alguien sea «perezoso» y «apático» no tiene nada que ver
con la talla. Cualquiera, al margen de la talla, puede ser
adicto a los atracones o estar pasando por una situación que
le haga perder la motivación por llevar un estilo de vida
saludable.

3) Las personas curvy son tristes, solitarias y tienen baja
autoestima — Lo siento, pero la talla no define quiénes
somos. Yo no vivo pensando todo el día en mi peso.

Personas de todas las tallas tienen diferentes grados de seguridad en sí mismas. Ahí tenéis a mi Lizzo.

4) Las personas curvy solo hacen ejercicio para perder peso — A este mito le tengo especial cariño. Que me veáis en el gimnasio no significa que esté ahí para conseguir un déficit calórico y perder peso (y no, no estoy diciendo que ese no deba ser el objetivo). Pero personalmente voy al gimnasio para levantar cosas pesadas. Punto.

Comentario de **trainerrachel_1990**: ASÍ SE HABLA 🐷   ♡

Comentario de **rileyhenderson**: Estoy de acuerdo.   ♡
En el gimnasio me miran raro y siempre hay quien
se ofrece a ayudarme, pues presupone que no
puedo hacerlo sola porque estoy gorda.

Comentario de **Cafi80**: Tu plataforma es genial! Y no me   ♡
malinterpretes! Pero siento que se dirige a nosotras, las
chicas delgadas. Trabajo muchísimo para conseguir mis
abdominales y mi cuerpo… Trabajo más que las personas
con sobrepeso, porque estoy viendo los resultados y otros
es evidente que no. Creo que tu plataforma rebaja toda
mi disciplina.

Comentario de **Arthur.Dilstraa**: Me parto, no te lo   ♡
crees ni tú.

Examino el cuadro del frutero que cuelga sobre la cabeza de mi abuela Flo. Es anodino, discreto e inofensivo, la decoración idónea para una clínica donde las emociones tienden a desbocarse.

Un ejemplo: acabamos de ver a una aterradora rubia de bote con un corte pixie atacar a la recepcionista por no tener su dirección actualizada en el sistema.

—Abuela, ¿seguro que no quieres que te acompañe después a casa?

Mi abuela Flo niega con la mano al tiempo que lanza una mirada reprobadora a la Mujer Pixie, que ahora está farfullando vagas amenazas para sí mientras se instala en un asiento frente a nosotras.

—No hace falta, cielo, me recoge Martin —dice con desenfado, como si ese hubiera sido el plan desde el principio.

La Mujer Pixie nos mira con los labios apretados.

—Este sitio es un zoo dirigido por putillas incompetentes —nos dice.

Por lo visto espera que mi abuela y yo nos sumemos a su escarnio y ventilemos nuestras quejas.

Le sonrío comprensiva a fin de garantizar nuestra seguridad. Su ceño y el tic de su ojo me indican que esa mujer es potencialmente peligrosa, capaz de agredir a todo el que se atreva a interponerse en su camino. Me vuelvo hacia mi abuela.

—No me importa llevarte a casa, en serio. Así le ahorras el viaje a Martin.

Niega con la cabeza una vez más, agarrando al vuelo el ejemplar de la revista *Oprah* de septiembre de 2019 cuando se le resbala del regazo.

—Luego va a llevarme a la mercería para comprar esa lana…

La campanilla que pende sobre la puerta de entrada, situada a nuestra espalda, avisa a la recepcionista de que ha llegado alguien. El ceño desaparece casi por completo del rostro de la Mujer Pixie. Cuando oso echar un vistazo a la persona que la ha convertido en una adolescente extasiada en un concierto de One Direction, tropiezo con un par de ojos verdes.

—Oh. Hola, Crystal. —Scott me saluda con la mano.

Lleva una camiseta azul marino que reza BOSTON FIRE DEPARTMENT. El tejano lo abraza con tal perfección que estoy convencida de que los ojos de los simples mortales no son merecedores de semejante visión.

Mi abuela Flo esboza una sonrisa de oreja a oreja. Si no supiera su edad, no me creería que tiene setenta y siete años después de ver el salto con el que se levanta de la silla, como una muñeca sorpresa, para envolverlo en un abrazo. No puedo evitar sonreír al ver lo inmenso que es Scott al lado del cuerpecillo de metro cincuenta y siete de mi abuela.

—Muchas gracias por venir, Scotty.

—¿Qué haces aquí? —pregunto a la vez que dirijo una mirada acusadora a una Flo con cara de pícara.

Scott mira a mi abuela antes de sentarse ingenuamente al lado de la Mujer Pixie, que está mirándolo como si fuera un helado Magnum.

—Ayer me llamaste y dijiste que necesitabas que alguien te recogiera en la clínica.

—Ah, ¿sí? —Mi abuela Flo se lleva la palma de la mano a la mejilla.

Casi me parto el cuello al girarme hacia ella como una bala.

—¿No te recogía Martin?

Se encoge de hombros, incapaz de dejar de sonreír. Sus dotes interpretativas son pésimas.

—Ya me conocéis, con la edad me lío con las cosas —dice como si no tuviera la cabeza en perfecto estado y no acertara el ochenta por ciento de las pistas de *Jeopardy!*

—Florence McCarthy —llama Brandy, la enfermera, desde el pasillo que conduce a los consultorios.

Mi abuela se levanta dando una palmada, feliz de abandonar la incómoda situación que ha provocado ella solita.

Pongo los ojos en blanco y me contengo para no cantarle las cuarenta justo diez segundos antes de que le hagan las pruebas de colesterol y corazón.

—¿Quieres que entre contigo?

Asiente, y se vuelve hacia un Scott bastante desconcertado.

—Creo que deberíais entrar los dos. Puede que tarde un rato.

La enfermera nos conduce por un pasillo blanco e inmaculado hasta un consultorio igual de aséptico.

El entrecejo fruncido de Scott me indica que no estaba al corriente del «encuentro» orquestado por mi abuela. Siento que le haya hecho perder el tiempo de este modo. Me pregunto si ha tenido que reorganizar su agenda para poder venir. Además, me resulta violento, dado que ayer sin ir más lejos lo rechacé por mensaje de texto.

Brandy instala a mi abuela en la silla y procede a subirle la manga.

—¿Recuerda lo que le dije la última vez? Vamos a hacer unos análisis rutinarios para comprobar sus niveles de colesterol.

Scott y yo nos quedamos de pie junto a la pared mientras mi abuela y Brandy hablan del programa *Live with Kelly y Ryan* de esta mañana. Cuando el brazo de Scott casi roza el mío, grito por dentro y se me disparan los nervios. No paro de ajustarme la camisa, arreglarme el pelo y arrancarme las uñas, nada de lo cual contribuye a reducir mi ansiedad. ¿Tiene que estar tan cerca? ¿Acaso el espacio personal es un concepto desconocido para él?

Mi cuerpo está confuso, sin saber qué hacer. Una parte de mí se muere de ganas de arrimarse un centímetro, de sentir aunque solo sea una fracción de la electricidad de nuestro encuentro en el vestuario. Pero sigo molesta. Que Scott Ritchie haya resultado no ser un infiel despiadado no quita que yo ya pase de tener rollos, y más aún con mi archienemigo del gimnasio, un tipo que se pasea por el gym como si fuera la reencarnación de Jesucristo. No me va esa clase de arrogancia.

—No puedo creer lo que ha hecho mi abuela —murmuro con desagrado.

Con los brazos cruzados sobre su amplio torso, Scott ríe por lo bajo.

—Se cree muy lista.

—Puedes irte, si quieres. Ya la acompaño yo.

Me mira a los ojos y niega con la cabeza.

—No, estoy bien.

—No tiene sentido que nos quedemos los dos.

En realidad, que él se vaya es lo mejor para ambos, también para el estado de mi maquillaje, que se derrite en mi cara como la Bruja Malvada del Oeste cuando la salpican con agua.

Scott permanece impasible. De hecho, sus labios se curvan hacia arriba de manera casi imperceptible. Sospecho que está disfrutando con esto. Por lo menos alguien disfruta. Ojalá me hubiera puesto doble ración de desodorante esta mañana. Intento echarle una ojeada a mis axilas, pero estoy dentro del campo de visión de Scott. No hay forma de hacerlo discretamente.

Estamos los dos con los brazos cruzados, escuchando a mi abuela recitar de un tirón su dieta y su rutina de ejercicios del último mes.

El rostro de Scott no abandona en ningún momento su sonrisa relajada. Hasta que Brandy saca las jeringuillas. Cuando le ata a mi abuela la goma por encima del codo, Scott hace una inspiración profunda lo bastante fuerte para que yo pueda oírla. Cuando Brandy levanta la aguja, Scott se vuelve tambaleante hacia mí. Su cara ha empalidecido. De hecho, está blanca como la nieve.

—¿Estás bien? —pregunto dándole un suave codazo en las costillas.

Asiente, y cuando Brandy procede a introducir la aguja, Scott desvía la mirada al techo.

—Es que... odio las agujas.

Me quedo callada mientras asimilo este hecho totalmente inesperado.

—¿A Scott Ritchie le dan miedo las agujas?

Asiente con los ojos todavía fijos en el techo. La nuez sube y baja por su garganta.

—¿En serio? —insisto, esperando que se eche a reír y reconozca que es en broma.

Al vislumbrar sin querer la segunda aguja, casi sufre una arcada.

—Scott, cariño, ¿necesitas salir? —le pregunta mi abuela desde la silla.

Agarrándose al canto del lavamanos, niega con la cabeza.

—No, estoy bien —asegura con los dientes apretados.

—¿Qué es lo que no te gusta de las agujas? —le pregunto yo.

Contrae el rostro como si le hubiese hecho una pregunta inaudita, como ¿qué tiene de desagradable la diarrea o las enfermedades de transmisión sexual?

—Que duelen.

—Dice el tipo que combate incendios.

Hunde los hombros.

—Llevo equipo refractario.

Lo miro unos instantes, dudando de que las agujas y combatir incendios sean cosas remotamente comparables.

—Creo que deberías ir a sentarte a la sala de espera.

Mi abuela Flo asiente con la cabeza.

—¿Por qué no lo acompañas, Crystal? Asegúrate de que está bien.

Puede que Scott no me guste como ser humano, pero no quiero que se desmaye en público por una agujita de nada. Pongo los ojos en blanco y lo saco del consultorio.

Cuando llegamos a la relativa calma de la sala de espera, respira hondo. Lo conduzco hasta una silla apartada de la visión de la Mujer Pixie, que asoma la cabeza por el pilar de pladur para echarle otra mirada ávida. Scott se desploma en la silla y estira las piernas, tapándose los ojos con la mano.

Me inclino delante de él para examinarle la cara. Sigue pálida.

—Ahora vuelvo.

Ronnie, la recepcionista, levanta la vista hacia mí con aburrimiento, como si allí los mareos estuvieran a la orden del día.

—¿En qué puedo ayudarla?

—¿Tienen algo para hombres hechos y derechos mareados? ¿Algo con azúcar?

Asiente en silencio y rueda con la silla hacia atrás. Sin levantarse, introduce la mano en la mininevera y saca un brik diminuto de zumo.

—Es perfecto, gracias. —Se lo arranco de su mano flácida.

No sostenía un brik de zumo desde sexto curso, cuando llevarse la bolsa del almuerzo al colegio aún no se había convertido en algo patético. Me sorprende lo diminutos que son.

—Toma, esto hará que te sientas mejor.

Introduzco la pajita en el agujero y dejo el plástico en la mesa auxiliar.

Scott abre ligeramente los ojos.

—¿Zumo de manzana?

—Te ayudará. Calla y bebe.

Me obedece y bebe en silencio por la pajita. He de reconocer que ver a un bombero alfa de más de un metro ochenta bebiendo un zumo infantil resulta extrañamente atractivo. ¿Por qué me siento más unida a él cuando se halla en una situación de vulnerabilidad y necesita atención médica? Aparto esa pregunta de mi cabeza. Es un tema profundo para otro momento.

Scott se acaba el zumo en tres sorbos.

—Gracias, Crystal. —Acierta a esbozar una sonrisa débil.

—¿De veras te afectan tanto las agujas?

Apoya dos dedos sobre el caballete de la nariz.

—Sí. Las evito a toda costa.

—¿Es por la sangre?

—No, la sangre no me importa. Es la aguja en sí.

—¿Me estás diciendo que nunca te has vacunado de la gripe? ¿Prefieres echar los hígados hasta caerte tieso antes que enfrentarte a una mísera aguja?

Asiente.

Me aparto de él, clavándole una mirada escéptica.

—¿No serás un antivacunas? —susurro con complicidad.

—En absoluto. Creo en la ciencia moderna. Pero odio las agujas.

—Jamás habría imaginado algo así.

—¿Lo ves? Soy una caja de sorpresas. —Me hipnotiza con sus hoyuelos.

No sé si es el brik de zumo o el hecho de que le aterren las agujas como a un niño, pero estoy ligeramente fascinada.

Tiende su mano hacia mí.

—Ahora te toca a ti decirme algo que odies.

—Que la gente no limpie las máquinas del gimnasio —digo con mala intención.

Sacude la cabeza, insatisfecho.

—Eso no cuenta, ya lo sabía.

Con un suspiro, sucumbo a la tentación de saber más cosas de él.

—¿Una vez cada uno?

—Vale.

—Bien… También odio los restaurantes con las cartas plastificadas. Siempre están pegajosas y me dan mucho asco.

Se pasa la mano por la barbilla, pensativo.

—Yo odio las pegatinas de los parachoques.

—El último sorbo de una botella de agua.

—Cuando quiero enviar a alguien un GIF con un mensaje de texto y me responden antes y todo se trastoca.

No puedo evitar una carcajada.

—Las sugerencias de amistad en Facebook. ¿Ser amiga de la nueva novia de mi exnovio? Va a ser que no, gracias.

—La gente que pisa el acelerador hasta el fondo cuando el semáforo se pone verde. ¿Qué prisa tienen?

Interrumpo nuestro juego para señalar su camiseta con el mentón.

—¿Has venido directo del trabajo?

—No, tengo el día libre. Suelo hacer tres o cuatro turnos de doce horas y los demás días libro.

Una vez más, me siento culpable de que mi abuela le haya hecho venir hasta aquí en uno de sus días libres.

—¿Qué haces cuando no estás apagando fuegos?

Se pasa la mano por la mandíbula.

—Paso tiempo con mi perro Albus, lleno la despensa, voy al gimnasio, veo algún partido con los amigos. ¿Y tú?

—Eso suena terriblemente adulto. —Agradezco por dentro la simplicidad de su respuesta, si bien me abstengo de corresponderle con la mía.

Sonríe con desenfado.

—Eso espero, tengo treinta años.

—¿Cuánto tiempo llevas en el cuerpo de bomberos?

—Veo que de repente te interesa mucho mi vida.

Hago un esfuerzo denodado por borrar de mis labios lo que sospecho que es una sonrisa casi de loca.

—En absoluto. Solo intento conocer tus puntos débiles para poder explotarlos.

Se encoge de hombros.

—Me parece bien. Llevo en el cuerpo desde que terminé la universidad. Tuve suerte y entré casi enseguida.

—¿Siempre quisiste ser bombero?

Estruja el brik de zumo con el puño y cierra el ojo izquierdo para apuntar a la papelera que hay en la otra punta de la sala. El cartón aterriza emitiendo un perfecto clanc. Me mira triunfal.

—Mi abuelo siempre hablaba de su trabajo, por eso ya me rondaba por la cabeza, pero no me lo planteé seriamente hasta el instituto.

Echo una mirada furtiva a sus bíceps, y la pregunta sale sola de mi boca.

—¿Alguna vez has posado desnudo para uno de esos calendarios?

Sus labios se curvan hacia arriba.

—¿Por qué? ¿Quieres uno para tu habitación?

—Ya te gustaría —resoplo, reprimiendo el deseo de pedírselo en tamaño póster.

Cuando estoy a punto flaquear, mi abuela Flo se acerca por el pasillo con su monstruoso bolso rojo colgado del codo. Observa detenidamente a Scott.

—¿Estás bien, Scotty?

Se levanta como nuevo.

—Sí. La enfermera Crystal me ha curado. —Me guiña un ojo.

—Se ha bebido un zumo que me dieron en recepción —explico, levantándome para seguirlos hacia la salida.

Mi abuela le da unas palmaditas afectuosas en el bíceps cuando él le sostiene la puerta.

—Siento mucho haberte molestado, Scotty. A veces me hago un lío con tantas citas, ¿sabes? Crystal puede llevarme a casa.

Espero que Scott se muestre un poco molesto por haber perdido una hora de su tiempo, además de desvelar su fobia y estar a punto de desmayarse en el proceso. Sin embargo, no parece resentido. Cuando esboza su sonrisa desenfadada, me pregunto si hay algo en este mundo capaz de exasperarlo.

—No te preocupes, Flo, puedes llamarme siempre que me necesites.

Ya fuera de la clínica, en la acera, Scott está irritantemente relajado, sin prisa por ir a ningún lado. Mientras charla con mi abuela sobre el tiempo, yo solo puedo pensar en ese calendario. ¿Ha posado o no ha posado? Me digo que he de buscarlo en Google en cuanto me quede sola. Acto seguido me reprendo: «Deja de pensar que sus ojos parecen briznas de hierba en un día de verano. Y sobre todo en sus marcados bíceps. No es importante. Nada de eso lo es».

Scott es un hombre arrogante. Encantador sin caer en la adulación. Probablemente un donjuán que volverá con su ex después de conseguir lo que quiere de mí. Justo la clase de tío que quiero cuanto más lejos, mejor.

—Saluda a mi abuelo de mi parte —le dice a mi abuela, con las manos en los bolsillos, mientras nos dirigimos a mi coche.

Camino a paso ligero en comparación con la parsimonia de mi abuela Flo porque tengo un montón de cosas que hacer, como grabar unas preguntas y respuestas sobre nutrición. No tengo tiempo para darle palique a mi enemigo en mitad de la calle.

—Ay, sí, me pidió que te recordara que vengas a ver a los Blackhawks contra los Bruins la próxima semana si estás libre —le dice mi abuela.

—Allí estaré —asiente mientras ella entra en el coche.

Giro las llaves con los dedos antes de abrir la puerta del conductor.

—¿Eres fan de los Blackhawks?

—¿Se puede ser otra cosa? —responde impasible.

—Razón número cinco —farfullo.

Pone cara de satisfacción.

—Encuentro fascinante que ninguna de esas cinco razones sea que no estás interesada en mí. Hasta el momento solo he escuchado excusas baratas.

Hago lo posible por mantener una fachada de frialdad. Tanto es así que no siento nada por dentro. Me detesto por permitir que su persistencia me aturulle. Su chulería empieza a cargarme. Le sostengo la mirada y carraspeo.

—Razón número seis: no estoy interesada en ti.

—Si fuera cierto, lo aceptaría. Pero no lo tengo tan claro.

«Ya somos dos». Observa mi rostro unos instantes, lo que me da la oportunidad de recuperarme.

—Puedes esperar sentado, Scott. No salgo con tíos como tú y punto.

Se le escapa una risa ahogada mientras sigue con la mirada un coche que pasa junto al mío.

—Pero sí puedo esperar que me asaltes en el vestuario, ¿no es cierto?

Ahora sí que me quedo helada. Bastante palo es que no pare de recordármelo, ¿pero soltarlo delante de mi abuela? Frunzo el entrecejo, cierro la portezuela para que mi abuela Flo no pueda oírnos.

—No pienso hablar de eso, no vuelvas a sacarlo.

—¿Vamos a comportarnos como si no hubiese ocurrido?

No es que quiera obviarlo, pero hablar de ello hace tambalear seriamente mi determinación. Si quiero sobrevivir estos cuatro meses hasta la boda de Flo y Martin sin romper la promesa que me he hecho a mí misma de no meterme en problemas, necesito aplastar esta energía sexual entre nosotros, y rápido.

—En efecto. Por lo que a mí respecta, no ocurrió nada.

Echa la cabeza hacia atrás, tensando la mandíbula.

—De acuerdo. Vale.

—Vale.

Menea la cabeza, no parece dispuesto a dejar el tema.

—Aunque tengo una curiosidad. Si te enfadaste tanto porque creías que tenía novia, significa que algo te importo. ¿Me equivoco?

No será un infiel, pero quién dice que no es un donjuán. El flirteo de Scott es tan natural que probablemente sea el resultado de mucha práctica. Y en realidad está en su derecho. Es un tío sin compromiso. Puede hacer lo que quiera. Pero nada bueno puede salir de esto para mí, solo lágrimas y sufrimiento. Como con Neil.

Lo miro con dureza. Ha llegado la hora de soltarle lo que pienso.

—Scott, eres un arrogante. Estás acostumbrado a conseguir lo que quieres porque estás bueno y lo sabes. Y si estás tan nervioso ahora es porque te estoy rechazando y no quieres aceptarlo. Eso o eres demasiado troglodita para pillar el mensaje.

Tiene la mandíbula colgando, como si hubiese dicho algo descabellado.

—¿Eso es lo que piensas de verdad?

—Mi opinión no ha cambiado en los últimos tres segundos.

—No me resulta fácil hablarle en este tono porque me acuerdo del miedo que le dan las agujas, y también de lo amable que ha sido ofreciéndose a recoger a mi abuela de la clínica en su día libre. Por desgracia, todo eso se ve enturbiado por su chulería.

Se lleva las manos a las caderas y separa las piernas, resoplando.

—Tiene gracia… Emites juicios precipitados sobre mí cuando te dedicas a difundir el mensaje de que hay que quererse a uno mismo y derribar estereotipos. Eres una hipócrita, Crystal.

Sus palabras me hieren. Tiene razón. Así y todo, no puedo olvidar lo cabrón que fue cuando se negó a devolverme mi máquina de sentadillas, entre otras afrentas. No es culpa mía que su personalidad encaje en el estereotipo.

Hace ademán de irse pero después de dos zancadas iracundas gira de nuevo sobre sus talones.

—Por cierto, puedes estar tranquila porque no iré detrás de ti. Mi cerebro de troglodita ha pillado el mensaje.

Mi abuela Flo está muda cuando entro en el coche y cierro de un portazo. Seguro que ha oído nuestra discusión a través de la ventanilla. Sabe que algo pasó entre Scott y yo, y me da vergüenza. Me preparo para un sermón durante el trayecto hasta su casa pero no dice una sola palabra al respecto. En su lugar cotorrea sobre sus planes de boda, que nos incluyen a Tara y a mí como sus damas de honor. Está visto que aún tendré el placer de lucir el vestido de color melocotón que me compré para la boda de Tara y que me queda fatal. Qué suerte la mía.

—Gracias por traerme, cariño —me dice cuando llegamos a su casa—. A ver si la próxima vez que vengas me ayudas con el iPad. No sé cómo apagar esos malditos pitidos cada vez que entra un mensaje. Me pega unos sustos de aúpa.

Esbozo una sonrisa forzada.

—Cuenta con ello.

Se dispone a cerrar la portezuela cuando mete de nuevo la cabeza.

—No estuviste muy simpática con el pobre Scotty en el aparcamiento.

Ya tardaba.

—Tampoco él lo es siempre conmigo.

Su mirada asustaría hasta al más curtido de los criminales.

—Eso no es excusa.

—Pero...

—Discúlpate con él, Crystal.

♥ 12

Han pasado tres días desde mi encontronazo no planeado con Scott y, pese a las reiteradas órdenes de mi abuela, todavía no me he disculpado con él. De hecho, estoy evitando el gimnasio en las horas que sé que él podría estar, esto es, a las ocho de la mañana o después de las seis de la tarde, dependiendo de si trabaja de día o de noche.

Cada día que pasa, el sentimiento de culpa por lo que le solté se intensifica un poco más. No debí decir lo que dije, aunque hubiera un fondo de verdad. Puede que Scott sea un chulo exasperante, pero no se merecía un ataque verbal ni que le llamara troglodita.

He pensado escribirle un mensaje para arreglar las cosas, pero no me decido porque está visto que soy una persona emocionalmente torpe. Decirle que lo siento sería lo correcto, pero mi orgullo no soporta la idea. Ya lo acusé de ser infiel y de prácticas antihigiénicas en el gimnasio. Y ahora voy y le lanzo un ataque preventivo. Seguro que no aceptaría mis endebles disculpas, razón por la cual tomo la sabia decisión de dejarlo estar.

«Mejor así», me digo mientras me dirijo a la floristería, donde he quedado con mi abuela. En principio debía ir Tara, pero la reclamaron en el trabajo.

Al entrar en el aparcamiento del centro comercial donde se encuentra la floristería, bastante cutre, por cierto, mi abuela Flo me hace señas frenéticas desde la acera, cual víctima de un se-

119

cuestro que agita los brazos en la cuneta de una carretera perdida después de una osada huida. Cuando salgo del coche se me echa a los brazos, como si no nos hubiéramos visto hace tres días.

—Siento llegar tarde —digo—. Mi sesión virtual con una clienta duró más de lo previsto.

Omito el detalle de que con las prisas olvidé ponerme sujetador. Me percaté de ello cuando pasé como una bala por encima de un badén reductor de velocidad y mis tetas doble D prácticamente golpearon el techo corredizo. Por mí hubiera ido sin sostén, pero es imposible contenerlas dentro de una camiseta fina. Sin el soporte del aro, según cómo me agache, corro el riesgo de que se me salga un pezón. La abuela Flo me habría condenado hasta el fin de los tiempos, de modo que tuve que volver a casa.

—Da igual, ya he terminado. —Resta importancia a mi retraso y se toma la libertad de subirme la camiseta hasta la barbilla para taparme el escote. Sonríe, satisfecha de que ya no parezca una ramera.

Extrañada, miro la hora en el móvil.

—Solo llego diez minutos tarde. ¿Te han atendido antes?

Hace un breve asentimiento.

—He pensado que podríamos hacer algo divertido. Pasar un buen rato juntas.

Señala a lo Vanna White el establecimiento que linda con la floristería. El letrero de color negro reza HACHA DE GUERRA con letras blancas tipo grafiti.

—Abuela, es un local de tiro con hacha. —Siento la necesidad de aclarárselo porque es imposible que mi abuela, la reina del cróquet, esté interesada en el tiro con hacha, una actividad que practican tipos que visten camisas a cuadros y se creen muy duros.

—Está en mi lista de deseos —me informa como si fuera la cosa más normal para delicadas ancianitas. Y tirándome del brazo, me arrastra hacia la entrada con fuerza.

Cuando la puerta del local se abre, el olor a cedro, tierra recién batida y testosterona me da en toda la cara. Un tiarrón lumbersexual con moño masculino y la previsible camisa de franela nos saluda con la mano desde detrás de un amplio mostrador de madera. Mi abuela y él no cruzan una sola palabra. Se limitan a sonreírse con complicidad, lo que despierta mis sospechas.

Lo miro con desconfianza mientras señala un tenebroso pasillo negro a la izquierda. Nos hace señas para que le sigamos.

—Lo tenéis todo preparado en el carril dos —le dice a mi abuela Flo.

—¿Preparado? —La fulmino con la mirada antes de pasar a una sala espaciosa.

Hay diez carriles separados por alambradas. Cada sección cuenta con su plataforma y su diana de madera. Un grupo de hípsters universitarios ocupa el último espacio, a nuestra derecha. Ellos, por supuesto, no han venido con sus abuelas.

Aquí todo es madera o tela a cuadros o taxidermia (hay dos cabezas de reno disecadas en las paredes laterales). Este lugar no va conmigo. Y menos con mi abuela Flo.

¿Por qué se ha tomado la molestia de planear algo así y luego finge que ha sido una decisión espontánea?

Y es entonces cuando las oigo. Dos voces bulliciosas. Dos hombres salen de lo que parece el pasillo que conduce a los lavabos.

Scott y Martin.

Me han tendido una trampa. Con razón me cuesta confiar en la gente.

Martin se acerca para darme un abrazo afectuoso. Huele a biblioteca, papel viejo y caoba ahumada. En medio de mi desconcierto, respondo a su abrazo. Y siento que es el abrazo de un abuelo, sentido y tranquilizador.

O lo sería si Scott no estuviera lanzándome miradas amenazadoras por encima del hombro de Martin. Por su mueca de disgusto, como si yo fuera una presencia maligna, es evidente que no ha superado nuestro último encuentro.

—Hola —balbuceo, separándome de Martin.

Scott y yo nos medimos en silencio. Mi tenacidad dura apenas diez segundos antes de apartar los ojos como una cobarde. No estoy para desafíos. De hecho, me dispongo a soltar una disculpa por el estrés postraumático que Scott pueda o no estar sufriendo a causa de mi ira, hasta que reparo en su mano.

Está empuñando un hacha. Cuando se le afila la mirada, creo que va a lanzármela justo en mitad de la frente. Seguro que está calculando la fuerza necesaria para asestar un golpe limpio o tramando algo igual de siniestro. Es prácticamente Jack Nicholson en *El resplandor*.

Sin siquiera un hola, se da la vuelta y entra en la jaula. Martin y mi abuela no reparan en la patente tensión que hay entre nosotros. Están demasiado ocupados observando a santo Scott subir a la plataforma. Sin perder un segundo, Scott arroja hábilmente el hacha por encima de su cabeza con una sola mano. El hacha perfora el centro de la diana con tanta suavidad que casi parece sencillo.

Mientras los abuelos silban y aplauden, elogiando las sobrehumanas aptitudes atléticas de Scott, yo trago saliva. Debo mantenerme alerta. Vigilar todos los ángulos. Podría asesinarme a sangre fría en cualquier momento. Parece el lugar idóneo. Sería fácil fingir que el hacha se le ha resbalado de la mano y que no ha sido más que un trágico accidente.

—¿Practicas mucho? —Es mi chapucero intento de transmitir una vibración neutra cuando pasa por mi lado para coger otra hacha.

La agarra como si fuera una pelota de béisbol en lugar de un arma afilada. Parece satisfecho de poder demostrar sus habilidades asesinas. Cuando se vuelve hacia mí, la sonrisita de suficiencia desaparece y es reemplazada por una mueca de animosidad.

—Sí, cuando no estoy haciendo de mujeriego o de troglodita.

Lo dice en un tono desenfadado para no alarmar a nuestros abuelos. El comentario pasa por una broma extraña. Se vuelve hacia mi abuela y le tiende el hacha con cuidado.

Sorprendentemente, se le da mejor de lo que cabría esperar de una mujer que calza mocasines ortopédicos extraanchos. Al tercer intento consigue hundir el hacha en la madera pese a no dar en la diana.

Después de felicitar a su futura esposa, Martin me da unas palmaditas en la espalda y me empuja suavemente hacia delante.

—Tienes que probarlo, Crystal. Ayuda a liberar estrés.

«Apuesto a que sí. A chiflados trastornados».

Scott resopla.

—Eso, Crystal, ¿por qué no subes y liberas toda esa ira contenida? Puede que hasta te ayude con tus violentos cambios de humor.

Me hipnotiza con su mirada mientras destraba de la madera el hacha de la abuela Flo.

—Eh, no gracias, estoy bien aquí. Martin, pasa tú —tartamudeo con la espalda chorreando de sudor.

—Insisto, las damas primero. —Martin se hace a un lado y me guía hacia Scott.

Scott me tiende el hacha por el mango.

Me trago un nudo del tamaño de una pelota de golf mientras lo miro nerviosa. Agarro el hacha con vacilación. Es más ligera de lo que parece.

—¿El personal no hace demostraciones dando consejos de seguridad? —pregunto para retrasar el momento.

La abuela Flo asiente.

—La hicieron antes de que llegaras. Pero no te preocupes, Scotty te enseñará la manera correcta de hacerlo.

Scott le obsequia con una sonrisa de lo más falsa, visiblemente molesto por tener que estar a menos de un metro de mí.

—No es necesario.

Toso con nerviosismo y subo temblando a la plataforma. Soy competitiva por naturaleza. No puedo fallar y mostrar debilidad, sobre todo después de la actuación fardona de Scott y sus comentarios sarcásticos. Allá voy. Cierro el ojo izquierdo y blando el hacha por encima de mi cabeza.

—¡Joder! —Scott me agarra las manos un segundo antes de que el hacha salga despedida y me arranca el mango de los dedos sin la menor delicadeza. Tiene los ojos fuera de las cuencas, como los de un antisocial viviendo en una cabaña sin electricidad.

Me vuelvo bruscamente.

—¿Qué haces, tío?

Sostiene el hacha fuera de mi alcance.

—No puedes lanzarla así. ¿Es que quieres matar a alguien?

Haciéndome la ofendida, pongo los ojos en blanco.

—Que sea mujer no me convierte en un peligro por sostener un arma. Sé lo que hago, gracias. Jugaba al tenis en el instituto —añado, consciente de que el tenis y el tiro con hacha no se parecen en nada.

Scott no responde. En lugar de eso, me agarra por los hombros con vehemencia y me gira hasta colocarme delante de la diana. He de reconocer que esa manera de manejarme me pone a cien.

—¿Qué mano utilizas? —me pregunta. El tono gélido de su voz contrasta con el calor de su torso cuando roza el ancho de mi espalda.

«Por Dios».

—Eh, soy diestra.

Desde atrás, me planta el hacha en la mano derecha con sus dedos callosos. Coloca mi palma sobre la base del mango y, seguidamente, la envuelve con mi mano izquierda. Por último, propina una patadita a mi pie izquierdo para llevarlo hasta una marca negra dibujada en la plataforma.

—Ahora, cuando lances el hacha, hazlo a la altura de los ojos, ni un centímetro más arriba ni más abajo —me indica al tiempo que guía mi mano hacia arriba.

Solo soy capaz de asentir. Me sorprende estar respirando con su cuerpo prácticamente envolviendo el mío. Vacío mi mente de pensamientos errantes y arrojo el hacha con un movimiento fluido. Se clava en el borde de la diana.

Me doy la vuelta para agradecerle a Scott su ayuda más que provechosa pero ya no lo tengo detrás. Lo primero que pienso es que ha corrido a esconderse, pero en lugar de eso está sonriendo y charlando animadamente con mi abuela Flo, como si yo no existiera. Este hombre apaga y enciende su encanto como el interruptor de la luz.

Lanzamos por turnos durante los siguientes cuarenta minutos. Scott clava casi todos los tiros, al igual que Martin, que nos recuerda que el hacha forma parte del equipo de un bombero. Es una ventaja injusta, en mi opinión. Mi abuela Flo lo hace cada vez mejor, aunque con cada lanzamiento temo que se le salga el hombro.

Cuando se acaba el tiempo, salimos en fila al calor abrasador de la calle.

—Ha sido divertidísimo, ¿verdad? —Los ojos de mi abuela saltan esperanzados entre Scott y yo.

¿No ha reparado en que nos hemos evitado como la peste todo el rato? Salvo la vez que tan cortésmente me ayudó con mi técnica.

—Sí, mucho —digo.

Lo cierto es que el tiro con hacha es bastante emocionante. La satisfacción de dar en la diana es adictiva. Y aunque Martin nos agasajó con incontables anécdotas de sus tiempos de bombero, he de decir que las encontré entretenidas.

—Hasta otro día, chicos. Ha sido un placer verte, Crystal. Scotty, saluda a tu madre de mi parte.

Martin se despide con la mano y se sube al asiento del conductor de su Lincoln. Mi abuela Flo va a su lado. Cuando salen marcha atrás de su plaza de aparcamiento, Scott aleja en silencio, imagino que hacia su coche.

Me quedo allí clavada como una idiota, contemplando su espalda durante muchos pasos antes de que la culpa se me haga insoportable.

—¿Scott? —lo llamo.

Se detiene, aguarda unos segundos. Luego se gira despacio con los brazos cruzados sobre el pecho.

Las piernas me llevan por el aparcamiento hasta detenerse a

un metro de él. Cuando sus ojos desafiantes se clavan en los míos, me quedo en blanco, incapaz de formular una frase entera.

—Esto, quería… eh… darte las gracias.

Arruga la frente.

—¿Gracias por qué?

—Por ayudarme con mi técnica —suelto.

Soy una cobarde.

—No lo hice por ti, sino en nombre de la seguridad pública.

Asiento, entrecerrando los ojos contra el fuerte sol.

—También quería decirte que… lo siento.

Los ojos le parpadean de satisfacción antes de recuperar la cara de sargento.

—¿Qué sientes?

Mierda, no me lo está poniendo fácil. Me muerdo el labio.

—Te pido disculpas por lo del otro día. Por dar por hecho que eras un mujeriego. Y por llamarte troglodita. Fui una borde y una hipócrita.

Se hace el silencio mientras me observa. Creo que está esperando que me retracte, pero no lo hago. Finalmente se pasa la mano por la nuca y asiente.

—Gracias.

Otro silencio. Cuanto más rato pasa Scott mirando el asfalto agrietado, más me hundo en mi sentimiento de culpa.

—Sé que la he cagado. Me cuesta confiar en la gente, es algo que debo trabajar —digo agachando la cabeza.

Cuando levanto la vista y nuestras miradas se encuentran, su rostro se relaja.

—Está bien.

—Entonces ¿ya no estás enfadado? —pregunto esperanzada.

Se balancea sobre los talones y descruza los brazos.

—Supongo que no.

Me enrosco nerviosamente un mechón de pelo con los dedos.

—No suenas muy convencido.

—Crystal, estoy bien. ¿Me crees ahora? —Fuerza una sonrisa a lo Chandler Bing.

Suelto un suspiro exagerado.

—¿Por qué me lo pones tan difícil? ¿Tengo que darte mi primer hijo? ¿Vender mi alma?

Me mira pensativo, como si en verdad estuviese contemplando esa posibilidad. Hasta que sus labios esbozan esa sonrisita petulante que conozco tan bien. Por irritante que sea, me alegro de volver a verla.

—Te espero mañana en el gimnasio —ordena.

—¿En el gimnasio?

—Ajá. Haremos un entrenamiento de mi elección —dice a la vez que se dirige a su coche.

Estoy tentada de aceptar, simplemente porque yo no me achanto ante un desafío. Y puede que también porque verlo entrenar es un regalo para la vista. No obstante, sé que eso no conducirá a nada bueno. Sopeso su propuesta hasta que se encuentra casi a la altura de su coche.

—Y si hago tu misterioso entrenamiento, ¿me perdonarás? —pregunto.

Pese a la distancia vislumbro el brillo divertido de sus ojos.

—No me subestimes, Chen. Vas a tener que currártelo.

13

Cuando Mel me invitó a su casa para un «almuerzo de traba-jo», acepté enseguida. Lo reconozco, estaba deseando com-probar si su apartamento era tan glamuroso como parece en Instagram, sin filtros. Y al igual que ella, lo es.

En cuanto cierra la puerta, me planta una bandeja repleta de sofisticados sándwiches de tamaño mini delante de la cara. Un surtido de macarons, scones y mimosas me aguarda en su cocina reluciente, toda blanca. Me cuenta que se los regala su madre, que es la «anfitriona por excelencia de las esposas de Stepford». Sea como sea, ahora me avergüenzo de mis aptitudes como an-fitriona, las cuales se limitan a bandejas compradas en el super-mercado y patatas fritas, sin cuenco.

Mel vive en uno de esos edificios modernos del Theater Dis-trict, con ventanales desde el suelo hasta el techo por los que se puede ver el interior desde los edificios cercanos. Aunque es el sueño de todo acosador, también es perfecto para su estética de Instagram. Como si estuviera en una ruta de *Sexo en Nueva York* y visitara por primera vez la icónica entrada del edificio de Carrie Bradshaw, sonrío de oreja a oreja al reparar en el diván de terciopelo rosa empolvado junto al ventanal, donde hace mu-chas de sus fotos.

Pasar la tarde con Mel me ayuda a no pensar en Scott y en que he quedado con él en el gimnasio para hacer las paces. Sí, estoy deseando comérmelo con los ojos, pero eso no viene al caso. Si lo hago, es por la reconciliación. Por el bien de nuestras familias. Fin de la historia.

Estoy a punto de preguntarle a Mel qué opina sobre el nuevo algoritmo de Instagram y mi bajada de interacciones en las últimas semanas cuando un tipo larguirucho entra en la cocina. Solo lleva un bóxer con dibujos de perritos calientes. Su salvaje pelo rubio apunta hacia arriba como si acabara de atravesar un túnel de viento.

—Hola. —Me obsequia con una sonrisa insinuante, hinchando el pecho. Es un chico mono, me parecería ideal si yo tuviera diez años menos y siguiera bebiendo Bud Light de un embudo.

Mel pone los ojos en blanco y su gesto se vuelve severo.

—Madura de una vez, Julian.

—Tranqui, Mel, solo estoy siendo amable.

Le lanza una mirada desafiante y se pone a hurgar en la nevera, pero no sin antes guiñarme un ojo. Tiene un ligero parecido con una foto que he visto online del difunto padre adoptivo de Mel, con sus ojos azul bebé y su rostro ovalado.

Mel lo mira indignada por encima del hombro.

—Este es Julian, mi hermano con cero encanto. Julian, esta es mi entrenadora y amiga, Crystal. —Se inclina hacia mí—. No viviría con un universitario por gusto, créeme, pero mi madre le obliga a quedarse conmigo mientras «decide qué hacer con su vida» en la ciudad.

—Eso me suena. —Me río, y me vuelvo hacia Julian, que está golpeteando el suelo con el pie mientras espera a que la tostadora termine de dorarle el bagel.

—Al menos Tara tiene veintinueve años. —Mel frunce los labios—. Ojalá tuviera una hermana.

—Las hermanas son geniales. Pero solo a veces. Cuando no te roban tus cosas.

Tara nunca me roba ropa por la diferencia de talla, pero siempre está birlándome el maquillaje y los productos para el pelo. Devuelvo la atención a mi portátil mientras me lamento en silencio por el caro champú de peluquería que se pulió ayer mismo.

Me pongo al día de los comentarios sobre mi reciente publicación sobre el Positivismo de Talla. Pese a los troles y los odiosos comentarios gordofóbicos que apenas puedo leer antes de echarme a temblar, me complace ver que a muchas personas les ha encantado. Hace que todos los comentarios negativos merezcan la pena.

—¿Qué preset me queda mejor? —me pregunta Mel poniendo su móvil a tres centímetros de mi cara.

Reculo entornando los ojos. Hay dos instantáneas de ella con un bonito vestido de topos. Es la misma foto, pero una tiene un filtro un poco más oscuro.

—Primero he de decir que el vestido te queda bestial. Prefiero la más clara.

—Coincido. Y las tetas parecen más grandes. —Vuelve a examinar la foto—. Creo que utilizaré el preset rosa. He comprobado que recibo más likes con él.

Estoy a punto de ofrecerme a enviarle mis presets favoritos cuando recibo una notificación.

Ritchie_Scotty7 ha empezado a seguirte.

El estómago me da un vuelco.

Antes de que pueda contemplar siquiera la posibilidad de seguirle a mi vez, me entra la notificación de que le ha gustado mi última publicación, un vídeo de mi entrenamiento de abdominales que grabé el día que me robó el móvil.

En menos de un minuto recibo más de veinte notificaciones. Todas de él. Es una señal clara de que no todo está perdido. De que no me odia con toda su alma.

A **Ritchie_Scotty7** le gusta tu publicación.
A **Ritchie_Scotty7** le gusta tu publicación.
A **Ritchie_Scotty7** le gusta tu publicación.

A **Ritchie_Scotty7** le gusta tu publicación.
A **Ritchie_Scotty7** le gusta tu publicación.

Casi me arrepiento de haber aparecido en el gimnasio cuando Scott emerge del vestuario luciendo su sonrisa de chulito, como si siempre hubiera sabido que vendría. Yo tenía mis dudas, pero después de esas notificaciones, que eran como recordatorios burlones de su existencia, no podía quitarme a Scott de la cabeza. Miraba constantemente la hora mientras resistía la tentación de ponerme mi conjunto de entrenamiento más mono y favorecedor; mejor me quedaba en casa y le pedía a Tara que me ayudara a redactar una disculpa. Por desgracia, tengo la determinación de un mosquito.

En cuanto nos miramos me suben los colores. Parece recién salido de la portada de *Men's Fitness*. Para no quedarme embobada contemplando su belleza de mandíbula cuadrada, observo mi pelo de orangután en el espejo mientras estiro las pantorrillas en la Zona Gym Bro. Tenía que haberme puesto espuma.

—Vaya, vaya, mira quién está aquí —dice maliciosamente con su descomunal botella de agua colgando del dedo índice.

—Le diste likes a todas mis fotos —digo ignorando su recibimiento.

—Lo siento, se me fue la olla. Empecé mirando tu perfil y tu vídeo de abdominales y acabé dando likes a tus selfis desde 2014.

—Estás como una cabra. —Por dentro admiro su sinceridad, pero le hago ver que no he mirado en Google sus hazañas atléticas en el instituto.

—¿Vas a seguirme también? Estarías un paso más cerca del perdón.

Me encojo de hombros.

—Puede que sí o puede que no. Pero si decidiera seguirte sería solo por tu perro.

Sonríe como un padre orgulloso.

—¿Eres fan de Harry Potter? —le pregunto.

131

Se cierne sobre mí. Incluso visto desde abajo, es tan odiosamente atractivo que estoy convencida de que es cosa de brujería.

—Qué va, pero ya tenía ese nombre cuando lo adopté en la perrera y no tuve el valor de cambiárselo. Pensé que lo desconcertaría.

Mi corazón aletea al imaginármelo rescatando de refugios a perros indefensos. Los veo a punto de ser sacrificados, cuando él irrumpe y se los lleva a una granja para animales… Su cara expectante me saca de mi ensoñación. Sacudo la cabeza y aparto los ojos de su mirada hipnotizadora.

—¿Vamos a quedarnos aquí como pasmarotes o vamos a entrenar? —Intento que mi voz suene grave para darle un tono serio. Fracaso estrepitosamente. Sueno como una niña imitando a su severo padre.

Resopla y se saca del bolsillo un papelito garabateado con lo que parece una rutina de entrenamiento. Estoy segura de que veo la palabra «Venganza» en el encabezamiento, subrayada múltiples veces.

—Ya lo creo que vamos a entrenar.

No es un farol.

Me somete a un circuito de crossfit matador, que comprende un interminable número de series en la bicicleta de aire, burpees, sentadillas frontales con barra y saltos de caja. Ya está otra vez con su ritmo agresivo, probablemente para agotarme y luego atacarme por sorpresa. No ayuda el hecho de que esté compitiendo conmigo, asegurándose de ser más rápido que yo en cada circuito. Cuando termino mis burpees antes que él, se muestra claramente devastado.

No hablamos entre resoplidos y boqueadas. Atribuyo mi excesiva transpiración a las sonrisitas que me dedica. Entrenar con alguien que podría pasar por una estrella de cine supone un desafío mayor de lo que esperaba.

Estoy tan acostumbrada a ser yo quien diga a los demás lo que tienen que hacer que se me hace extraño recibir instrucciones de él. Ahora sé lo que es que te mangoneen cuando estás a punto de desmayarte, o de echar el hígado, no estoy segura.

—Lo dejo aquí. Creo que voy a vomitar —jadea Scott, doblado hacia delante con las palmas sobre las rodillas.

—Oye, esto ha sido cosa tuya. Por tu enfermiza fantasía vengadora. —Apoyo el codo en la máquina de sentadillas—. Mañana no podré andar.

—Bien, eso es lo que a los tíos les gusta oír después de una cita. —Me sonríe con picardía y recula de inmediato al ver mi mandíbula caída. Sostiene las manos delante de mí—. Era una broma. No me mates, por favor.

Le doy un puñetazo suave en el pecho.

—Eres un cerdo. Y esto no es una cita.

Se encoge de hombros y se limpia el sudor de la frente con la camiseta.

Nos sentamos en el suelo, el uno frente al otro. Estiro las piernas y aprieto las suelas de mis zapatillas contra las suyas para intensificar el estiramiento. Sus pies miden casi el doble que los míos. Santo Dios.

Una sucesión de imágenes de un gigantesco pene cruza mi mente. La garganta se me seca como el Sáhara cuando lo recuerdo duro contra mí durante nuestro morreo en el vestuario, dando credibilidad a esta asociación de tamaños. Me temo que voy a necesitar terapia intensiva para sacarme esas imágenes de la cabeza. Intento tragar saliva pero acabo tosiendo.

—¿Qué número calzas?

Una sonrisa taimada le curva los labios.

—¿Por qué quieres saberlo?

Pongo los ojos en blanco antes de volver a toser.

—Eres lo peor.

—Me lo has puesto a huevo. —Me pasa su botella de agua—. Lo siento. En serio. Después de una década en el cuerpo de bomberos, mi sentido del humor se ha vuelto un poco grosero.

Bebo agradecida y me vuelvo hacia los gym bros apiñados

en torno a la máquina de sentadillas, están alentando a uno de los suyos.

—Entonces ¿me has perdonado ya?

Inclina la cabeza a un lado y otro, considerándolo.

—Todavía no. Has superado los burpees con demasiada facilidad.

—¿Prefieres que te suplique clemencia y vomite en tus zapatillas?

No responde. Está demasiado ocupado mirando por la ventana.

—Oye, larguémonos de aquí.

♥ 14

Parpadeo.

—¿Por qué? ¿Y adónde?

—No lo sé. —Scott se encoge de hombros antes de ponerse en pie—. Pero hace un día precioso y creo que no deberíamos desperdiciarlo aquí dentro. Te propongo tomarnos un helado. Invitas tú, por supuesto, porque aún estás ganándote mi perdón.

—Pensaba que los crossfitters solo comíais paleo.

No doy crédito, pero intento mantener la ilusión de que soy una persona calmada. Si con un helado puedo ganarme el perdón absoluto de Scott, estoy dispuesta a comprarle todos los sabores de la carta.

—No es mi caso. —Niega con la cabeza y, acto seguido, me mira de arriba abajo con curiosidad—. ¿Tú no comes helado?

—Soy intolerante a la lactosa.

Se agarra el pecho como si le hubiera dicho que solo me queda un mes de vida.

—Uau. ¿Qué hiciste para merecer eso?

—No lo sé, pero es una auténtica putada.

—Conozco una heladería donde hacen sorbetes. En esta misma calle.

Echo una última mirada vacilante a la puerta para que no se note que lo estoy deseando.

Resulta que la heladería en cuestión es uno de esos lugares con un millón de sabores y coberturas, además de chocolates artesanales. Después de dudar un buen rato, me decido por un sorbete tropical y Scott pide lo mismo.

—¿Juntos o separados? —recita monótonamente detrás del mostrador una adolescente con una camiseta en la que pone DAB KING.

—Juntos.

Se me hace extraño decir eso. Caigo en la cuenta de que la adolescente debe de creer que somos pareja. Saboreo la idea unos segundos demasiado largos antes de que la realidad vuelva a darme en toda la cara. No voy a pensar en él de esa manera. Somos archienemigos platónicos de gimnasio convertidos en colegas, evidentemente.

—Si te apetecía, podías haber pedido un helado de verdad —le digo cuando la adolescente nos pasa las tarrinas por encima del mostrador.

—No me lo comería a gusto delante de ti. No quiero que tengas retortijones indirectos o lo que sea que le pase a tu estómago. —Me guiña un ojo mientras rechazo el tíquet.

Increíble, ha conseguido que una broma sobre indigestiones suene casi encantadora.

—Haces bien. Mejor que no me pilles de mala leche.

—¿No es tu estado natural? —me suelta.

Le doy un golpe de hombro antes de salir de la heladería. Me adelanto unos pasos y obligo a mi labios a mantener una posición neutra. Estoy sonriendo como una niña en Disneyland y no quiero que lo vea. Disfruto de estas bromas sin odio mucho más de lo que necesita saber.

Echamos a andar hacia el puerto. El sol proyecta un manto rutilante sobre el agua. Hay un barco de paseo amarrado más adelante, a la espera de que suban los turistas.

—¿Albus no se siente solo durante el día cuando estás en el trabajo o en el gimnasio? —le pregunto, haciéndome a un lado cuando un hombre acompañado de un terrier diminuto con botas rosas nos pasa rozando. Me pregunto si Scott le pone botas a Albus Doodledore.

—Qué va. Trevor, mi compañero de piso, trabaja en el mismo parque de bomberos que yo. Solemos hacer turnos diferentes, así que por lo general está en casa cuando yo no estoy. Lo saca a pasear y esas cosas.

—Parece un buen amigo.

—Lo es, cuando no me toca las pelotas con los Blackhawks.

Me distraigo un instante al verlo lamer el sorbete de la cucharilla.

—Oye, dudo que este coleguismo nuestro vaya a funcionar. No me fío de los seguidores de los Blackhawks.

Me señala con la cucharilla.

—¿Y quién dice que somos colegas? ¿Cómo sabes que te he perdonado?

Se me encoge el estómago.

—¿No me has perdonado?

—Sí. No soy un tío rencoroso. —Me obsequia con una sonrisa reconfortante.

Resoplo.

—¿Qué pasa? ¿Tú eres rencorosa?

—No.

Me mira escéptico.

—Pues tengo la sensación de que te cuesta olvidar.

—Qué va, pero a mi hermana sí. Hace un par de semanas descubrió que el capullo de su ex seguía utilizando su Netflix. Entonces ella, en lugar de cambiar la contraseña como haría una persona normal, le trastocó el algoritmo de la cuenta viendo los tres primeros minutos de más de veinte comedias románticas. Luego esperó a que él llegara al penúltimo episodio de *Stranger Things* y cambió a G el nivel de madurez.

Scott echa la cabeza atrás con una risotada.

—Tu hermana es la bomba.

—Lo sé. Su ex se pilló un cabreo descomunal. Eso sí es una venganza en toda regla. —Hago una pausa, sonriendo al recordarlo—. ¿Sigues *Stranger Things*?

—No. La verdad es que no veo películas, y tampoco series.

Freno en seco y lo miro parpadeando lentamente.

—¿Nunca?

—Casi nunca. Bueno, a veces veo la tele un rato, a ser posible programas de veinte minutos.

—¿Y por qué no ves programas más largos? ¿O películas? ¿Es que no te gustan?

Sonríe con timidez.

—Me duermo. Siempre.

Cuando echamos de nuevo a andar, lo imagino acurrucado en un sofá viendo una película. Su pecho es tan tentador...

—Será porque nunca has visto una peli buena —digo, volviendo a la tierra.

—No, lo que pasa es que me voy poniendo cómodo y al final me quedo frito. Una chica rompió conmigo porque me dormí en el cine en una cita.

Dejo que el sorbete se derrita en mi lengua, disfrutando de su sabor casi tanto como de la contemplación de su adorable sonrisa.

—Entiendo que no le quedara más remedio que dejarte.

—Oye, la llevé a ver una película romántica. ¿Qué importaba que yo la viera o no mientras a ella le gustara?

—Forma parte de la experiencia de ir al cine, Scotty. Para eso, podría haber ido al cine sola, y además se hubiera evitado compartir las palomitas contigo.

—A lo mejor deberías obligarme a ver una película —dice con una sonrisa de oreja a oreja.

Entorno los párpados.

—¿Los colegas ven películas juntos?

—No veo por qué no.

Tiro mi tarrina vacía a una papelera cercana. Él, cómo no, tiene que intentar encestar la suya como si fuera LeBron James.

—¿Así que te dedicas al fitness y al entrenamiento personal a tiempo completo? —me pregunta mientras seguimos caminando.

—Sí. Lo hago desde que terminé la universidad.

—Es increíble la cantidad de seguidores que tienes. Estoy impresionado.

—Gracias.

No me gusta hablar de mi éxito en Instagram porque me siento un fraude. Cuando la gente me pregunta cómo he conseguido tantos seguidores y cómo se puede ganar dinero con Instagram, nunca sé qué responder. Ignoro qué motivó tan elevado número de seguidores, aparte de una pizca de suerte, investigación y mucho trabajo. Suena tonto decir «Sé tú misma», pero es lo que a mí me funcionó.

—¿Qué te impulsó a abrir tu cuenta? —me pregunta Scott.

—De joven me gustaba mucho el deporte. Luego, en la universidad, me aficioné al gimnasio como una manera de desestresarme. Obviamente, el gimnasio no es para todo el mundo, pero en mi caso fue muy terapéutico. Cuando me di cuenta de lo tóxica que puede ser la industria del fitness, sobre todo la online, quise ser un ejemplo positivo para otras mujeres. —Esquivamos a un grupo de ciclistas que pasan zumbando por nuestro lado—. Digamos que… el tipo de cuerpo que tengo nunca será delgado, así que perder peso nunca fue el objetivo. Me encanta ponerme retos y darlo todo. Y quería ayudar a otras mujeres que no se sienten seguras o que no saben por dónde empezar en el gimnasio. Además, no está nada mal que me paguen por promocionar marcas que me gustan.

Observo a Scott, a la espera de que empiece con el rollo bienintencionado de que no soy «grande» o, peor aún, me dé consejos gratuitos para perder peso, como muchos otros con los que he tenido el placer de comentar esto.

Pero no lo hace, así que continúo:

—A las mujeres, la sociedad nos dice que no estamos en forma a menos que tengamos una treinta y seis y unos abdominales de tableta de chocolate.

Arquea una ceja.

—Está claro que no te han visto entrenar en el gimnasio. Eres una bestia.

Me sonrojo.

—Gracias… Yo creo que estar sano no es solo cuestión de talla o peso, también tiene que ver con tu manera de pensar y tu salud mental.

Asiente pensativo.

—Estoy de acuerdo.

—Dice Míster Abdominales de Acero.

Scott choca juguetonamente su hombro contra el mío.

—Yo no siempre he ido al gimnasio.

—Venga ya, tú tienes tableta por lo menos desde julio de 2016. —Lo miro de reojo al percatarme de mi confesión involuntaria.

Sus labios forman una sonrisa divertida.

—Qué precisa. ¿Cómo lo sabes?

Las mejillas me arden. Me muero de vergüenza, hasta que recuerdo que él les dio likes a todas mis fotos desde 2014.

—Por tu Instagram —reconozco con falso aplomo.

—Así que has estado espiándome.

Me encojo de hombros.

—Tenía que asegurarme de que no eras un asesino en serie. No sé tú, pero yo soy bastante selectiva con la gente que acabo de conocer.

—Es un honor estar a la altura. —Hace una pausa y la expresión de su rostro se vuelve seria—. En realidad, de niño era supertorpe y estaba delgaducho. No empecé a hacer deporte hasta el instituto.

—¿En serio? —inquiero, incapaz de imaginármelo sin músculos.

—En serio. Cuando vivíamos en Illinois, durante unos años andábamos muy justos en casa. Nos alimentábamos de comida rápida barata y no había dinero para practicar deportes de equipo. Los niños eran crueles.

Cierro los ojos un instante para visualizar a Scott como un niño excluido. Y me viene a la memoria mi yo preadolescente en el colegio. Un año mis amigas decidieron que yo ya no era «lo bastante guay». Pasaba sola los recreos, caminando cabizbaja por el perímetro de la valla, demasiado tímida para acercarme a otros niños.

—Jamás habría imaginado que lo pasaras mal en el colegio.

Se le nubla la mirada y aprieta los dientes, parece que va a profundizar en eso pero luego cambia de idea.

—El caso es que cuando entré en el instituto, las cosas ya iban mejor económicamente. Mi padre consiguió un trabajo estupendo aquí en Boston y mi madre se sentía feliz porque íbamos a estar cerca de todos los abuelos. Así que nos mudamos y pude empezar de cero. Me encontraba en plena edad del pavo, supongo. Fue entonces cuando empecé a practicar deportes de equipo.

—¿Y te pusiste de moda de un día para otro?

Sonríe con la mirada al frente.

—Qué va. En el instituto seguía siendo socialmente torpe. Casi no podía hablar con las chicas, y no digamos tener novia.

No puedo evitar absorber como una esponja su franca sonrisa. Por fuera Scott muestra una confianza absoluta en sí mismo, pero en realidad es una ilusión. Es como el resto de los mortales, que nos estresamos por las estupideces que hemos dicho sin querer. Eso hace que me sienta aún peor por haberlo juzgado de antemano. Él no tiene la culpa de ser un bello ejemplar.

—A mí no me pareces torpe. Todo lo contrario, de hecho. A menos que yo también lo sea.

—No he dicho que siga siéndolo —replica con una sonrisa hechizante.

—Siempre tan chulito.

—Y ahora que ya conoces mis secretos más oscuros, ¿qué haces tú aparte de ir al gimnasio?

—No mucho, la verdad.

Estoy en un tris de desdecirme. ¿Realmente quiero contarle que vivo casi como una ermitaña? Siempre me han metido en la cabeza que ser retraída no mola, que es mejor ser extrovertida como mi padre. No obstante, después de la franqueza con que me ha hablado Scott, no me parece correcto mentirle.

—¿Eres una persona hogareña?

—Mucho. Tengo mallas de Lululemon específicamente diseñadas para estar en casa y para salir.

—Eso es… un hábito muy caro —bromea.

—Qué puedo decir, soy introvertida.

Me observa con curiosidad.

—¿Introvertida como cuánto?

—Digamos que si tengo planes para más de dos noches seguidas, estaré estresada toda la semana. Ah, y si alguien cancela un plan, siento que me ha tocado la lotería.

Sonríe.

—Ahora ya sé qué hacer para gustarte. Haré planes contigo y luego los cancelaré.

Curiosamente, la idea de que Scott me cancele un plan no me atrae tanto.

Hablar con Scott es fácil. Más que fácil. Me siento suelta y ligera. Tenemos el mismo humor sarcástico, picante. No siento la necesidad de pensar lo que voy a decir a continuación, simplemente sale. Y si es algo incómodo, no parece percatarse, o por lo menos no da muestras de ello.

Para cuando llegamos al final del muelle ya he elaborado una lista de películas ultralargas que tiene que ver, de principio a fin, por supuesto. Scott parece satisfecho con el reto. Y él me va preguntando, como por ejemplo quién es mi cantante favorita (Lizzo) o adónde me gustaría ir de vacaciones (Nueva Zelanda). Yo también he averiguado más cosas sobre él.

Su color favorito es el azul. No le gustan los gatos, tampoco la piña ni la pizza. De niño tenía una tortuga llamada Bob. Tiene dos hermanas mayores (una en Reino Unido y la otra en Arizona), quienes según él lo torturaban de niño (tiene una cicatriz en la rodilla izquierda que lo prueba). Desde que su padre murió, es el único hombre entre su madre y sus hermanas.

Para cuando se decide a hablarme de su enfermiza obsesión por *Byll Nye the Science Guy* ya hemos llegado al aparcamiento de Excalibur Fitness.

Deja escapar un largo suspiro.

—Ojalá pudiera seguir contándote aspectos vergonzosos de mi vida, pero he de volver con Albus. Te invitaría a que vinieras un rato a casa, pero creo que aún es pronto para que te conozca.

—¿Siempre eres tan cauto con la gente que le presentas a Albus?

—Por supuesto. No puedo introducir a extraños en su vida como si nada. A su edad todavía es muy impresionable.

—Por cierto, esto no ha sido para nada una cita —le recuerdo—. Solo ha sido un paseo con sorbete de disculpa entre dos extraños convertidos en archienemigos convertidos en colegas cuyos abuelos van a casarse. O sea, una tregua.

—¿Confirmas entonces que ya no somos enemigos mortales?

Asiento.

Sonríe satisfecho y me da un abrazo desenfadado pero cálido.

7.35 — PUBLICACIÓN DE INSTAGRAM: «CAMPAÑA POSITIVISMO DE TALLA — PARA LAS INDECISAS DEL FITNESS» DE **CURVYFITNESSCRYSTAL**:

Yo no siempre he sido una crac en el gimnasio. En serio. Preguntadle a mi ser de 15 años. Acababa de dejarme mi primer novio, un chaval desgarbado llamado Bobby con un 2 de nota media y célebre por haberse comido un bloque entero de queso mármol en una apuesta. Me encontraba en la cinta de correr después del colegio, llorando por él, cuando resbalé con mis propias lágrimas y salí despedida (me despellejé la barbilla y las dos rodillas). Creo que estuve un par de segundos inconsciente, porque me desperté con el tío más popular del colegio (imaginaos a Peter Kavinsky con esteroides) sosteniéndome la mano y frotándome la espalda. LOL.

Luego está la primera vez que intenté una dominada sin comprobar la fuerza de mis manos: me caí al suelo de culo.

Y cuando intenté una flexión de brazos después de hacer una superserie de pectorales: me di de bruces contra la esterilla.

¿Por qué estoy compartiendo mis embarazosas experiencias en el gimnasio? Lo hago para todas aquellas personas a las que les inquieta probar el fitness. No puede ser peor que las anécdotas que acabo de contar. En serio. Y si te da una vergüenza horrorosa, recuerda que todos los asiduos del gimnasio tienen una historia, por muy profesionales y en forma que puedan parecer ahora. Todos han pasado por ahí. Créeme.

Si no te decides a incorporar el fitness a tu vida (ya sea en el gimnasio o en casa) o a subirte nuevamente al tren del fitness después de tomarte un descanso, te animo a que lo pruebes. No estoy diciendo que todo el mundo tenga que entrenar para ser feliz. No estoy diciendo que tengas que ir al gimnasio y levantar pesas. El fitness me ha dado muchas satisfacciones a mí y a muchas otras personas, pero no es para todo el mundo, y no pasa nada. Solo te estoy proponiendo que busques tiempo para hacer algo por ti. Aunque solo sea dar la vuelta a la manzana para despejar la cabeza. O acurrucarte en el sofá con un libro que te dé buen rollo. ¡Te aseguro que no lo lamentarás!

Recuerda: Lo peor de entrenar es ponerse el sujetador deportivo.

Comentario de _averyking: Volver al fitness puede ser ♡
frustrante al principio, pero merece la pena.

Comentario de **greenjay4**: no me sorprende que tu ♡
novio te dejara.

Comentario de **KathyHilliker**: LOL me peto con tus ♡
anécdotas. Gracias por poner una sonrisa en mi cara!!

♥ 15

Un hombre fornido cuyos brazos musculosos abusan de los esteroides, con un casco amarillo y tirantes a juego, está frotándose contra mi abuela Flo al ritmo de «Pony» de Ginuwine. Jamás imaginé que sería testigo de algo así. Necesito un antídoto para los ojos y lo necesito ya. Por desgracia, la imagen se ha grabado a fuego en mi memoria para la eternidad.

Obligada a inmortalizar el espectáculo para traumatizar a futuras generaciones, estoy grabando varios vídeos. Las tomas salen movidas. Es difícil oír la música por encima de los chillidos de fondo, en parte gracias a los martinis. Las carcajadas de mi abuela Flo son inconfundibles cuando desliza las manos por el pecho desnudo y generosamente aceitado del hombre mientras sus mejores amigas, Annie y Ethel, la rodean haciendo fotos borrosas con sus enormes iPads.

Fue idea de Annie y Ethel celebrar la despedida de soltera de mi abuela en un club de estriptis. Tara encargó un surtido de galletas con forma de falo de todos los colores, grosores y longitudes. Dada la propensión de mi abuela Flo a escandalizarse, yo estaba convencida de que el plan sería un fracaso, que lo encontraría vulgar e «impropio». Todos mis temores demostraron ser infundados cuando posó para una foto haciendo ver que se introducía una de las galletas hasta la garganta sin que nadie la alentara.

¿Quién es esta mujer? No puede ser la misma abuela que me lavó la boca con una pastilla de jabón Dove a los diez años por decir «diablos» en domingo, «el día del Señor» nada menos. Sin duda no es la misma que utilizó tácticas intimidatorias para que mis descreídos padres nos enviaran a Tara y a mí a un campamento bíblico tres veranos seguidos. Estoy empezando a pensar que ha sido abducida por unos extraterrestres y reemplazada por una réplica mucho más guay, hasta que con toda la naturalidad del mundo le suelta a Tara que «nunca le durará un hombre» si no aprende a cocinar.

Salgo discretamente a la calle para que me dé el aire y me detengo en la acera mordisqueando una de las galletas con forma de pene. Aparte de la amenaza de un estriptis, el ambiente del club empezaba a ser agobiante como consecuencia del exceso de martinis. La música, las luces estroboscópicas y las máquinas de humo tampoco ayudaban, lo que no quiere decir que las columnas de humo de cigarrillo, la basura recalentada y el tufo a alcantarilla de la calle sean mucho mejores.

En mi estado achispado siento un deseo imperioso de enseñarle el vídeo a alguien. Y la única persona capaz de apreciarlo en toda su excentricidad es Scott. Nos hemos estado escribiendo desde el paseo con sorbete de la semana pasada. Hoy los mensajes desde las fiestas de nuestros respectivos abuelos están siendo constantes. Scott, al parecer, ha alcanzado con mi padre el estatus de «amigo íntimo». Incluso me ha enviado selfis de los dos jugando al golf para demostrarlo.

RITCHIE_SCOTTY7

Uau, jamás podré quitarme de la cabeza ese vídeo.

CURVYFITNESSCRYSTAL

Verdad? Debería ser ilegal.

RITCHIE_SCOTTY7

La culpa es tuya. Yo me ofrecí a participar. Así habríais tenido a un bombero auténtico de más de un metro ochenta.

CURVYFITNESSCRYSTAL

LOL.

Francamente, imaginarme a Scott frotándose contra mi abuela Flo me resulta más perturbador aún que un estríper profesional. Me entra un escalofrío solo de pensarlo.

RITCHIE_SCOTTY7

Jaja, es broma. El pole dance no se me da bien. Quedo mejor en foto.

CURVYFITNESSCRYSTAL

Sales en un calendario o no?

RITCHIE_SCOTTY7

Caray, te mueres de curiosidad.

CURVYFITNESSCRYSTAL

No. Olvida que lo pregunté.

RITCHIE_SCOTTY7

Pista, soy el mes de junio.

Tu padre está bastante pedo. Tiene la cara muy roja LOL.

CURVYFITNESSCRYSTAL

Dile que deje de beber. Tiene la reacción del rubor al alcohol!

RITCHIE_SCOTTY7

Lo intentaré. Es la monda. Estoy sonsacándole poco a poco todos los secretos de tu infancia.

CURVYFITNESSCRYSTAL

...

RITCHIE_SCOTTY7

Me ha contado que en la función del parvulario corriste desnuda por el escenario. Qué audaz.

CURVYFITNESSCRYSTAL

Dejad de hablar de mí!

RITCHIE_SCOTTY7

Imposible.

CURVYFITNESSCRYSTAL

En mi defensa, el vestido picaba. No soporto las telas que pican.

RITCHIE_SCOTTY7

Tu padre acaba de darme permiso para salir contigo.

Ah, y también para casarme contigo, por lo visto.

Me alegro de que mi padre se ocupe de mi futuro, dado que yo no sé hacerlo.

Transmítele mi más sincero agradecimiento.

El móvil me vibra con un FaceTime entrante. Es papá.

Su cara colorada y sonriente aparece en la pantalla delante de una pared de paneles de madera con una diana.

Saludo a la cámara.

—Hola, papá.

Sonríe enseñando todos los dientes.

—¡Crystal! —grita por encima de la música de rock clásico que se oye de fondo.

La cabeza de Scott aparece al lado de mi padre.

—Dile a tu hija lo que acabas de decirme.

Papá mira directamente a la cámara.

—Scotty tiene mi permiso para pedir tu mano en matrimonio.

Enarco la ceja.

—¿Tengo voz y voto en esto?

Como la persona sociable que es, mi padre se distrae y desaparece repentinamente de la pantalla, dejando su móvil en las competentes manos de Scott. Puedo verlo al fondo chocando los cinco con uno de los amigos de Martin. Scott parece estar alejándose del barullo para refugiarse en una zona más tranquila del bar.

—Oye, yo sería un marido diez. Necesito poco mantenimiento —declara convencido.

—Yo no lo veo así. Eres bastante dependiente… te desmayas en las clínicas, necesitas constantemente que te alimenten el ego…

—Nimiedades. En realidad solo necesito dos cosas: sexo regular y comida.

—Casi nada —bromeo.

Siento un cosquilleo en la piel al ver sus hoyuelos.

—¿Quieres casarte conmigo si seguimos solteros a los cuarenta? —me pregunta.

—¿Qué? ¿Me estás proponiendo un pacto matrimonial?

Me aclaro la garganta al pensar en la horripilante-pero-no-tan-horripilante idea de darle sexo regular y guisos caseros. Me tendrían que retorcer un brazo… o no.

Se encoge de hombros con desenfado, como si me hubiera propuesto jugar en el equipo de béisbol de su liguilla.

—Muchos amigos lo tienen.

Niego despacio con la cabeza. Antes de que pueda responder, empieza a inclinar la cámara mientras sonríe divertido.

—¿Eso que tienes en la mano es una galleta pene?

Casi me atraganto con un trocito que se me va sin querer por el otro lado.

—Puede.

—Es… muy venosa —señala—. ¿Y esos puntitos negros se supone que son los pelillos?

—En efecto. Y, para tu información, está riquísima. Tengo más. Puede que te lleve una si te portas bien.

Una amplia sonrisa inunda toda su cara.

—Podría decir tantas cosas ahora mismo.

—Ahórratelas, por favor.

Frunce los labios y se acerca un poco más a la cámara.

—¿Dónde estás?

—Sentada en el bordillo delante del club de estriptis.

—¿Por qué no estás dentro? ¿Te encuentras bien? No es la zona más segura de la ciudad. —Su voz adquiere tono de preocupación.

—Estaba un poco mareada, pero ya se me ha pasado. Creo que voy a pedir un Uber y me marcho a casa.

—No te muevas de ahí, ¿de acuerdo? Iré a esperarlo contigo. Estoy en un pub a solo dos manzanas.

Levanto una ceja.

—Veo que conoces muy bien dónde está el club de estriptis. ¿Eres un habitual? ¿Un cliente VIP?

Resopla.

—Jaja, muy graciosa. Tú me contaste que ibais al Diamonds. Estuve una vez en la despedida de soltero de un colega. Pero gracias.

—Hummm... —Mi voz se va apagando cuando miro a mi alrededor y escucho el aullido distante de una sirena. Hay un tipo de aspecto cutre, con un pantalón de cebra y una gruesa cadena de oro, merodeando delante del callejón que hay a mi izquierda.

—Quédate donde estás, no tardo nada —me ordena Scott antes de colgar.

—Señorita, ¿tiene unas monedillas? —me pregunta una voz rasposa.

Abro los ojos sobresaltada. ¿Me he quedado dormida? ¿Cuánto tiempo?

Con la mirada soñolienta, me giro y veo a un vagabundo escuálido, vestido con dos americanas, acercarse por mi derecha. Parece necesitado de una buena comida caliente.

—Voy a ver.

Hurgo en las profundidades olvidadas de mi bolso. A saber lo que acecha ahí abajo. Ni siquiera sé si tengo algo de efectivo. ¿Quién lleva dinero encima hoy día?

Con los dedos enredados en los cables de los auriculares, descubro un Skittle medio aplastado y un recibo de Trader Joe's de hace dos años. Justo cuando localizo un dólar solitario, una sombra se cierne sobre nosotros.

Es una figura monstruosamente alta y musculosa, de cabellos claros que asoman por debajo de una gorra de béisbol negra. Llena por completo una camiseta Henley, como un granjero solitario, sexy y duro, que posee unos bíceps enormes de cargar alguna que otra bala de heno. Con las mangas enrolladas para lucir antebrazos, se pasa el día domesticando caballos salvajes y conduciendo errante su tractor por terrenos con distintos niveles de dificultad. Se niega en redondo a vender las tierras que han pertenecido a su familia desde hace un milenio a promotoras sin escrúpulos de la gran ciudad. Mi atención se aviva cuando la luz de la farola se refleja en sus ojos verdes.

Resoplo. Es Scott. De repente lamento no llevar algo más escotado que mi body de cuello alto. Por lo menos llevo tacones y un tejano más o menos favorecedor.

Scott tiende un billete de veinte dólares al vagabundo.

—Tome, amigo.

El hombre inclina la cabeza y acepta el billete.

—Gracias, que Dios los bendiga.

—¡Buenas noches! —le digo mientras se aleja.

Estoy casi tumbada sobre la acera. No es solo el alcohol lo que me ha dejado sin respiración. Es la generosidad de Scott. Su amabilidad. La mayoría de la gente pasa junto a los vagabundos sin mirarlos siquiera. Si yo hubiera estado sobria y con prisa, probablemente habría hecho lo mismo.

Scott se arrodilla frente a mí, escudriñándome con la mirada, al tiempo que vigila de reojo al hombre de los pantalones de cebra.

—No deberías estar aquí sola.

—¿Por qué no? Estoy bieeeen. Iba a pedir un Uber, o a lo mejor me voy andando. Vivo a solo unas manzanas de aquí —digo arrastrando las palabras, incapaz de no mirar a Scott como si fuera una bolsa repleta de Sweet Chili Heat Doritos.

—¿Dónde está tu madre? ¿Y Tara?

—Siguen dentro, seguro que disfrutando de un estriptis. Uno de los chicos es igualito que Tom Brady. Estamos obsesionadassss con él. —Por la razón que sea, he decidido que es un buen momento para adoptar un acento británico.

—¿Ahora eres inglesa? —La voz le tiembla con una carcajada contenida.

—De Newcastle, o sea del norte. Mi nueva clienta es de allí —le explico—. El otro día hablaba de su peso en *stones*. Tuve que utilizar un conversor a libras. Y luego me contó que en la universidad se lo montaba con muchos tíos. Lo llamó «tirarse».

Scott tuerce el gesto, confundido.

—¿Tirarse?

—Sí. Dijo: «Me tiraba a todos los tíos». —Me río tapándome la boca con la mano, consciente de que he hecho una carnicería con el increíble acento de mi clienta.

—Uau. Repítelo, por favor. Me pone a cien —bromea.

—«Estoy que se me llevan los diablillos» —la imito, conteniendo la risa.

Sonríe.

—Muy bien, Crystal del norte de Inglaterra, es hora de que te lleve a casa.

—¿Es una promesa? —pregunto, fracasando en el intento de poner una voz profunda y sexy. Suena como si tuviera laringitis y me hubiese tragado un par de bolas de pelusa. Puede que esté algo más que achispada.

—Ya sabes lo que quiero decir. —Scott me coge de las manos y sus antebrazos se tensan cuando tiran de mí hacia arriba.

—¿Puedes caminar o prefieres que pida un Uber?

—Por supuesto que puedo caminar. —No es del todo exacto. Puedo caminar, solo que no en línea recta. Pero ¿quién necesita caminar en línea recta?

Me rodea la cintura con sus grandes brazos y me guía por la acera, impidiendo que me desvíe hacia la calzada. Yo me hago la sobria, le olisqueo y me impregno de su embriagador olor a pastilla de jabón verde. Quiero preguntarle cómo consigue conservar su aroma a recién duchado después de un día de golf. ¿Es brujería? ¿Unos genes privilegiados?

—Vale, no puedes ir andando. —Saca su móvil y clica aquí y allá—. Su carruaje llegará dentro de cinco minutos. ¿Cuál es el teléfono de Tara? Voy a escribirle para decirle que te vas a casa.

Me encojo de hombros y me apoyo en una farola repleta de telarañas. ¿Quién se sabe de memoria los teléfonos de la gente hoy día?

—Tiene un tres… y un cuatro. Puede que un siete.

Scott alarga la mano con un suspiro.

—Dame tu teléfono.

Consigo localizarlo en mi bolso sin demasiado esfuerzo.

—Toma, pero ni se te ocurra volver a entrar en mi Tinder.

Sonríe mientras abre los mensajes.

—Sigues mirando Tinder, ¿eh?

—Qué va. Hace días que no entro. Es demasiado deprimente.

Levanta la vista del móvil.

—¿Demasiado deprimente?

Muevo las manos en el aire, y miro a un todoterreno que pasa zumbando con la música a tope.

—Ya no quiero tener más rollos esporádicos.

Scott asiente mientras se apresura a terminar su mensaje. Se inclina para devolver el móvil a mi bolso.

—¿Estás buscando algo más serio?

Apoyada en la farola, me quito el zapato para masajearme la ampolla que se me está formando en un lado del pie.

—Supongo. En realidad no sé qué estoy buscando, si te soy sincera. Mi última relación terminó fatal y ahora me da miedo salir con alguien.

—Ah, es verdad, te cuesta confiar en la gente. —Me hipnotiza con su mirada cautivadora. Sus preciosos ojos centellean a la luz de la farola. Son tan brillantes que podrían verse desde el espacio—. ¿Por eso no quieres tener una cita conmigo?

Sorprendida, vuelvo a ponerme el zapato. Voy a necesitar los dos pies bien plantados en el suelo para esto. Desde nuestra discusión al salir de la clínica, Scott no ha vuelto a plantear en serio lo de tener una cita conmigo. Pese a nuestro coqueteo, supuse que la cuestión estaba zanjada.

—Ignoraba que todavía estuvieras interesado.

Ríe quedamente al tiempo que se mesa el pelo, un gesto que me desarma.

—¿Lo dices en serio? Solo te escribo un millón de veces al día. —Hace una pausa y luego añade—: Estoy interesado, Crys, pero como dejaste claro que únicamente seríamos amigos no he sacado el tema.

—No, solo me has propuesto un pacto matrimonial —le recuerdo.

—Créeme, preferiría tener una cita contigo mucho antes de cumplir los cuarenta. Pero aceptaré lo que hay.

La piel de los brazos se me eriza cuando clavo los ojos en él. Lo miro unos instantes mientras imagino cómo sería tener una cita con Scott Ritchie. Me entra un cosquilleo en el estómago solo de pensarlo, hasta que un vuelco en el pecho me devuelve a la «realidad». No puedo repetir los errores del pasado.

—No es posible, Scotty, y no porque no esté interesada.

Noto que se desinfla un poco.

—Entonces ¿por qué?

Bajo las palmas de mis manos por mis mejillas. Ignoro cómo va a tomarse esto.

—Por muchas razones. Principalmente, porque nuestras familias van a emparentarse. Y porque acabas de salir de una relación.

Se le abre levemente la boca mientras me observa. Luego relaja las cejas con lo que parece una mezcla de confusión y alivio.

—¿De veras es por eso?

—Me gustas. Mucho. Pero no quiero ser una tirita mientras suspiras por tu ex. Lo fui con mi último novio, Neil, y luego volvió con la chica con la que salía antes que yo.

Arruga la frente.

—Diana y yo nos hemos llevado mal la mayor parte de la relación. Tendríamos que haber terminado mucho antes. Créeme, no pienso volver con ella.

—No es que no lo desee… Pero no quiero que vuelvan a hacerme daño. Si solo fueras un tío al que conocí en el gimnasio quizá me arriesgaría, pero nuestros abuelos van a casarse. No quiero que se cree mal rollo si la cosa no funciona. —Aparto los ojos de él y busco un punto en la acera donde fijar la vista, pero todo me da vueltas. Scott nota que empiezo a tambalearme y me rodea la cintura con el brazo.

Ansío creerle cuando dice que la relación con Diana está acabada, pero luego recuerdo que Neil también decía que había «terminado para siempre» con Cammie. No paraba de decir lo mucho que se alegraba de habérsela quitado de encima y que nunca pensaba en ella. Si echo la vista atrás, está claro que intentaba compensarme por el hecho de que sí pensaba en ella, seguro que todo el tiempo, cuando estaba conmigo.

No dudo de la sinceridad de Scott. Está repleto de buenas intenciones. Pero los sentimientos son complicados. Solo hace unas semanas que rompieron. Quizá esté más triste de lo que deja ver o incluso de lo que él cree. Necesita tiempo para aclarar sus sentimientos antes de que yo sufra las consecuencias.

Scott me estrecha los hombros cariñosamente y los acaricia dibujando suaves círculos con los dedos.

—¿Por qué estás tan segura de que no funcionará?

—Porque nunca ha funcionado para mí. Y menos aún con tíos que acaban de salir de una relación.

—Vale, lo entiendo. Pero ¿puedo preguntarte cuánto tiempo ha de pasar para que dejes de considerarte una tirita?

Levanto la vista al cielo de medianoche en busca de respuestas, pero pierdo el equilibrio y aterrizo directamente en el pecho de Scott. Me sujeta con fuerza.

—No lo sé. Tres meses por lo menos.

No tengo ni idea de dónde ha salido lo de los tres meses. No posee relevancia histórica en los profundos recovecos de mi mente. Es una cifra del todo arbitraria.

Asiente pensativo.

—Tres meses desde el día que rompí con Diana, imagino. Eso nos lleva al 6 de agosto, el día que se casan nuestros abuelos. ¿Aceptarás una cita entonces? Podríamos ir despacio, para estar seguros.

Me ilumino como un árbol de Navidad. Un calor intenso me sube por el cuerpo mientras intento reprimir una sonrisa de oreja a oreja. Me hace tener esperanzas de que va en serio. Lo bastante en serio para esperarme.

—¿De veras esperarías tanto tiempo? —le pregunto—. Entendería que te hartaras y metieras los dedos en otras tartas.

Mi broma cutre no le hace reír. De hecho, su expresión es tan pura y grave que quedo reducida a un espécimen tembloroso en medio de la acera.

—No me hartaré, Crystal. —Hace una pausa y saca el móvil de su bolsillo—. Voy a marcar la fecha en mi calendario: 6 de agosto. Ve preparándote.

♥ 16

RITCHIE_SCOTTY7

Algo le pasa a mi teléfono.

CURVYFITNESSCRYSTAL

¿?

RITCHIE_SCOTTY7

No tiene grabado tu número.

CURVYFITNESSCRYSTAL

GIF de la cara impertérrita de Michael Scott

RITCHIE_SCOTTY7

Ahora en serio, cuándo piensas sacarme del purgatorio de los mensajes y darme tu número? O he de esperar al 6 de agosto para eso también?

A lo mejor.

RITCHIE_SCOTTY7

Apuesto a que te mensajeas y sales conmigo más que con cualquier otra persona.

No se equivoca. Esas últimas semanas, desde la despedida de solteros de nuestros abuelos, no hemos parado de mensajearnos, comunicándonos sobre todo con GIF. Scott siempre me acompaña a hacer recados después de nuestras cada vez más frecuentes sesiones en el gimnasio, como ir a la farmacia a comprar tampones. Incluso tuvo el detalle de llevarme una bolsa de Mini Eggs de oferta cuando estaba premenstrual.

También hubo un día que me ayudó con una compra enorme para mi *meal prep* de verano. Subió mis cuatrocientos dólares de comida hasta mi apartamento en un solo viaje, porque más de un viaje es, por lo visto, un sacrilegio. Una vez en casa procedió a cambiarme la alarma contra incendios, que no funcionaba desde que vivía allí (lo que consideró sumamente preocupante).

Sigue coqueteando a tope conmigo. Y yo sigo coqueteando con él, pese a hacerme la dura con el fin de ir despacio.

CURVYFITNESSCRYSTAL

Te daré mi número a su debido tiempo. Me escribes desde el trabajo?

RITCHIE_SCOTTY7

Ajá. Acabo de volver de una emergencia médica.

159

No deberías estar apagando fuegos? Salvando vidas? Haciendo reanimaciones?

RITCHIE_SCOTTY7

Necesitas una?

No imaginas cuánto.

GIF de la juez Judy meneando la cabeza con condescendencia

RITCHIE_SCOTTY7

Qué haces esta noche?

Elaborar contenidos para mis post de la próxima semana. Tú?

RITCHIE_SCOTTY7

Quería saber si podía reclutar tu ayuda para una misión *top secret* de máxima prioridad.

Requiere salir de mi apartamento?

RITCHIE_SCOTTY7

Sí. Tendrías que ponerte tus Lulus de «salir».

Acabo de instalarme en el sofá con Tara, y tenía planeado pasar aquí toda la tarde como un carcamal. Pero la perspectiva de salir con Scott hace que me lo replantee.

CURVYFITNESSCRYSTAL

??

RITCHIE_SCOTTY7

Necesito saber que te comprometes con la misión antes de darte los detalles.

CURVYFITNESSCRYSTAL

Uf, vale, me comprometo.

RITCHIE_SCOTTY7

Necesito una cómoda nueva. De IKEA.

CURVYFITNESSCRYSTAL

Y necesitas mi ayuda para montarla? LOL.

RITCHIE_SCOTTY7

Jaja, no, esa parte la tengo cubierta. Pero mi madre dice que no tengo gusto. Estaría bien que alguien me aconsejara.

He estado en su casa una vez para recoger un rodillo de espuma que se ofreció a prestarme. Es el típico apartamento de dos solteros que no tienen ni idea de decoración. Desnudo. Soso. Minimalista. Estuve tentada de llevar una planta o algunos cojines para alegrar el espacio, pero según Mel eso es lo que haría una novia. Y yo decididamente no soy su novia.

CURVYFITNESSCRYSTAL

Me gusta el diseño interior...

RITCHIE_SCOTTY7

Te recogeré a las 18.30 después del trabajo.

Puedes averiguar muchas cosas sobre una persona haciendo con ella el recorrido completo de IKEA. Es una auténtica prueba de paciencia, percepción espacial, madurez y autodisciplina. Sobre todo en la última sección, donde te tientan con rollitos de canela y caramelos de chocolate Daim. ¿Por qué intentas hacerme caer, IKEA?

Pues bien, resulta que Scott tiene la paciencia de un santo. Estamos atrapados detrás de una familia con tres niños revoltosos, todos menores de siete años. No paran de chillar porque sus padres se niegan a comprarles cucuruchos de helado. Yo hago una mueca de dolor y me clavo las uñas en las palmas cuando el más pequeño suelta un berrido ensordecedor mientras Scott silba alegremente a mi lado, como si estuviéramos dando un agradable paseo por un prado tranquilo un día de sol y brisa. Su paso es seguro, pausado y tan sumamente sexy que podría pasarme horas viendo una grabación de videovigilancia de él caminando.

También parece poseer un gran sentido de la orientación. Recorre la tienda como un auténtico profesional, sin caer en distracciones. La última vez que estuve aquí, sin otra misión que comprar un marco de fotos, acabé desorientada pese a las enormes flechas del suelo. Pero, claro, Scott es bombero. Imagino que la orientación espacial es condición indispensable para adentrarse en edificios en llamas que no conoce.

Eso sí, Scott es un inmaduro en la sección de colchones. Y yo también. Uno a uno, los probamos todos valorando el grado de rebote, firmeza y lujo en general.

—Necesito esta cama —dice con los ojos cerrados cuando nos tumbamos en un colchón inmenso que semeja una nube de azúcar.

Al volverme hacia él, el colchón se hunde más de lo esperado y ruedo hasta su hombro. Me sube un cosquilleo por la barriga al notar el calor de su cuerpo. Qué felicidad.

Me mira coquetón.

—¿Buscando la cucharita conmigo?

—No.

Me alejo bruscamente para marcar entre nosotros la distancia adecuada. Me paso y casi salgo disparada del colchón. A eso le llamo yo estar al borde del paraíso.

—Yo creo que sí.

—Yo creo que ya te gustaría.

La verdad es que su pecho me parece apetecible y acogedor. Me muero por meter la nariz en su cuello. Aun así, consigo resistir la tentación, pese a lo vacía, fría y sola que me siento en mi burbuja personal.

—No sabía que IKEA pudiera ser tan divertido —dice cambiando de tema.

Le clavo una mirada de advertencia.

—Sí, hasta que llegas al almacén. Es el caos personificado.

Riéndose, se incorpora y me ofrece la mano.

—Hora de elegir una cómoda.

Agarro su mano y en cuanto nuestros dedos se tocan, una descarga eléctrica me baja por la espalda.

Con su mano firme alrededor de la mía, Scott continúa por el pasillo con una sonrisa en la cara.

Suspirando, le sigo, concentrada en la yema de su dedo dibujando círculos en la parte interna de mi mano. Soy incapaz de ahuyentar los pensamientos semisexuales o románticos y me siento en la gloria. Paseo la mirada en busca de algo, lo que sea, que rescate mi mente del pozo. La detengo en una sala de estar preciosa.

—¿Sabías que estoy un poco obsesionada con las casas y la decoración?

Me observa con interés.

—Lo imaginé al ver tus muebles. Eres una cazadora de antigüedades.

—De niña, cuando se hacía de noche, le pedía a mi padre que me diera una vuelta en coche por el barrio para ver el interior de las casas de la gente.

Scott frena en mitad del pasillo, para sobresalto del hombre mayor que nos sigue. Me aparto para dejarlo pasar y choco con el pecho de Scott. Le suelto rápidamente la mano y me doy la vuelta.

Sonriendo, Scott coloca las manos a ambos lados de mi cintura, como si su lugar fuera ese.

—¿Me estás diciendo que espiabas las casas de la gente por la noche? ¿Y que tu padre era cómplice?

Lo contemplo embobada un instante, toda su estatura cae sobre mí y doy un paso atrás. Scott examina mis mejillas coloradas al tiempo que una sonrisa juega en sus labios.

Asiento como si fuera la cosa más normal.

—Ajá. Mi padre aprovechaba esos paseos para escuchar a todo volumen su CD de Shania Twain, su eterno amor platónico.

Se agarra el pecho y, echando la cabeza hacia atrás, suelta una sonora carcajada.

—Jamás hubiera imaginado que Will era amante del country. Y tú estás un peldaño por debajo del estatus de asesina en serie. —Hace una pausa al doblar hacia la sección de cómodas—. ¿Llevabas prismáticos?

Le golpeo juguetonamente el bíceps.

—Ahora que lo sé, tendré que cerrar las cortinas.

Reprimo la risa mientras mantengo la expresión seria.

—Tampoco te pases, no lo hago para espiar a la gente. Simplemente me gusta ver la decoración de las casas, su distribución.

—Te llevarías bien con mi madre. Se pasa el día viendo HGTV. Está enamorada de los hermanos de *La casa de mis sueños* —explica mientras nos acercamos a las cómodas.

Consigo convencerlo para que se decante por una cómoda HEMNES en gris oscuro de seis cajones (suficiente espacio para todas sus prendas de encaje, argumento). A continuación localizamos el número del modelo en el almacén con relativa facilidad. A juzgar por lo bien que se lo pasa esquivando esos carros planos, llego a la conclusión de que el almacén es su parte favorita de la tienda.

—Sube —me ordena muy serio señalando el carro.

Pongo mi mirada más severa y autoritaria.

—Ni hablar. Vamos a la caja.

Insiste.

—Sube al carro.

Transijo con un suspiro. A mis pies no les iría mal un descanso después de recorrer este laberinto con las espantosas manoletinas de leopardo que me compré en Target, dos pares por diez dólares. Lección de vida: no esperes que unas manoletinas de cinco dólares te sujeten bien el puente del pie.

Me instalo en el carro de espaldas a él. Tengo su rostro tan cerca que su *aftershave* me invade las fosas nasales y siento una sacudida eléctrica hasta los dedos de los pies. Me muero por reclinarme contra Scott. ¿Esto es salir con él? ¿Reír y hacer tonterías mientras realizamos los recados más mundanos?

Me entra la risa cuando volamos por los amplios pasillos, esquivando a duras penas a los inocentes transeúntes. Al pasar zumbando junto a un expositor de estanterías, una empleada de pelo canoso y aspecto cansado me mira horrorizada.

—Señora, va en contra de las normas sentarse en los carros salvo que sea menor de diez años.

Cuando Scott detiene bruscamente el carro, la mujer me lanza rayos láser con sus ojos de halcón, como si fuera una delincuente.

—Lo siento —murmuro bajándome al instante.

Scott y yo nos aguantamos la risa y a continuación él sale disparado por otro pasillo, donde por poco se lleva por delante a una pareja que está cargando una caja larga y delgada.

Para cuando lo alcanzo, se está disculpando con una rubia de denso flequillo. Ella lo mira con unos ojos azules muy abiertos y los labios apretados, como si Scott hubiera estado a punto de aplastarlos.

Me acerco y le doy una palmada en el hombro a Scott.

—Lo siento mucho, lo perdí de vista un segundo. En realidad tendría que llevarlo con correa...

Cuando el hombre gira la cabeza, me quedo sin aire. El pelo alborotado. Los penetrantes ojos azul hielo. Es Neil.

Se deshace del abrazo de la mujer, en quien ahora reconozco a Cammie. Está diferente con ese flequillo. Neil casi tropieza con la base del carro de Scott al dar un paso atrás y volverse boquiabierto hacia mí.

—Crystal.

Cammie me escudriña con la mirada. Parece que no sabe quién soy. No me sorprendería que Neil no le haya hablado nunca de mi existencia.

—Neil... Hola —acierto a farfullar. La sangre me sube hasta las orejas. Las voces distantes retumban a mi alrededor como si estuviéramos en una pecera.

Scott me mira preocupado y deja el carro a un lado. Ahora está junto a mí con los hombros hacia atrás y su brazo rozando el mío. Su contacto me ancla al suelo, impidiendo que el tornado de Neil me engulla.

—¿Qué haces aquí? —me pregunta, su voz una octava más alta de lo normal.

Intenta sin éxito disimular su shock. Una gota de sudor le surca la frente iluminada por la luz del almacén. Creo que está a punto de mearse encima al vernos a Cammie y a mí en el mismo lugar, y la verdad es que yo también.

—Eh...

—Estamos comprando una cómoda —interviene Scott. La manera en que pronuncia «estamos» no me pasa inadvertida. Es osada, pero la agradezco.

Es interesante verlos frente a frente. Neil no es nada enclenque, pero Scott le gana por ocho centímetros y veinte kilos de músculo.

—Nosotros hemos elegido muebles para la sala de nuestro nuevo apartamento —nos informa Neil mirándome con nerviosismo.

—¿Muebles para la sala? —Reparo en el carro repleto de cajas.

Cammie asiente con el mentón sin abandonar su mirada de corderito inocente.

—Acabamos de mudarnos juntos —confiesa Neil.

Encuentro extraño que se hayan ido a vivir juntos apenas unas semanas después de que Neil me escribiera aquel mensaje, seguro que para quejarse de ella.

—¿En serio? Nosotros también. —El tono de Scott es exageradamente jovial. Me doy cuenta de que está actuando, pero solo porque lo conozco bien. Debe de percibir mi desasosiego, porque me pasa el brazo por los hombros y me estrecha contra su torso. Una oleada de ternura me recorre al instante, volviéndome impenetrable. Con Scott a mi lado, Neil no podría hacer nada para derribarme si lo intentara.

—Oh. —Observo en Neil un leve pestañeo de disgusto antes de que su boca se retuerza en un mohín, claramente contrariado por el hecho de que su segunda opción ya no esté disponible—. No sabía que estuvieras saliendo con alguien.

Estoy tentada de pegarle un corte, algo como: «Mis más sinceras disculpas por no mencionártelo las últimas tres veces que me has escrito», pero tengo cero ganas de ser mezquina. Así pues, opto por encogerme de hombros, como si careciera de importancia.

Scott se aclara la garganta para romper la tensión y me aprieta un poco más los hombros.

—Deberíamos ir tirando, cielo.

—Sí.

No me molesto en despedirme de Neil y su novia, simplemente me alejo hasta perderlos de vista. Me detengo un par de pasillos más allá y espero a que Scott me dé alcance con el carro.

Cuando nos dirigimos a las interminables colas para pagar, Scott dice:

—Crys, te pido perdón si me he excedido. No...

Me vuelvo hacia él y le acaricio el brazo. Cuando sus músculos se tensan, dejo caer la mano.

—No, no te has excedido. Gracias. En serio.

—¿Era tu ex?

Asiento mientras paso distraídamente los dedos por los accesorios de cocina expuestos en el pasillo de la caja.

—Sí.

—No te ofendas, pero es un capullo. No te imaginas las ganas que tenía de darle un puñetazo en toda la cara. —Scott mantiene su dura mirada en la cola que tenemos delante.

Su proteccionismo me reconforta. Me arrimo a él hasta que nuestros hombros se tocan.

—Es cierto que tiene cara de puñetazo, pero ¿por qué tenías ganas de pegarle?

—Porque él es la razón de que yo tenga que esperar varios meses para tener una cita contigo. Y no me gustó cómo te miraba.

—¿Cómo me miraba?

—Como si le pertenecieras, como si fueras un juguete con el que otro hombre estuviera jugando. —Se acerca un poco más, noto que me acaricia el pelo con su aliento—. Tú vales mucho más que eso, Crystal.

En cierto modo ha conseguido precisar lo que siento cuando estoy cerca de Neil. Que no valgo nada. No es que él me haga sentir así a propósito, pero después de ser su segunda opción tanto tiempo casi me he acostumbrado.

Bajo la cabeza.

—Gracias. Ha sido raro verlo con ella… Es la chica por la que me dejó. La mujer con la que estuvo antes que yo.

Scott tensa la mandíbula.

—Vaya mierda. Tuvo que ser muy duro para ti.

—Sí, aunque no sé cómo no lo vi venir. Incluso cuando estábamos juntos, yo sentía que él no la había olvidado del todo. Una vez, quince minutos después de acostarnos, lo pillé mirando su Insta.

Se encoge.

—Uf…

—Lo peor es que no soy una persona ingenua, o por lo menos no pensaba que lo fuera. Y aun así me tiré un montón de tiempo creyéndome todo lo que me decía. Aquello me dejó muy tocada.

—Te entiendo. Es duro descubrir que alguien es exactamente como creías que no era.

—¿Alguna vez has tenido una mala relación? —le pregunto, consciente de que esta conversación probablemente no sea la más adecuada para una cola de IKEA. Por otro lado, no parece que nadie nos preste atención. La mujer de delante tiene la nariz enterrada en el móvil, mientras que la pareja de detrás está cautivada por las cubiteras.

Asiente y traga saliva.

—Sí, mi última novia.

Inspiro hondo. Nunca le he preguntado qué pasó con Diana, básicamente porque él nunca ha sacado el tema.

—¿Qué ocurrió?

—Nos conocimos el año pasado. Ella es patinadora artística. La cosa fue muy bien el primer mes, hasta que le ofrecieron hacer una gira con Disney. No sabía si aceptar porque acabábamos de empezar, pero yo la animé a hacerlo. No quería que renunciara a su sueño por mí. Pensé que lo de la distancia no sería un problema, pero apenas hablábamos cuando ella estaba de gira, y los últimos meses todavía menos. Tampoco ayudaba que yo trabajara tanto y cogiera turnos extra. Acabamos discutiendo todo el tiempo debido a la distancia. —Hace una mueca—. Al final, rompimos un fin de semana que vino a verme. Cometí la estupidez de pensar que las cosas se arreglarían si nos veíamos, pero no fue así. Y me reconoció que empezaba a sentir algo por un tío con el que patinaba. Todo un cliché.

Pues sí. Frunzo el entrecejo.

—Lo siento. ¿Pasó algo entre ellos?

Se mira los pies unos instantes.

—Ella dijo que no, pero no sé si creerlo.

—¿Piensas que tardarás mucho en volver a confiar en alguien?

—No.

—¿En serio? ¿Ya no te duele que sintiera algo por otro hombre?

Me sostiene la mirada.

—Claro que me duele, pero que una persona me traicionara no significa que todo el mundo vaya a hacerlo, ¿no crees?

Hacemos el trayecto hasta mi apartamento en silencio. Scott parece pensativo tras la conversación sobre Diana. Me siento culpable por haberle arruinado su buen humor.

También estoy decepcionada conmigo misma. Hubo un momento, después de casi hacer la cucharita en el colchón y montarme como una niña en el carro de IKEA, en que estuve a punto de romper el pacto que me había hecho. Estuve tentada de besar a Scott y permitirme ser su tirita, y viceversa.

No obstante, después de ver a Neil y Cammie comprando muebles juntos, prácticamente camino del altar, recordé que yo no había significado nada para él. Solo había sido un alivio temporal a su dolor. Un sorbete. Una válvula de escape. Alguien que reforzara el hecho de que todavía amaba a otra mujer.

Si quiero ser un ejemplo para mis seguidoras y practicar lo que predico en mi campaña de Positivismo de Talla, necesito conocer mi valía. Volver a ser la Chica Tirita no es una opción.

♥ 17

No sé cómo puedes tener tanta fuerza de voluntad. Yo ya habría roto la regla de los tres meses y me habría abalanzado sobre él. —Mel resopla tras el cuadragésimo quinto slam ball de los cincuenta que le he asignado sin piedad.

—Si partimos de la fecha en que rompió con su novia todavía no han pasado dos meses —le explico—. Y no es una regla fija, solo es un intervalo de tiempo saludable entre una relación y otra.

En los quince días transcurridos desde nuestra visita a IKEA, Scott y yo hemos quedado en el gimnasio al menos cuatro o cinco veces por semana, al margen de los días que tiene doble turno. En ocasiones me ayuda a grabar mis vídeos o me sugiere ejercicios nuevos para mostrar y compartir con mis seguidoras.

Scott también ocupa la mayor parte de mis fines de semana. Nos tiramos horas viendo deportes en su casa, paseando por el Boston Common y el puerto con Albus, pasando tiempo con Martin y mi abuela o embarcándonos en nuestro nuevo y extraño hábito de recorrer tiendas de decoración.

Ayer fue a cenar conmigo a casa de mis padres (papá extendió amablemente la invitación) y entabló amistad con Hillary. Le avisé de que se le mearía encima, pero Scott la cogió entre sus grandes brazos y dejó que le lamiera toda la cara con su repulsiva lengua de lagarto. Este acto lo consolidó como «el hombre perfecto» según mamá, que es la nueva pasajera en el tren de Scott, junto con el resto de la familia, quien me insistió en que tuviera una cita con él «lo antes posible».

—¡Cincuenta! —Mel golpea el balón medicinal contra el suelo una última vez antes de apoyar la espalda en la pared.

—Buen trabajo, chica. Estás en excelente forma. —Choco los cinco con ella y ponemos rumbo al vestuario.

Mel sonríe orgullosa antes de apurar su botella de agua. Hace un mes ese circuito habría sido casi impensable, mientras que hoy lo ha superado como una campeona.

—De todos modos, entiendo que quieras tomártelo con calma, sobre todo ahora que vuestras familias están emparentadas.

Le sostengo la puerta del vestuario.

—Eso mismo pienso yo. Creo que fui demasiado rápido en mi última relación... si es que se le puede llamar así. Está bien lo de ir despacio. —Aunque he de reconocer que mantener a raya mis sentimientos por Scott me resulta cada vez más difícil.

Mel me mira muy seria al pasar por mi lado en dirección a un banco.

—Hablando de ir despacio, espero que cuando pasen los tres meses no te entre el canguelo y te eches atrás. Has de ir a saco. Scott posee una BDE importante. No puedes permitir que se te escape de las manos.

—¿Una BDE?

—«Big dick energy», o sea, que está muy bien dotado —explica Mel para espanto de la mujer de permanente gris que está untándose desodorante en el banco contiguo.

—¿Cómo puedes calibrar la BDE de un hombre? —le pregunto bajando la voz.

—Todo está en el porte, en la manera de caminar. Scott se mueve en plan chulito, como si se manejara bien en las calles o en una barbacoa con tus amigos. Sería encantador con tu madre y luego te echaría un polvo salvaje en el dormitorio. —Hace una pausa y se sienta a horcajadas en el banco sin molestarse en bajar el tono—. Fíjate, por ejemplo, en el tío de *Crepúsculo*.

—¿Robert Pattinson?

—Ese tío camina tieso como un palo, le falta garbo, lo que choca un poco porque tiene ese aire de «novelista torturado que se ha recluido en una cabaña solitaria para superar el bloqueo del escritor».

En otros tiempos Robert Pattinson me fascinaba. Pero, claro, tenía quince años y todavía dormía con un animal de peluche.

—Entiendo lo que dices. Siempre parece que esté a punto de desmoronarse emocionalmente. —Me esfuerzo por contener la risa cuando la mujer de la permanente se marcha toda airada para no tener que soportar nuestra conversación.

Mel abre su taquilla sonriendo entre dientes.

—Por cierto, ¿te he dicho que Berry Cloth & Co. me ha llamado para una colaboración? Van a enviarme algunas prendas de su colección de otoño.

Sacudo las manos, sorprendida al tiempo que encantada.

—Ostras, ¿en serio?

—En serio. Llevaba una eternidad intentando que se fijaran en mí y por fin lo han hecho.

—Me alegro mucho por ti. Me encanta su ropa, aunque las tallas grandes siempre son más caras, lo cual me parece fatal —digo hundiendo los hombros.

Arruga la frente.

—El impuesto al sobrepeso, lo sé. Es injusto. De hecho, mencioné el tema cuando hablé con la chica de marketing y estuvo totalmente de acuerdo conmigo.

—Apenas hay marcas para gente curvy que no cuesten una fortuna.

Mel asiente pensativa y aprieta los labios.

—Por eso justamente empecé mi cuenta de Instagram. Oye, ¿te gustaría hacer un vídeo como invitada mostrando tu armario? ¿Quizá tus prendas de entreno?

Echo un vistazo a mi atuendo con una mueca de asco: una camiseta de los Bruins grande y con agujeros, mis espantosas mallas no-Align que no me sujetan el culo y el pelo recogido en un moño de cualquier manera.

—Dudo mucho que «madre con quintillizos de dos años» sea la estética que desees promocionar.

Mel pone los ojos en blanco.

—He visto tu armario. Tienes ropa monísima que nunca te pones.

Suspiro al recordar todos los conjuntos que no han visto la luz desde mi ruptura con Neil.

—No... no sé.

Asiente, comprensiva.

—Vale, no quiero presionarte. Pensé que podría estar bien un intercambio. Hacer una o dos colaboraciones.

Me invade el sentimiento de culpa. Mel ha promocionado a tope mi plataforma pese a pagar por mis servicios. Gracias a ella he ganado un montón de clientas nuevas y cientos de seguidoras. Lo mínimo que puedo hacer es devolverle el favor.

—De acuerdo, cuenta conmigo. Tengo algunas prendas que podrían servir.

Se le ilumina el rostro.

—Será genial, te lo prometo.

TRANSCRIPCIÓN DEL VÍDEO ESPECIAL
DE **MELANIE_INTHECITY** CON CRYSTAL CHEN
(**CURVYFITNESSCRYSTAL**) COMO INVITADA:

MEL: ¡Hola, chicas! Aquí Melanie_inthecity con una invitada muy especial, Crystal Chen, un modelo a seguir del movimiento de positivismo corporal. Si practicas el fitness, probablemente ya sigas su cuenta, CurvyFitnessCrystal.

CRYSTAL: [Saludo agitando las manos]. ¡Hola a todas! Muchas gracias por invitarme, Mel.

MEL: Es un placer. Ya lo he publicado antes en mi canal, pero para las nuevas, Crystal y yo nos conocimos en persona porque el mes pasado la contraté como mi entrenadora. [Se vuelve hacia Crystal]. ¿A que disfrutas haciéndome entrenar hasta casi potar?

CRYSTAL: Oye, yo solo intento obtener resultados. Y lo estás haciendo genial, por cierto. [Mira a la cámara]. Al principio no podía hacer ni una flexión. Ahora hace veinte.

MEL: [Resopla]. Por los pelos. En cualquier caso, me encanta tu estilo. [La cámara hace una panorámica de un perchero con la ropa favorita de Crystal]. Veo muchas prendas cómodas pero superchics. Vestidos de punto, cazadoras de denim, y tonos muy neutros.

CRYSTAL: Así es. Además, no tengo precisamente una treinta y ocho. Las chicas como yo no podemos entrar en una tienda y sacar del perchero lo que nos gusta. Cualquiera que no tenga una talla estándar sabe que la confección a medida es su amiga. Pero puede salir muy caro. Por eso adoro los tejidos versátiles.

MEL: ¿Puedes contarme cómo eliges tus prendas?

CRYSTAL: En la universidad solía comprar mucha ropa en Forever 21 y esa clase de tiendas. Es barata, pero me di cuenta de que no duraba tanto.

MEL: Sí, es difícil encontrar ropa de buena calidad a precios asequibles.

CRYSTAL: Así que últimamente compro menos cantidad pero más calidad. [Echa una ojeada al perchero]. Tengo un par de básicos neutros, como esa falda de tubo o ese vestido gris, una camiseta blanca, mallas negras, prendas que pueden combinarse con cualquier cosa.

MEL: Coincido contigo. Tener prendas básicas es muy importante. Yo soy fan de los vestidos negros sencillos.

CRYSTAL: Exacto. Yo trabajo en fitness, por lo que paso mucho tiempo en mis Lulus. Pero ahora que se acerca el verano quiero empezar a llevar vestidos ligeros.

MEL: ¿Tienes algún consejo para las mujeres curvy?

CRYSTAL: Prefiero no hablar para todas las mujeres curvy. Solo quiero hablar de mi experiencia. La sociedad nos dice que no podemos llevar determinadas cosas. Son muchas las marcas que no fabrican tallas por encima de la cuarenta y dos, y si lo hacen son más caras. Pero hay algunas marcas fabulosas ahí fuera. Luego os dejo el enlace en los comentarios. No obstante, se trata de encontrar tu propio estilo. Como en el fitness, tienes que averiguar qué te sienta bien a ti y a tu cuerpo. Por importante que sea la confianza y la aceptación de tu cuerpo, tienes que estar cómoda con lo que llevas para sentirte segura.

MEL: Creo que es un gran consejo. Va para todas las mujeres, independientemente de su talla.

CRYSTAL: Desde luego.

MEL: Echemos un vistazo a tu armario.

[Minimontaje de Crystal luciendo diferentes conjuntos].

MEL: Muchas gracias por dejarnos fisgonear en tu armario. Ha sido genial tenerte aquí! [Se vuelve hacia la cámara]. Gracias por vuestra presencia, chicas. Aseguraos de seguir a Crystal y sus increíbles consejos sobre cómo aceptar tu cuerpo y llevar una vida de lo más saludable.

Comentario de _RobinAnne_Mc: Sois adorables, chicas! ♡ Adoro a Crystal. Más vídeos juntas, plis.

Comentario de **Danthegamer_384**: Mel es tope falsa. ♡
Sigue inflándote los labios.

Respuesta de **CurvyFitnessCrystal**: @**Danthegamer_384** ♡
No tienes nada mejor que hacer que soltar comentarios
groseros sobre el aspecto de la gente?

Comentario de **CourtneyG-1324**: Por qué siempre ♡
sentimos la necesidad de decirle a la gente gorda que
le favorece ropa que en realidad no le sienta bien?

Respuesta de **Aquariusgirly**: @**CourtneyG-1324**: ♡
La gente como tú es la razón. Estáis fantásticas,
Crystal y Mel!

Respuesta de **CurvyFitnessCrystal**: Gracias ♡
@**Aquariusgirly**.

♥ 18

La mancuerna golpea la esterilla con más fuerza de la que pretendía. Del susto, Patty, la eterna quejica, se agarra el pecho como si le hubiese robado la virginidad. Está sentada como una reina en un banco cercano, enjugándose la frente seca con una toalla azul eléctrico.

Scott pone los ojos en blanco y deja suavemente sus mancuernas junto a las mías. Estamos enfriando con unas cuantas series de entreno de fuerza después de una mortal clase de spinning con canciones de empoderamiento femenino. Como cabía esperar, Scott era el único hombre de la clase. Yo creía que se consideraría demasiado macho para eso, pero estaba encantado con la atención poco sutil de las damas.

—¿Qué te pasa? —me pregunta—. Estás haciendo esa cosa con la mandíbula. Lo que haces cuando estás cabreada.

Me concentro en suavizar mi cara de palo al tiempo que evito rechinar los dientes hasta pulverizarlos.

—La gente tiene muy mala leche.

Me aparto de un soplido un mechón de la cara y me siento a su lado.

—Ayer hice un vídeo en directo como invitada en el Instagram de Mel. Algunos comentarios se salieron un poco de madre.

—¿A qué te refieres con lo de salirse de madre?

Saco el móvil. Nuestros dedos se rozan cuando se lo tiendo y una pequeña chispa de electricidad me atraviesa el cuerpo.

Scott desliza el dedo por la pantalla unos segundos, meneando la cabeza, antes de soltar el móvil en mi regazo. Mira al vacío durante la mitad del anuncio de Excalibur Fitness antes de girarse hacia mí. Su expresión no es de lástima. Es dulce y sincera, como si le importara de verdad.

—Crystal, siento que tengas que soportar esas cosas. Sabes que esa gente...

Levanto la mano para interrumpirle.

—Lo sé. Ocurre desde que creé la cuenta. No pasa nada, en serio. —Hago una pausa y me doy cuenta de cómo ha sonado eso—. Sí pasa, obviamente, lo que quiero decir es que he aprendido a sobrellevarlo. Me trae sin cuidado lo que unos gilipollas desconocidos de las profundidades de internet digan sobre mi cuerpo.

Me sostiene la mirada.

—Lo sé. Y es estupendo. Pero ¿no hay ningún modo de bloquearlos?

Me encojo de hombros y me distraigo un momento admirando los impecables bíceps de la culturista cuando pasa por detrás de Scott.

—Pues no. Antes lo intentaba, pero es imposible bloquear tantas cuentas. Si te soy sincera, me preocupan más mis seguidoras que yo. —Es cierto. Yo sé lo que soy capaz de soportar, pero vivo con la angustia constante de que mis seguidoras lean esos comentarios cargados de odio.

A Scott se le tensa una vena en el antebrazo cuando se inclina para tocarse las puntas de los pies.

—Lo sé, tú te preocupas por todo el mundo. Sé que eres fuerte, pero... yo también me preocupo por ti. Aunque dices que los comentarios no te molestan, seguro que a veces te afectan, ¿no es cierto?

Aprieto los labios para contener las palabras que se mueren por salir. Admitir eso significa que no estoy a la altura de mi mensaje de positivismo corporal, y no es fácil de aceptar.

—A veces sí. —Mi confesión hace que me sienta como si me hubiesen quitado del pecho una plancha de veinte kilos.

—¿Alguna vez te he hablado del capullo de mi colegio?

—No.

Scott aparta la mancuerna con un empujoncito distraído.

—Cuando estaba en sexto, a mitad de curso empecé en un colegio nuevo. El primer día llegué tarde porque mi hermana Kat tuvo una pataleta antes de salir de casa. Aparecí durante la clase de gimnasia. Estaban practicando baloncesto, tirando a canasta y esas cosas. Me tocó competir con un chico llamado Alex. Era enorme para sus doce años, tenía el tamaño de uno de dieciséis. —Se le ensombrece la mirada—. Hice canasta antes que él y se cabreó. Me arrojó el balón a la cara y me rompió la nariz.

—Ostras. Menudo psicópata.

—Y que lo digas. Después de eso se dedicó a intimidarme.

Bajo la cabeza.

—Lo siento mucho. ¿Por qué te eligió a ti?

—Porque era el nuevo, supongo, y estaba delgaducho. Un blanco fácil. Siempre me acorralaba en el recreo. Me sujetaba contra el suelo y me obligaba a comer tierra. Básicamente, desahogaba su rabia conmigo. —Fija la mirada en un roto de la esterilla y sustituye la sonrisa relajada por un ceño grave.

Se me viene a la cabeza el día del sorbete, cuando descubrí que Scott no siempre era la viva imagen de la confianza. Me enerva y me rompe el alma imaginarme a Scott de adolescente, humillado y atemorizado, comparado con el hombre (excesivamente) seguro de sí mismo que es hoy día. Ahora nadie se atrevería a meterse con su chulesca presencia alfa. Si bien su transformación es alucinante, se me encoge el corazón. Los niños pueden ser muy crueles.

Se quita la gorra y se pasa una mano por el pelo con algo de brusquedad.

—Perdona que me haya calentado así, supongo que es porque entiendo cómo te sientes… —Enseguida recula—. Sé que no es lo mismo… que te intimide un imbécil de doce años comparado con lo que tú tienes que soportar…

—No, lo entiendo, y te agradezco que me lo hayas contado

—le interrumpo, absorbiendo el dolor residual de sus ojos. Le pongo una mano en el brazo y los músculos se le tensan.

—¿Alguna vez has pensado que a lo mejor serías más feliz si...? —Su voz se apaga al darse cuenta del peso de lo que estaba a punto de decir. Baja la mirada, como si temiera mi reacción.

—¿Si eliminara mi cuenta? —termino por él.

Levanta de nuevo la vista.

—Jamás te sugeriría tal cosa. Sé lo importante que es para ti. Pero, por otro lado, no puedo ni imaginarme lo que supone enfrentarse a eso todos los días. Es ciberacoso, Crys.

Enderezo la espalda.

—Estoy bien. —Mi tono es más severo de lo que pretendía, lo cual no parece molestarle—. Entiendo tu preocupación, pero soy una mujer adulta, no una niña. Es cierto que tengo días malos, pero creo en mi mensaje. Si eso implica lidiar con gilipollas, estoy dispuesta a hacerlo si puedo ayudar a una sola persona a sentirse mejor consigo misma.

Me pone una mano en el hombro y me apoyo en ella. De nuevo, no es un gesto de lástima. Es de consuelo. De ánimo.

—De acuerdo. Siempre puedes contar conmigo si tienes un mal día.

Mi pecho se hincha de ternura. Llevo años sin depender de nadie para sentirme segura y valiosa. Nunca he necesitado un hombre en el que llorar cuando los troles desatan su furia, y no es mi intención cambiar eso. No obstante, saber que Scott está aquí para ayudarme a aligerar un peso que llevo soportando sola desde hace siete años supone una gran diferencia.

Estoy frente al Departamento de Bomberos de Boston, Parque 10, Torre 3 (lo que quiera que signifique), con una pila de fiambreras de cristal en los brazos.

Es el último lugar en el que pensaba que acabaría después de una fructífera sesión en el gimnasio, durante la que conseguí grabar los vídeos de una semana entera. Esta mañana, al despertarme, tenía más energía que el conejito ese de las pilas, en parte porque he dormido nueve horas, pero sobre todo por Scott.

Después de nuestra sesión de spinning de ayer, llegó un envío a mi puerta. Era un ramo de tulipanes rosas, blancos y morados. La tarjeta rezaba:

> *Crystal,*
> *eres preciosa.*
> *—Scott*

Me derretí como una bola de nieve en el infierno después de leerla. Probablemente sea el detalle más bonito que han tenido conmigo en la vida. El mensaje era simple, pero esas palabras eran justo lo que necesitaba oír para sacarme de mi bucle de negatividad. Ahí estaba la prueba de que yo era especial para él. De que le importaba de verdad.

Así que cuando Scott mencionó de pasada que había olvidado llevarse la comida, sentí la necesidad de acudir en su rescate. Yo ya me había preparado una ensalada de kale con semillas de amapola y burritos de pavo, por lo que decidí hacer más para él y llevárselo para que no se muriera de hambre.

Hay cuatro enormes puertas de garaje abiertas, las cuales albergan tres camiones de bomberos de un rojo brillante. Entro con paso tímido, totalmente fuera de mi elemento. Huele a taller mecánico impregnado de aceite, gasolina y testosterona.

La última vez que estuve en un parque de bomberos fue en una visita con el colegio. Una compañera de clase llamada Alyssa, que en el recreo galopaba por el patio imaginando que era un caballo, vomitó su pizza Lunchable dentro del camión de bomberos. De acuerdo con Facebook, ahora está casada, tiene dos hijos y vive en un pintoresco chalet.

Mientras pienso en eso vislumbro a un tipo moreno, alto y musculoso con el pelo casi rapado y una manga entera de tatuajes adornando su brazo derecho. Está manipulando algún tipo de artilugio al lado del camión. Me obsequia con una sonrisa seductora cuando me acerco.

—¿Se ha perdido, señorita? —Exuda una clase de encanto extravertido que seguro que corta la respiración a las mujeres con el don de la vista.

Las mejillas me arden. Empiezo a lamentar haberme presentado aquí sin avisar. Tendría que haberle escrito a Scott primero. Pero ahora ya es tarde para dar marcha atrás.

—Eh, estoy buscando a Scott Ritchie.

El hombre enarca una ceja con interés mientras me hace un repaso muy poco sutil.

—¿Scotty? Está arriba, en la sala. —Me dispongo a preguntarle cómo se va a la sala cuando me tiende la mano—. Soy Trevor.

—Crystal —digo al reconocer su nombre y le estrecho la mano.

Trevor es el compañero de piso de Scott y el padrino de Albus. No habíamos coincidido porque cada vez que voy a casa de Scott, Trevor está trabajando o con una amiga. Según Scott, Trevor es un soltero empedernido. De hecho, se refiere a él cariñosamente como «cínico mujeriego por conflictos con papá», lo cual resume las vibraciones que estoy recibiendo.

Trevor me mira con una sonrisa divertida y chulesca, como si ya supiera quién soy. Me pregunto cuánto le ha contado Scott sobre mí. Por otro lado, ¿cuánto le contaría un tío a su amigo sobre una chica que lo mantiene a raya?

—El compañero de piso de Scott —confirmo.

—El mismo. Imagino que Scotty te habrá hablado maravillas de mí. —Se apoya en el lateral del camión y cruza sus brazos de bíceps prominentes y tatuados, al parecer sin la menor prisa por llevarme hasta Scott.

Antes de que pueda responder, un hombre calvo y fornido de profundos ojos castaños asoma raudo por la esquina del camión.

—Un consejo, no mires a este tipo a los ojos. La mayoría de las mujeres no se recuperan.

Suelto un suspiro al tiempo que Trevor le clava el puño en el brazo.

—Tomo nota.

—¿Has dicho que buscas a Scott? —me pregunta el hombre.

Sonrío cohibida y asiento con la cabeza. Me hace señas para que lo siga por una puerta y una escalera estrecha de cemento. Trevor nos va a la zaga.

—Soy Kevin. ¿Eres la novia de Scotty? —Echa un vistazo a las fiambreras.

Resoplo de nuevo.

—No, una amiga. Me llamo Crystal.

Kevin esboza una sonrisa maliciosa, poco convencido. Cruzamos una sala de reuniones minimalista decorada con fotografías conmemorativas de bomberos que, deduzco, han fallecido estando de servicio. Al contemplarlas tomo conciencia de lo serio que es el trabajo de Scott. Cada día irrumpe sin pensarlo en toda clase de escenarios peligrosos. Como entrenadora de fitness, mi máxima preocupación es que se me caiga una pesa en el pie o cargue un músculo en exceso. Scott, en cambio, podría perder la vida en cualquier momento. Es un héroe. Y sin embargo nunca lo dirías porque jamás alardea de ello.

Kevin me conduce por el pasillo hasta un espacio abierto con un televisor de pantalla plana y un gigantesco sofá de cuero donde caben por lo menos doce personas. Scott está tumbado en el sofá con los brazos cruzados y la gorra sobre los ojos. Por la lentitud con que le sube y le baja el pecho, diría que está durmiendo.

Trevor me dirige una mirada traviesa, como diciendo: «Ahora verás». Agarra una pelota de tenis de la mesa y la lanza contra el duro estómago de Scott.

Scott se incorpora de golpe, desorientado y con la frente arrugada, mientras Trevor, Kevin y yo nos reímos.

—¿Qué carajo pasa aquí?

—Tienes visita —le dice Trevor, observando cómo la pelota de tenis rebota en el suelo.

Scott se inclina hacia delante, entrecerrando los ojos como si fuera un espejismo.

—¿Crys?

Lo saludo agitando la mano deprisa, como un padre que se hace el enrollado delante de su hija adolescente y sus amigas. Me anoto mentalmente no volver a hacerlo mientras viva.

—Qué dura es la vida de bombero. —Me encojo avergonzada. Las neuronas frikis heredadas de papá están fuera de control ahora mismo.

Scott se levanta y rodea el sofá.

—Hace una hora que he vuelto de una emergencia estresante, listilla.

Aparto la mirada de sus preciosos ojos y la bajo a las fiambreras que tengo en las manos.

—Te he traído algo de comida para que no mueras de inanición.

—¿En serio?

Asiento y le tiendo los recipientes.

—Ensalada de kale y burritos de pavo.

Sonríe despacio mientras avanza hacia mí para estrecharme con un brazo.

—Eres increíble. Gracias.

El cosquilleo de su voz en mi oído hace que me suba un escalofrío por la espalda.

—No es nada, tenía comida de sobra. —Me vuelvo hacia Trevor y Kevin, que están hombro con hombro observando divertidos nuestro diálogo—. Será mejor que me vaya. Tara y yo hemos quedado con Mel en mi casa para ver una peli. —Debería darme la vuelta para marcharme, pero no lo hago. Me balanceo sobre los talones, demorándome porque quiero empaparme de su magnética presencia un ratito más.

Scott se muerde el labio inferior.

—Oye, deja que te enseñe todo esto.

—No tienes que hacerlo. Parecías muy ocupado cuando llegué —bromeo.

Choca su hombro contra el mío.

—A callar. Puede que hasta te deje subir al camión.

Kevin suelta un silbido.

—Solo las señoritas especiales consiguen subir al camión.

Scott se pone colorado.

—Es cierto.

Reprimo una sonrisa gigantesca.

—Venga, vale.

Me guía por el edificio y me presenta a toda la gente con la que nos cruzamos. Los chicos se muestran relajados, cordiales y muy interesados en mi presencia. Uno de ellos me pregunta si me gustaron las flores, lo que me llena de ternura porque ahora sé que Scott ha hablado de mí en el trabajo.

Después de meternos con Scott por su pasión por los Blackhawks, me enseña dónde almacenan el equipo y el instrumental. Incluso me deja sostener su chaqueta y su pantalón de bombero, que pesan veinte kilos por lo menos.

—¿De cuánto tiempo dispones para ponerte todo el equipo? —le pregunto.

—De unos treinta segundos en el mejor de los casos. —Sonríe al colocarme el casco en la cabeza—. Estás muy mona.

Las mejillas me arden y el casco se me cae hacia delante, tapándome los ojos.

—No me llames mona.

—Lo siento, solo digo la verdad.

Me libera del casco con una sonrisa insolente y me indica otra puerta estrecha. Cuando entramos en el garaje, señala un camión de bomberos reluciente.

—¿Alguna vez te has subido a uno de estos?

Me acerco un poco más.

—Cuando tenía ocho años.

Me señala las barras situadas a ambos lados de los escalones metálicos que conducen al interior.

—Agárrate a las barras para subir.

—Prométeme que no me mirarás el culo —digo con un pie

en el primer peldaño, sabedora de que está mirando. Me alegro de lucir mis mejores mallas, las que me acentúan los glúteos.

—No te prometo nada. —De hecho, observa detenidamente mi trasero desde todos los ángulos.

Me impulso hasta el interior del camión, el cual, con tanta pantalla y aparatejo, no resulta tan espacioso. Me instalo en el asiento del conductor.

—¿Cuál es el botón de la sirena? —le pregunto señalando la consola.

—No toques nada. —Me da una palmada juguetona en la mano antes de que tenga ocasión de sembrar el caos.

Scott se acomoda en el asiento del copiloto con las fiambreras en el regazo. Saco un tenedor del bolso, se lo entrego y, como una concursante a la espera de la valoración de un célebre chef en el canal Food Network, aguardo expectante mientras da el primer bocado.

—Gracias, Crys, está buenísimo.

—Me alegro de que te guste.

Me sostiene la mirada.

—Me encanta.

En cuanto esas palabras salen de su boca, se me pone la piel de gallina, lo noto sobre todo en los brazos, y se me seca la garganta. Es como si me hubiera dicho que le encanto yo aunque en realidad se refiera a mi ensalada. Carraspeo y enderezo la espalda, deseando cambiar de tema.

—Entonces, aparte de dormir, ¿qué hacéis entre aviso y aviso?

—Tareas rutinarias. Limpiamos mucho y nos aseguramos de que todo el equipo esté listo para salir. También entrenamos. Ah, y tenemos reuniones. Pero a veces nos relajamos y charlamos o vemos la tele, dependiendo de quién esté de supervisor.

—¿Y te gusta?

—Sí. Estoy hecho para la acción. Cada aviso es un chute de adrenalina. Recibimos muchos avisos tontos, pero los tratamos todos por igual. Nunca sabes lo que te vas a encontrar cuando llegues. —Ver cómo se le ilumina el rostro cuando habla de su trabajo es hipnótico—. Y hace que me sienta más cerca de mi abuelo. Es un nexo de unión.

—Tienes que admirar mucho a Martin para haber seguido sus pasos —digo, cautivada por su pasión.

—Sí. Siempre hemos estado muy unidos. —Se le quiebra ligeramente la voz—. Sobre todo después de que mi padre y mi abuela Sheila fallecieran el mismo año. Fue hace más o menos una década. Cuando ocurre algo así, valoras más a la gente que hay en tu vida.

Se me encoge el estómago.

—¿El mismo año? Lo siento mucho, Scott, es horrible.

—Mi padre falleció de un ataque al corazón. Mi abuela murió a los pocos meses. Su salud se deterioró tras la muerte de mi padre.

—Tu padre debía de ser muy joven.

—Sí. Nadie lo vio venir. Era un hombre muy activo, siempre corriendo o sobre la bici, tratando de conseguir un nuevo récord personal.

—Me recuerda a alguien —digo con ternura.

Alegra la cara, como si no quisiera mortificarse.

—Basta de hablar de eso. Tengo una anécdota que te va a gustar...

Mientras se come la ensalada, Scott me cuenta una llamada de emergencia de un hombre que telefonea a menudo. Lleva literalmente un gorro de papel de aluminio y llama al 911 por lo menos tres veces por semana para informar de que un gobierno extranjero está dejando en su puerta mensajes codificados en forma de bolsas de papel ardiendo.

Me río mientras pasa rápidamente a los burritos de pavo. Al dar el primer bocado suelta un gemido que hace que me suba una ráfaga de calor por todo el cuerpo. Me reacomodo en mi asiento e intento concentrarme en otra cosa, por ejemplo en la hebra que sobresale de mis mallas.

—Esta es mi nueva comida favorita —declara.

—¿Cuál era tu comida favorita antes?

—Las costillas. ¿La tuya?

—Las clementinas.

Abre los ojos de par en par.

—¿Esas naranjas diminutas? Son la bomba.

—¿A que sí? A nadie más le gustan.

—A mí sí, siempre que no tengan esos hilos blancos.

Lo miro atónita.

—¿Las pielecillas? Tus manías con la comida son como las de un crío, Scotty.

Curva los labios y da otro bocado.

—Tengo un paladar sofisticado, lo sé. Y esto está de miedo.

Sonríe y pienso en lo diferente que es nuestra relación ahora comparada con hace un mes. Seguimos hablando por los codos, y veo ternura en sus ojos cuando me mira. Como si le importara de verdad.

—Tengo una pregunta seria para ti —digo, vacilante, después de una pausa—. Y no vale mentir.

—De acuerdo. —No parece preocupado por mi tono.

—¿Me odiabas mucho al principio de conocernos en el gimnasio?

—No. —Niega con la cabeza como si estuviera ofendido por la pregunta—. Yo no odio a nadie. Y a ti, desde luego, no te odiaba.

—No te cortaste un pelo a la hora de robarme la máquina de sentadillas. De hecho, te llamaba Robamáquinas hasta la cena de compromiso de nuestros abuelos.

Se le escapa una carcajada y su risa profunda vibra por todo mi cuerpo.

—Si te digo la verdad, me sorprendió tanto que te dignaras hablarme que no sabía muy bien qué hacer. Me paralicé. Y era cierto que llegaba tarde al trabajo. Supongo que me comporté como un capullo, ¿no?

Descanso la cabeza en el respaldo del asiento.

—Como un capullo es poco. Estaba supercabreada contigo.

Sonríe, como si sacarme de mis casillas fuera un logro personal.

—Lo sé. Todavía recuerdo la mirada que me echaste. Podrías haber congelado un país entero con ella.

—¿Y qué hay del día que tenía a Mel haciendo arrastres? ¿Nos robaste el espacio a propósito?

Traga el trozo de burrito que tiene en la boca.

—Así es.

—¿Por qué?

Aprieta los labios un par de segundos antes de responder.

—Porque me molabas y necesitaba una excusa para hablar contigo. No se me ocurrió otra manera de conseguirlo.

Me sorprendo de la dureza con que lo juzgué.

—¿No podías acercarte y darme conversación como una persona normal?

—Ya te he dicho que soy socialmente torpe. Por lo general, no me acerco a las mujeres sin un pretexto.

—Creo que la gente te ve de una manera muy diferente de la que tú crees.

Se me queda mirando.

—Lo mismo pienso yo de ti. —Hace una pausa—. ¿Quieres saber qué fue lo primero en lo que me fijé?

—No digas mis ojos, por favor. —Me los tapo con las manos. Mis ojos han sido un tema recurrente toda mi vida. La gente siempre se obsesiona con mis ojos «claros», lo cual me incomoda sobremanera.

Scott me rodea las muñecas con los dedos y las baja suavemente hasta mi regazo.

—No, aunque son preciosos. Fue lo segundo… o puede que lo tercero, después de tu culo con estas mallas. —Me observa con una sonrisita expectante.

Debería apartarme, los dos estamos acercándonos. El aire a nuestro alrededor ha cambiado. Soy hipersensible a todo. El mechón suelto que se me mete en el ojo. La suavidad de mi camiseta contra mi piel. El contacto del asiento bajo mis muslos, que están ardiendo.

—Entonces ¿qué fue lo primero en lo que te fijaste?

—En este lunar. —Su dedo acaricia el puntito debajo de mi ojo derecho, junto a la nariz.

Nuestras rodillas están casi tocándose. No sé si es imaginación mía, pero el espacio a nuestro alrededor se va reduciendo a cada segundo que pasa.

Scott descansa la mano en mi rodilla con un ligero apretón que envía una descarga a recodos olvidados de mi cuerpo. Nuestras caras están tan cerca que puedo notar su aliento cálido en la mejilla. Si salvara esos últimos centímetros, podría besarlo. Baja la mirada hasta mis labios. Me descubro inclinándome hasta que nuestras frentes se tocan. Permanecemos así unas cuantas respiraciones profundas mientras escucho el repiqueteo de mi corazón. Scott ladea la cabeza y sus labios rozan ligeramente los míos.

Me dispongo a aumentar la presión como una participante capaz y bien dispuesta cuando se dispara una alarma aguda que me da un susto de muerte. Scott y yo pegamos un bote hacia atrás al mismo tiempo.

—Mierda, una emergencia. Tengo que irme.

Su rostro adopta de repente esa expresión superseria de cuando nos conocimos. Baja como una bala del asiento del copiloto, no sin antes recoger las fiambreras.

Me apeo yo también mientras sus compañeros se dirigen al cuarto situado detrás de los camiones para ponerse el equipo.

Scott se detiene una fracción de segundo y me agarra por la nuca. A continuación me recompensa con un beso en la frente.

—Gracias por la comida, Crys.

No es un beso rápido, sus labios presionan mi piel. Acto seguido corre hasta el cuarto de atrás, dejándome desconcertada y medio atontada.

Cuando regreso caminando a mi apartamento, la frente y los labios me arden con el calor de sus besos. Con el contacto de nuestras frentes en el camión. Con la mirada de esos ojos verdes que aviva todas las emociones que estoy intentando reprimir hasta agosto. No sé si podré esperar tanto tiempo.

♥ 19

Todavía aturdida por el beso en el camión de bomberos, compro snacks de camino a casa para la noche con las chicas. Una comedia romántica y un análisis exhaustivo sobre las ventajas de abandonar o mantener la regla de los tres meses es justo lo que necesito ahora mismo.

Pero cuando llego a casa, Tara y Mel han cambiado los planes sin tomarse la molestia de consultarme. Están en modo crisis. Tara está «desolada» con su nueva melena corta a lo Khloe Kardashian, está convencida de que le ha destrozado la cara (falso). Peor aún, Mel tuvo una bronca descomunal con su novio. Entierro la cara en el cojín y hago ver que lloro a mares cuando anuncian que el nuevo plan es «quitarse las penas bailando» en un garito de moda.

Solo me he bebido media copa y la razón por la que las discotecas no son lo mío se hace, oh, patente. En lugar de mis fieles Lulus, visto un mono que se me clava en las partes íntimas. Dondequiera que voy, mi olfato es asaltado por una mezcla de olor a sudor, perfume denso y el incienso de rosas diseminado por el espacio forrado de papel de terciopelo.

Mel y Tara están en su salsa, bailando y coqueteando con extraños y consiguiendo suficientes copas gratis para convertirse en candidatas a un lavado de estómago.

Kelly, una amiga de Mel, también se ha apuntado. Es tan bonita como Mel. Asiática y alta, casi desgarbada. A diferencia de Mel y Tara, que lucen tacones de diez centímetros y vestidos pegados al cuerpo, Kelly lleva unas Birkenstocks, una camiseta ancha que reza NOPE y un pantalón sedoso, tipo pijama, que combina cero con el resto. Va hecha una facha, pero me gusta.

Y está visto que al resto también. Aunque Kelly no hace ostentación de sus atributos, acapara la atención de todos los tíos. Se acercan a ella como abejas a un panal. Es de esas chicas que transmiten una vibra de espíritu libre, de duendecillo amable que, aun así, te aplastará el corazón. Seguro que deja un rastro de lágrimas saladas y corazones rotos por donde pasa, es decir por medio mundo, porque es una travelgrammer.

Aunque me da un palo enorme estar aquí, me alegro de que Tara se esté dejando llevar. Después de romper con Seth, temí que no volviera a levantar cabeza. Verla perrear con un tipo que me recuerda muchísimo a The Weeknd me da esperanzas.

Mel me arranca de mi espacio seguro en la retaguardia y me arrastra hasta la abarrotada pista de baile, echándome su cubata encima por el camino.

—No me importa vigilar los bolsos y asegurarme de que no os droguen —le explico con la esperanza de que mi modo madre la disuada.

—¡No seas muermo! —grita por encima de la música house, y me da una palmada en toda la teta.

Suspiro, y logro mantener el tipo durante un par de canciones. Mientras me muevo con desgana al ritmo de la música, me cuesta entender que en mis tiempos de universitaria hiciera esto a menudo. Bailar con Tara, Mel y Kelly no es el problema. Es el resto de la gente lo que no soporto. A cada paso que doy me encuentro hombro con hombro con peña de veinte años agitando el puño bomba. ¿Conocen siquiera el origen del puño bomba? Lo dudo. Tenían diez años cuando Jersey Shore lo lanzó en MTV.

Tiro la toalla cuando un tío con una cola de rata me coge de la cintura pese a haberlo rechazado educadamente en tres ocasiones. Es más que persistente. De esas criaturas que no entienden las palabras «No estoy interesada». Como un pájaro a la fuga, me refugio en un *booth*, frente a una pareja que está pegándose el lote con mucha lengua y manos por todas partes.

Mientras observo a la gente girar en la pista desde la seguridad del *booth*, pienso que no me apetece nada que un extraño, guapo o no, me toque ahora mismo.

De hecho, el único con quien me apetece estar es Scott, quien, curiosamente, era un extraño exasperante hace solo un mes. Y aun así, estamos tan cómodos el uno con el otro que me cuesta imaginar cómo era mi vida cuando no lo conocía.

Estoy impaciente por despertarme por las mañanas y leer con ojos adormilados los mensajes de Scott, sobre todo los que me escribe en el turno de noche mientras yo duermo. Las raras veces que no recibo uno, me llevo una pequeña desilusión.

No puedo dejar de pensar en los hoyuelos que le asoman a la mínima que sonríe, el brillo de sus ojos cuando me mira, cómo se parte de risa por tonterías, lo fácil que es abrirse a él sobre cualquier cosa, desde lo más serio hasta lo más ridículo, y lo agradable que es estar en su presencia, aunque no hablemos.

Darle largos tragos a mi copa es lo único que me ayuda remotamente a ahuyentar los pensamientos que me invaden sobre lo sucedido hoy en el camión de bomberos.

Lo que siento por Scott se confirma cuando aparece su nombre en mi móvil. Resucito de golpe, embelesada y eufórica, como si alguien hubiera encendido las luces de Navidad.

> SCOTT: Acabo de salir de un aviso en casa de una señora.
> Adivina cuántos hurones tenía en su apartamento.
> CRYSTAL: Dos?
> SCOTT: Más.
> CRYSTAL: 20?
> SCOTT: 23!!!
> CRYSTAL: QUÉ???
> SCOTT: Asqueroso, verdad? *GIF de Tim Gun, impecablemente vestido, haciendo un gesto de asco con su refinada muñeca*

CRYSTAL: Los huronistas son gente rara.

SCOTT: Sí. Una chica de mi colegio tenía uno. Un día, en cuarto, lo trajo para fardar. Le dejaba comer de su boca... no he vuelto a mirar a un hurón con los mismos ojos desde entonces.

CRYSTAL: Me parto.

Adivina qué? Estoy en una disco con Mel y Tara.

SCOTT: Una disco?

CRYSTAL: Sí. Ahora mismo están perreando en la pista con desconocidos. Yo me dedico a vigilarlas y a ahuyentar a los babosos.

SCOTT: Por qué no estás tú también en la pista?

CRYSTAL: Estaba... hasta que un tío con cola de rata se puso pesado.

SCOTT: Quieres que vaya y lo ponga en su sitio?

CRYSTAL: Te lo agradezco, pero estoy bien. Prefiero ser la fea del baile.

SCOTT: Jaja, no me extraña. Yo no soporto las discotecas.

CRYSTAL: En serio? Pensaba que era tu terreno de caza. Tu hábitat natural.

SCOTT: Uau, haces que parezca un auténtico crápula.

El móvil me vibra con su llamada y me meto en los lavabos.

—Hola —grito por encima del pitido en mis oídos, aun cuando el baño es diez veces más silencioso, salvo por las cisternas de los retretes y los grititos de dos chicas que comparten cubículo.

—¿Todavía piensas que soy un salido? —me pregunta.

Me apoyo contra el lavamanos.

—Yo jamás he dicho eso. Lo que digo es que pareces un superhéroe de Marvel. Cabría esperar que alguien con tu físico sacara el máximo partido de sus dones genéticos. —Para evitar que se enfade como la primera vez que lo juzgué equivocadamente, utilizo un tono ligero y burlón.

—Un superhéroe, ¿eh? Alguien me dijo en una ocasión que me parezco a los Hemsworth, aunque yo soy más guapo.

—No te lo creas demasiado —bromeo—. Te falta el acento australiano para aumentar tu *sex-appeal*. —Lo que tiene Scott son unos bíceps fuertes y protectores en los que quiero acurrucarme el resto de la eternidad. Pero eso no viene al caso.

—Es una lástima —dice con un acento espantoso.

Me río al tiempo que veo mi reflejo en el espejo mugriento del lavabo. Me aliso el pelo encrespado.

—Scott, ese acento es británico, no australiano.

—Ostras, tienes razón. Mejor sigo con mi acento del Medio Oeste.

—Te queda muy bien. —Me interrumpo cuando las dos chicas borrachas salen del cubículo despotricando sobre una «zorra» llamada Brittany.

Antes de colgar le prometo que lo llamaré al llegar a casa. Es patético lo impaciente que estoy por volver a hablar con él.

Por suerte, las cosas mejoran cuando salgo de los lavabos. Las chicas y yo encontramos un espacio más tranquilo para bailar y hacia el final de la noche casi no tengo voz por cantar (gritar) «Wrecking Ball» a pleno pulmón.

Una vez en casa, telefoneo a Scott en cuanto me quito los tacones.

—¿Estás en la cama? —me pregunta.

—Sí, acabo de acostarme. ¿Y tú?

—También.

Silencio. Me pregunto si él está pensando lo mismo que yo, que me encantaría que estuviera aquí. Se me acelera la respiración solo de imaginarme el calor de su cuerpo a mi lado. Aunque he estado reprimiendo el deseo de trepar por él como si fuera un árbol, especialmente en el gimnasio, cuando se halla en todo su esplendor musculoso, es indudable que me gusta. Y mucho.

De hecho, Scott es mi persona favorita. El tiempo que paso con él se me pasa volando. Incluso cuando uno de los dos está de mal humor, a los quince minutos ya nos doblamos de la risa. La risa es un elemento esencial cuando estamos juntos. Creo que nadie más me ha hecho reír hasta el punto de saltárseme las lágrimas y dolerme el estómago como si hubiera hecho un circuito entero de abdominales. Y cuando no estoy con él, lo echo de menos.

Quiero estar con Scott. Cada vez que veo su cara estoy en un tris de perder mi determinación, como en el camión de bomberos. Cuanto más lo pienso, más consciente soy de lo diferente que es de Neil. Mirando atrás, Neil hablaba constantemente de Cammie. En el fondo yo sabía que seguía enamorado de ella, pero prefería ignorar las señales. Scott, en cambio, nunca habla de su ex a menos que yo saque el tema, y ni siquiera entonces se extiende demasiado.

Quizá esta relación sea distinta. ¿A qué estoy esperando? ¿Por qué retraso lo inevitable?

Inspiro hondo, preparada para declarar bien alto: «Al diablo con la regla de la tirita, ya no quiero esperar más», cuando Scott interrumpe el hilo de mis pensamientos.

—Tengo una pregunta muy importante que hacerte, Crystal Alanna Chen —dice en un tono superserio.

Nerviosa, trago saliva con los ojos fijos en el techo.

—¿Ajá?

—¿Duermes con calcetines?

Incapaz de contenerme, suelto una risotada.

—Por supuesto que no. ¿Qué clase de pirado duerme con calcetines?

Suelta un sonoro suspiro de alivio y calla durante un segundo incómodo.

—Eh, mi exnovia, de hecho. Una razón de peso para romper.

—¿En serio que terminasteis por eso? —Trato de sonar desenfadada pese a lo mucho que me sorprende que haya mencionado a su ex sin que yo le haya dado pie.

—Fue una de las razones. Lo cierto es que no conectábamos. Es difícil de explicar. Ella era estupenda sobre el papel, iba todo de maravilla, pero no me pillaba las bromas. Teníamos un sentido del humor diferente, supongo.

—¿Para ti es importante el humor?

—Siempre.

—¿Por qué?

Hace una pausa.

—Mi abuela siempre decía que había que reírse por lo menos una vez al día.

—Me encanta. —Ruedo sobre un costado—. ¿Cómo era tu abuela?

—Divertidísima. Y su risa era contagiosa. Si tenías un mal día, se reía y solo con eso ya te hacía sentir mejor. En una ocasión, cuando yo tenía once años, fuimos toda la familia a verla en verano. Nos puso a todos yogur con frutas del bosque pero sustituyó el yogur por mayonesa. —Se echa a reír con nostalgia.

—Menuda caña, tu abuela. Lo encuentro genial.

—Fue increíble. Mi hermana mayor vomitó por toda la sala de estar.

Me deleito con el sonido de su risa. Podría escucharla toda la noche. Y no hay razón para que no sea así. «Dilo antes de que te eches atrás».

—Por cierto, Scott... —Se me quiebra la voz.

—¿Qué?

—Estaba pensando... ¿recuerdas lo de la regla de la tirita? ¿Qué te parece si...? —Un extraño corte en la línea me desconecta—. ¿Hola? ¿Estás ahí?

—Mierda, lo siento, Crys. Tengo una llamada. He de dejarte —dice en un tono estresado, casi frenético.

Arrugo la frente, entre inquieta y desconcertada.

—Oh, vale. Buenas noches.

La línea se corta.

¿Qué ha sido eso?

♥ 20

No debería aparecer en público con esta pinta.

Parece que me haya tirado años en una celda de aislamiento. Tengo los ojos rojos, la piel macilenta, casi translúcida. Estoy deshidratada y tengo tantos nudos en el pelo que voy a necesitar unas tijeras para ponerle remedio. Me he pasado la noche dando vueltas en la cama, tapándome y destapándome, sin parar de imaginarme posibles escenarios, ninguno de los cuales auguraba nada bueno para mí.

¿Realmente recibió Scott una llamada? ¿O intuyó lo que iba a decirle sobre la regla de los tres meses, se cambió el nombre y huyó a una isla desierta?

Tal vez le decepcionara nuestro beso de ayer en el camión de bomberos, beso que no hemos mencionado ninguno de los dos. Pensaba que anoche haría algún comentario graciosillo al respecto, pero no lo hizo, lo que es extraño en él.

Y si es cierto que recibió una llamada, ¿quién tiene tanta confianza para llamar a las dos de la madrugada? Después de mi experiencia con Tinder, he aprendido que cualquier llamada o mensaje después de las diez y media de la noche es o bien de alguien que quiere sexo o bien una emergencia. Scott acababa de terminar un turno de doce horas, o sea que dudo que fuera del trabajo. ¿Pudo haber sido Diana? La había sacado en la conversación solo unos minutos antes.

¿O era otra chica? Scott dijo que me esperaría hasta la boda, dando a entender que no saldría con otras mujeres. Pero quizá un periodo de sequía tan largo sea un reto imposible, sobre todo para un hombre que parece un actor de acción disfrazado de tío normal para esquivar a los paparazi. Cada vez que estamos en público me viene eso a la cabeza. Las mujeres no tienen término medio, o coquetean descaradamente con él o se quedan paralizadas al verlo. Una hasta le pasó su número de teléfono en la cola de la farmacia mientras Scott me sujetaba un momento el bolso. Si quisiera echar un polvo, no tendría que mover un dedo.

Que no me haya respondido en toda la mañana tampoco ayuda. Con el corazón encogido, vuelvo a examinar mi mensaje para asegurarme de que no haya nada que pueda malinterpretar. Me meto con él por la derrota de los Blackhawks —siempre bromeamos con eso—, nada por lo que ofenderse. Entonces ¿por qué me ignora?

Tara me recuerda que Neil pasaba de mí durante días alegando que estaba «muy ocupado» cuando en realidad era un músico en paro que se dedicaba a colocarse en el sofá. En su humilde opinión, estoy sacando las cosas de quicio. «Scott es mucho más maduro», me dijo cuando yo salía para ir al gimnasio. Pero dado que Scott lleva un mes escribiéndome sin parar para informarme de las cosas más mundanas, como que se iba a beberse un vaso de leche, su comportamiento me parece extraño. Algo pasa. Lo presiento.

Justo cuando estoy enfriando en la cinta de correr, Scott me escribe por fin.

SCOTT: Esta noche vienes a mi casa.

No ha huido del país, después de todo. Puede que las cosas estén bien. Puede que no haya ignorado mi existencia de forma intencionada.

CRYSTAL: Hum, no recuerdo que me invitaras. Tampoco recuerdo que aceptara tu invitación.

SCOTT: Tengo snacks.
CRYSTAL: Vale.

Con la promesa de los snacks, pongo rumbo a casa de Scott después de editar un vídeo tutorial de entrenamiento. Por el camino me descubro comiéndome las uñas. No tengo ni idea de cómo abordar el asunto. ¿Debería fingir que no me ha afectado? ¿O debería ir directa al grano y preguntarle de quién era la llamada?

Para cuando llego a su apartamento, sigo indecisa. Al abrirse la puerta, una bola enorme de rizos claros corre hacia mí y se abalanza sobre mi cara. En dos segundos Albus Doodledore me ha cubierto las manos de baba. Jadeando, estira su desgarbado cuerpo sobre el suelo con la lengua fuera, feliz de verme.

—Hola, hola, yo también me alegro de verte. —Me río, devolviéndole su sonrisa casi humana.

Albus agita su tupida cola como un limpiaparabrisas a máxima velocidad. Me arrodillo para frotarle la panza hasta que rueda sobre el lomo. Se muere del gusto y se ha convertido en nuestro ritual cada vez que vengo.

—Y también me alegro de verte a ti, supongo —le digo a Scott con fingido desdén, tratando de ignorar lo alto que es y cómo su musculoso torso se marca bajo la ajustada Henley azul marino arremangada hasta los codos. Hay que ver lo bien que le sientan esas camisetas.

Salva la distancia entre nosotros.

—Esto es lo que me espera, ¿no? Que el perro se lleve el mejor recibimiento.

Mi cuerpo siente el impulso de agarrar su preciosa cara y besarla, pero al recordar que me colgó después de sacar a relucir a su ex, me lo pienso. En su lugar, cruzo los brazos, aupándome las tetas sin querer y acentuando el escote.

—Lo siento en el alma. ¿Quieres que te frote la barriga?

Baja la mirada un momento hasta mi pecho antes de volver a posarla en mi cara con una sonrisa pícara.

—No me importaría.

Me suben los calores. Scott está sacando su vena seductora, lo cual hace que aumente mi curiosidad sobre la llamada misteriosa de anoche. De repente el recibidor se me antoja demasiado pequeño. Necesitada de aire, le rodeo y entro en la sala de estar.

El apartamento de Scott es sencillo y diáfano. Más antiguo que el mío, conserva los suelos de madera originales y los techos festoneados de molduras. Tiene una sala de estar espaciosa, con un televisor de pantalla plana y sillones de cuero. Básicamente, el kit inicial del universitario. Un murete separa la zona de estar de una cocina algo anticuada. Como siempre, está sorprendentemente limpia para ser la casa de dos hombres que trabajan turnos largos.

Scott me sigue hasta la sala de estar y observa cómo me siento en el brazo del sofá. Reina un silencio pesado, proyectando entre nosotros una barrera que antes no existía. Mientras acaricio la cabeza de Albus, me pregunto si Scott también siente esa barrera.

No puedo contener más la curiosidad, ni soportar esa tensión.

—Esto… ¿quién te llamó anoche? —pregunto al fin.

Baja la vista a sus pies para evitar el peso de mi mirada incisiva. Se pasa la mano por la nuca antes de aclararse la garganta.

—Trevor.

Recelosa, frunzo el entrecejo. Scott nunca evita el contacto visual.

—¿Y para qué te llamó?

—Para decirme que había sacado a pasear a Albus antes de irse al trabajo. —Su tono es seco, como si estuviera deseando cambiar de tema.

Me resulta extraño que Trevor le llame a las dos de la mañana para algo tan trivial. ¿Por qué no le mandó un simple mensaje?

Quiero insistir, interrogarle al estilo del FBI, porque todo indica que miente. Pero ¿qué más puedo decir sin parecer una desequilibrada? No tengo pruebas y no puedo ponerme en plan «novia celosa» cuando ni siquiera somos pareja.

Así que opto por un inocente:

—¿Has tenido un día muy ocupado?

Evitándome todavía la mirada, encoge los hombros, con las manos hundidas en los bolsillos de sus tejanos oscuros.

—No demasiado. Hice algunos recados.

Ladeo la cabeza, poco convencida.

Scott me mira finalmente a los ojos y capta mi desconfianza.

—¿Qué pasa? ¿No me crees?

—Esta mañana no contestaste a mi mensaje. Me pareció raro.

Me observa unos instantes mientras la tensión de su mandíbula se relaja.

—Lo siento, tenía muchas cosas en la cabeza.

—¿Quieres hablar de ellas?

—Ahora no, pero gracias.

La vaguedad de su respuesta no consigue tranquilizarme. Scott lo nota.

—No es nada de lo que debas preocuparte, te lo prometo.

Se acerca y acaricia un mechón de pelo que me cae sobre la cara. Sus dedos me rozan la mejilla cuando lo recoge con delicadeza detrás de mi oreja, clavando sus ojos en los míos. Su mirada es dulce y sincera. Le conozco lo suficiente para saber que no me haría daño a propósito.

Quiero respetar su deseo de privacidad. Puede que mi relación con él sea estrecha, pero no tengo derecho a saber todo lo que pasa en su vida. Busco en su cara algún indicio de falsedad y no encuentro ninguno. Si me está mintiendo, se merece un Oscar.

—De acuerdo.

Me dejo caer en el sofá mientras Scott trajina en la cocina. Cuando regresa, trae consigo fruta. Literalmente. Acarrea una caja de clementinas bajo el brazo derecho.

Se ha acordado de mi comida favorita.

—No puede ser. ¿Dónde las has encontrado? No están en temporada. —Agradecida, agarro dos clementinas de la caja y me olvido casi por completo de su sospechoso comportamiento.

—Tengo mis contactos.

Me sonrojo cuando sus ojos se detienen en los míos un instante más de lo necesario.

—¿Qué quieres ver? —pregunto carraspeando.

Me instalo en el rincón izquierdo del sofá mientras me concentro en no estrujar las clementinas con las manos, no vaya a ser que las exprima sin darme cuenta.

—¿Algo de veinte minutos o menos?

Scott se acomoda a mi lado y estira sus largas piernas por debajo de la mesita.

—Jaja, muy graciosa. Prometo no dormirme. Tienes mi permiso para utilizar los medios que sean necesarios para mantenerme despierto.

Sonrío con malicia.

—¿Cualquier medio?

—Dentro de lo razonable —me advierte, y finge que se aleja unos centímetros de mí.

—Creo que ha llegado la hora de trabajar tu capacidad de aguante. Veamos… —Me devano los sesos en busca de una película larga de verdad—. *El señor de los anillos* —concluyo, sabedora de que es una trilogía, lo que suma nueve horas con él.

Sonríe divertido.

—No te tenía por una friki.

—Pues soy una incondicional —miento para provocarle.

Intenta no reírse.

—¿En serio? ¿De las que se disfraza y va a los encuentros?

—Cada dos años. De hecho, hay uno la semana que viene. Quería preguntarte si te apetecía acompañarme.

—Eh, esto…

No sabe muy bien cómo continuar, así que decido sacarle del apuro.

—Es broma, Scott. No soy fan, en realidad. Es la película más larga que me ha venido a la cabeza. —«Lo que significa más tiempo contigo», me abstengo de añadir.

Visiblemente aliviado, se pasa una mano por la barba de dos días.

—Oye, que sepas que sí te habría acompañado. Aunque detestara cada minuto y te juzgase un poquito mal, pero habría ido.

—¿En serio?

—Si es algo que te gusta mucho, por supuesto que iría. —Mi corazón se derrite al instante—. Puede que hasta te dejara disfrazarme. —Agita las cejas y me río al visualizar la imagen extremadamente sexy de Scott, con una cabellera larga y sedosa, blandiendo una espada. Se parece menos al etéreo Orlando Bloom y más al Henry Cavill llevo-semanas-sin-lavarme en *El brujo*, y me pirra.

Después de poner la película, me coloco de lado para estirar las piernas, pero no tengo sitio con Scott a mi lado. En lugar de apartarse, recoge mis piernas en su regazo.

No me mira, tampoco dice nada. Es un acto espontáneo, como si fuera lo más normal del mundo. Y así me lo parece.

—¿Puedo hacer una predicción? —me pregunta cuando Frodo se embarca en su expedición.

—Adelante.

—El malo es el padre de Frodo.

Lo miro con una sonrisa sarcástica.

—¿No me digas?

—He acertado, ¿verdad?

—Ni un poquito. Esto no es *La guerra de las galaxias*.

Lo medita unos segundos.

—Vale. Entonces el padre de Frodo es Gandalf.

—Scott, aquí no hay dramas entre padres e hijos.

Finge un mohín.

—Pues habría estado bien.

Las teorías estrafalarias de Scott no se detienen en el padre de Frodo. El repertorio es amplio, como que «el elfo rubio» y Gandalf están secretamente enamorados, que Samwise Gamgee va a traicionar a Frodo o que el anillo es un micrófono espía de Sauron. De hecho, la única teoría correcta que lanza es que Aragorn es el rey legítimo.

La verdad, prestar atención a la película resulta humanamente imposible con Scott deslizando su mano por mis piernas. Respondo a todas sus preguntas basándome en lo que recuerdo.

Porque lo único que me mantiene cuerda y distraída del calor que bulle por la mitad inferior de mi cuerpo es pelar clementinas como una demente. Para cuando se forma la comunidad, tiendo una clementina recién pelada a un Scott desconcertado.

Está demasiado ocupado gesticulando frente al televisor como un hincha iracundo para darse cuenta de inmediato.

—¿Por qué los sigue todavía ese pirado de los ojos saltones? —Abre la boca con los ojos como platos—. ¿La has pelado para mí?

Asiento.

—Le he quitado una a una todas las hebras.

Se lleva la mano al corazón con una sonrisa de pasmo.

—Caray.

Coge la clementina con cuidado e inspecciona su jugosa desnudez antes de dirigirme una mirada de aprobación.

Reajusta mis piernas en su regazo y me aprieta el muslo antes de llevarse un gajo a la boca. Acto seguido, se vuelve hacia mí para introducir un gajo en la mía. Resulta casi erótica la forma en que sus yemas rozan mi labio inferior, haciendo que me suba un cosquilleo por toda la espalda. Un dulzor intenso inunda mi boca.

Recurro a mi ser más sensual y opto por un bocado lento y seductor. Soy básicamente Paris Hilton con un biquini vintage frotando mis jabonosas carnes contra un Bentley antes de zamparme una hamburguesa Texas BBQ de Carl's Jr. De pronto sale disparado un chorrito de cítrico. Como si lo viera a cámara lenta, planea hacia arriba y aterriza justo en el ojo izquierdo de Scott.

Afloja, Crystal, afloja.

Scott se echa hacia delante apretándose el ojo.

—Mierda. —Me tapo la boca con las manos al tiempo que saco las piernas de su regazo.

Temblando de risa por dentro, me mira medio tuerto a través de los dedos.

—Tranquila, solo me has dejado ciego. No pasa nada.

Trato de apartarle la mano de la cara.

—Deja que te vea el ojo.

Se lo frota. El párpado le tiembla sin control cuando intenta abrirlo del todo.

—Me escuece un poco.

Detengo la peli y corro al cuarto de baño para coger una toallita y mojarla con agua. Cuando vuelvo, Scott ha conseguido abrir el ojo. Se lo cubro con la toallita.

—Lo siento mucho. Creo que es lo peor que le hecho a un tío en toda mi vida.

—Te creo. A mí, desde luego, es la primera vez que me queman el ojo con ácido. —Ladea la cabeza cuando retiro la toallita y aparecen sus preciosos ojos verde bosque.

—Qué vergüenza.

Se ríe.

—Tranqui, ya no me escuece. Algún día te perdonaré.

Lo miro con las mejillas todavía rojas.

—La buena noticia es que has aguantado despierto más de la mitad de la primera película.

—Porque tengo muchas preguntas.

—Creo que podrías hacerte fan de *El señor de los anillos*. Al menos uno de nosotros lo sería —digo.

Le doy otra vez al play y vuelvo a tumbarme en el sofá. Scott coloca de nuevo mis piernas en su regazo, como si su lugar fuera ese.

—¿Qué personaje sería yo?

Finjo que lo medito, pero la respuesta es obvia.

—Aragorn.

—¿Por qué?

—Para empezar, los dos transmitís buen rollo. Y tú eres bombero, lo que quiere decir que eres valiente, intrépido y caballeroso. Cuando quieres —añado.

Asiente en silencio, visiblemente satisfecho.

—¿Y tú?

La respuesta es fácil.

—Yo soy una hobbit, sin duda. Trabajadora, paciente, justa y leal. Que prefiere no alejarse mucho de casa. Con un marcado código ético sobre lo que está bien y lo que está mal.

—No te lo discuto. Seguro que te sabes la normativa del Excalibur Fitness Center de pe a pa.

Pongo los ojos en blanco y le tiro un cojín a la cabeza. Scott se agacha y cuando vuelve a levantarse tiene un brillo travieso en la mirada.

—¿En serio que quieres ir por ahí?

Asiento, aceptando el desafío.

Sin darme tiempo a abrir la boca, me sujeta las piernas y empieza a hacerme cosquillas en los costados sin piedad. Trato de escabullirme retorciendo y agitando las piernas. Chillo entre resoplidos, incapaz de hacer nada salvo propinarle manotazos en el pecho.

—Eres un ser malvado. ¿Qué he hecho para merecer esto?

—¿Aparte de dejarme ciego con una clementina?

Tiene razón. Estoy dispuesta a sufrir las consecuencias, tanto es así que permito que se me suba encima sin oponer resistencia. Con su peso sobre mi cadera, me inmoviliza las muñecas contra el brazo del sofá durante un segundo. La vista desde aquí es espectacular: sus marcados antebrazos plantados a ambos lados de mi cara, enjaulándome. Tengo un primer plano perfecto de la espesura de sus pestañas.

Me observa unos instantes antes de bajar la mirada hacia mis labios. Si levantara el cuello unos centímetros, podría besarle. Y ansío hacerlo. Quiero volver a notar el sabor de su boca. Desesperadamente. Scott traga saliva y desliza el pulgar por el contorno de mi mandíbula hasta sostenerme el mentón con la mano. Me levanta la cabeza con un quedo suspiro antes de rozar sus labios contra los míos, robándome el aire y toda mi determinación.

Nuestros labios se unen una y otra vez, zambulléndose en un frenesí de besos dulces y mordiscos suaves. Paso una mano por su barba incipiente mientras con la otra alboroto su mata de pelo ondulado, que parece seda en mis manos. Lo atraigo hacia mí, deseosa de sentirlo más cerca.

Scott rueda sobre mis caderas y se sienta en el sofá.

—Ven aquí —me ordena como si pudiera leerme el pensamiento. Me toma del brazo para subirme a su regazo.

Coloco las piernas a ambos lados de sus muslos y al descender sobre él siento su excitación. Su gemido invade mis oídos y me hace sentir ligera, como si pudiera elevarme y flotar con él.

Percibo fragilidad en la manera en que me mira, como si me invitara a entrar, a asomarme a las profundidades de su alma. Todos los tíos con los que he estado ya me habrían quitado las mallas. Scott, en cambio, me trata como si yo fuera un tesoro que hay que saborear.

Estar con él es todo menos superficial. Es como tirarse de cabeza a una piscina profunda sabiendo que no hay salida.

Una leve sonrisa le curva los labios cuando me recoge el pelo detrás de la oreja.

—Eres preciosa —dice con la respiración entrecortada antes de posar otro beso dulce en la comisura de mi boca.

Me rodea los labios con besos pequeños antes de separarlos. Su lengua se funde con la mía mientras desliza la mano por detrás de mi cabeza y me tira suavemente del pelo. Me asombra que quede una sola gota de oxígeno en el apartamento.

Esto es diferente de nuestro primer beso. Aunque nuestro revolcón en el vestuario fue increíblemente sexy, la materialización de todas las fantasías secretas que haya podido tener, aquello era deseo puro y duro. La tormenta perfecta de lujuria y odio hacia un desconocido del gimnasio con el cuerpo de un dios.

Este beso es otra cosa, porque conozco a Scott a un nivel más profundo. Ahora sé que es un introvertido extrovertido. Que los lugares concurridos no le desagradan pero intenta evitarlos. Sé lo triste que se pone cuando ve carteles de perros extraviados, los cuales lee dos veces como mínimo con un suspiro hondo. Sé que le gustan los cereales con muy poca leche porque la comida pastosa le da asco. Y sé cuándo algo le resulta divertido por cómo se lleva la mano al pecho y lo lejos que echa la cabeza hacia atrás.

Saber todas esas cosas, entre muchas otras, aumenta la intensidad. Como si con cada paso que damos lo que está en juego fuese cada vez más.

Baja los dedos hasta mi espalda y siento sus caricias por mi columna. Me arqueo y cabalgo contra él a un ritmo lento, recordando la perfección con que nos movíamos juntos. Finalmente, las yemas de sus dedos rodean la curva de mi cintura, colándose bajo el jersey, y suben por mi estómago.

—¿Puedo? —susurra en mi boca.

«Ya lo creo que sí». Asiento y, con suma lentitud, sus manos envuelven la base de mis senos por debajo del sujetador. Recogiéndolos con las palmas, me acaricia los pezones mientras se le acelera la respiración. Una sensación electrizante me recorre el cuerpo y aumenta mi ansia de apretarme contra él.

Cuando arrimo la cadera, Scott gime en mi oído y me agarra por los muslos para afianzarme. De repente, odio estas mallas, odio la fina barrera que me separa de lo que tanto deseo.

Como si pudiera leerme el pensamiento, introduce los dedos por debajo de la cinturilla y tira de ella. Me rodea las nalgas con las manos por debajo de las mallas, las estruja con firmeza. Se le hincha el pecho al encontrarse con mi mirada salvaje, primigenia, la cual le está diciendo que me arroje sobre el sofá y me haga suya.

Inesperadamente se detiene. Con una exhalación trémula, sube las manos hasta mi cintura. Una vena le late con fuerza en la frente. Parece hambriento, desesperado, como si estuviera haciendo un esfuerzo sobrehumano por contenerse.

—Crys… —dice con la respiración entrecortada—, no podemos hacerlo.

—¿Qué? ¿Por qué? —Me tenso encima de él, invadida por una oleada de decepción. Me está rechazando. La única razón de que no me levante de un salto es que aún me sujeta por la cintura, como si me dijera en silencio que no me mueva.

Parece angustiado cuando deja caer la cabeza.

—Porque estamos esperando. Tenemos que ir poco a poco. ¿Recuerdas?

Nunca me he odiado tanto como ahora. ¿Por qué me he hecho esto a mí misma? ¿Tan cegato estaba mi viejo ser de hace unas semanas? ¿En serio no quería que mi Marvel-Chris me hiciera perder el sentido con solo tocarme? Cierto que no deseaba ser su tirita, que quería algo más que sexo. Pero eso a mi ser actual, con la enorme erección de Scott presionándome, le da igual. Quiero esto, sin importarme las consecuencias.

Curvo mi mano alrededor de su mandíbula y, arañándole la barba, acerco su rostro al mío.

—Al diablo con eso.

Sus enormes manos se cierran en torno a mis muñecas, las cuales se ven diminutas en comparación. Es como si estuviera esposada, lo que no contribuye a apagar mi deseo por él en estos momentos. Dos centímetros separan nuestras caras. Ansío acortarlos, pero no me deja.

—No quiero follarte. —Su voz, ronca y anhelante, desciende una octava.

Lo miro estupefacta, no solo porque parece que esté interpretando un relato erótico, sino porque está rechazándome de pleno.

Al percatarse de mi estupor, me aprieta aún más las muñecas.

—No me he expresado bien.

—Te has expresado perfectamente —digo intentando soltarme.

—Escúchame. Quiero hacerlo, no imaginas cuánto. —Su mirada es casi suplicante—. Pero dijiste que necesitabas tiempo.

—De eso hace semanas. Ya he tenido el tiempo que necesitaba —le aseguro—. ¿Por qué estás tan en contra de repente?

—Porque tenías razón. Si vamos a hacerlo, tenemos que confiar el uno en el otro sin reservas, y todavía no estamos en ese punto.

Frunzo el entrecejo.

—¿No confías en mí?

—Sí, pero no sé si es recíproco.

Guardo silencio porque tiene razón. Ese es el motivo por el que propuse la regla de los tres meses, para evitar convertirme en un objeto novedoso, en una distracción para olvidar a Diana, como me pasó con Neil.

Doy un pequeño suspiro.

—Lo siento. Detesto esa manía que tengo de pensarme demasiado las cosas... Ojalá fuera capaz de tirarme de cabeza.

—Quiero esperar hasta que estés lista. En serio. Y no solo por ti. —Baja la cabeza, esquivándome la mirada—. He tenido una charla con Martin.

—Ah, ¿sí?

—Debemos ser cautos, especialmente antes de la boda. No quiere ningún drama. Esta boda significa mucho para él y para Flo.

Entiendo su temor. La tensión entre Scott y yo echaría a perder la gran ocasión. Aun así me sorprende el repentino cambio de actitud. Hasta donde yo sé, Martin y Flo casi nos suplicaban que tuviéramos una cita. Estoy tentada de sonsacarle más información, pero tengo la impresión de que Scott no está interesado en compartir nada más, así que me limito a asentir.

—Es comprensible. Iremos más despacio.

Tras unos instantes, Scott levanta la vista con los ojos chispeantes, como si acabara de encontrar una oferta increíble de su carísima proteína en polvo.

—Eso no significa que no pueda invitarte a salir un par de veces hasta entonces.

—¿Quieres cortejarme a la manera antigua? —Mi abuela Flo estaría encantada.

Recupera su sonrisa de chulito.

—¿Por qué no? Pero habrá condiciones, como se hacía antes.

—¿Condiciones?

Las yemas de sus dedos dibujan un trazo suave a lo largo de mi pómulo, resbalan por mi mandíbula y descienden por el cuello hasta la clavícula. Sus ojos verdes son un caleidoscopio de deseo, necesidad, avidez, de todo lo que quiero.

—Nada de tocarse —me susurra al oído mientras me aparta el pelo, dejando mi cuello al descubierto.

Casi he dejado de respirar. Estoy paralizada. No siento nada por encima de la cintura, probablemente porque entre mis muslos está en tensión hasta el último nervio.

Roza mis labios con los suyos.

—Nada de besarse.

Cierro las piernas con fuerza. Voy a morir. Voy a sufrir una combustión espontánea en el sofá en este mismo instante.

Scott baja la mano por mis pechos, rodea la colina de mi estómago y recorre la parte interna de mi muslo, muy cerca del lugar donde lo quiero. Se inclina un poco más hacia mí con la respiración jadeante.

—Nada de sexo.

—¿Qué?

Con suavidad, pasa el dedo por encima del punto exacto donde ansío que ejerza presión.

—Nada de sexo, de ningún tipo. Nada de besarse. Nada de tocarse.

—Pues has suspendido. Ahora me estás tocando —acierto a decir mientras sus dedos siguen haciendo maravillas.

Cuando aumenta la presión casi pierdo el control. Mi visión se vuelve borrosa y un calor delicioso invade todo mi cuerpo. Muevo las caderas, ávida de su contacto. Una caricia más y estallaré. Literalmente. Buenas noches y adiós para siempre, mundo.

Y es entonces cuando tiene la osadía de apartar sus manos de mí. Es como si me hallara a unos centímetros de la meta y alguien me agarrara de la camiseta por detrás, alejándome de la victoria.

Una sonrisa maliciosa se adueña de sus labios cuando se recuesta en el sofá. El muy cabrón sabe exactamente lo que está haciendo.

—A partir de ahora.

La cabeza me da vueltas. Toso porque tengo la garganta seca. Parezco un gato escupiendo una bola de pelo.

—Te veo muy comprometido con la causa.

—He de serlo para que esto funcione. De lo contrario, acabaremos acostándonos mucho antes de agosto. No quiero que ninguno de los dos tenga que lamentarlo. Tenías razón… sobre lo de nuestras familias. Si las cosas no salieran bien, Flo me estrangularía mientras duermo. Debemos ir poco a poco, por nosotros y por los demás.

Estoy totalmente de acuerdo. De seguir por este camino, acabaríamos acostándonos y mis inseguridades saldrían de nuevo a la superficie engullendo todo lo demás.

Me siento frustrada, sí, como una madeja de lana embrollada que necesita desenredarse con urgencia. Pero también estoy cautivada. El hecho de que Scott esté haciendo esto demuestra lo mucho que le importa. Cuando pienso en lo increíble que es este hombre, todo mi cuerpo se relaja, como si supiera lo perfectamente sincronizados que estamos a todos los niveles. De hecho, debo hacer un esfuerzo para no pedirle matrimonio aquí y ahora.

—No tienes ni idea de lo mucho que esto significa para mí… No sé qué decir.

Scott esboza otra sonrisita, levantando la ceja.

—No digas nada. Solo tienes que demostrarme lo mucho que esto significa para ti. El 6 de agosto.

21

3.20 — PUBLICACIÓN DE INSTAGRAM: «¿TE SIENTES UN FRAUDE EN TU VIDA?» DE **CURVYFITNESSCRYSTAL**:

Y no, no me refiero a un fraude como cuando escribes a tus amigos «Uau, me parto de la risa» con cara seria. Estoy hablando de pensamientos del tipo: «He tenido suerte», «No me merezco mi éxito», «Alguien me va a calar».

Son cosas que me he dicho a mí misma en el pasado y que todavía me digo de vez en cuando. Soy humana. Todo comenzó cuando, en los tiempos en que solo llevaba ropa de entrenar fluorescente y escuchaba trap, conseguí mis primeras dos mil seguidoras. No me creía merecedora de ello, sobre todo si me comparaba con las entrenadoras de fitness que hay ahí fuera con tableta de chocolate. Tales sentimientos de ineptitud se intensificaron cuando tuve mi primera gran colaboración con Nike. La empresa me ofreció enviarme una cinta para la cabeza, literalmente. Una banda elástica rosa de dos dedos de ancho. Me hice un ovillo en el sofá y lloré, convencida de que la gente me acusaría de farsante.

De igual modo, no dejo de ver cómo mis clientas menosprecian sus progresos. Por inofensivo que parezca, en realidad estás menospreciando tu esfuerzo y poniéndote listones altísimos e inalcanzables.

Pero os traigo buenas noticias. ¿Sabíais que la mayoría de las personas (en especial las mujeres exitosas) que experimentan el síndrome del impostor es porque se sienten obligadas a triunfar? Si te sientes mal con tu éxito, mi consejo es que dejes de buscar la perfección. Nadie quiere la perfección, porque la perfección no existe.

Comentario de **Train.wreckk.girl**: Me encanta. ♡
El síndrome del impostor es superreal!

Comentario de **trainermeg_0491**: Yo pienso esas cosas constantemente. Tienes razón, la perfección es imposible. Deberíamos ser menos exigentes con nosotras mismas. ♡

Comentario de **NoScRyan**: No puedes decir que has ♡ triunfado si eres entrenadora y tienes sobrepeso.

SCOTT: Albus tiene una pregunta para ti.

Cinco segundos después me envía una foto de Albus sentado con el lomo erguido, como un ser humano, con un cartelito que reza: ¿CITA MAÑANA POR LA NOCHE?

Si un goldendoodle llamado Albus te propone una cita, tienes que aceptar.

CRYSTAL: Sí.
SCOTT: Uau. Me duele que a él le digas que sí a la primera.
CRYSTAL: Qué puedo decir? Me gustan los magos.
SCOTT: Tendría que haberlo utilizado en mi nombre hace
    semanas.
CRYSTAL: Qué me pongo?
SCOTT: Algo elegante. No te inquietes, la próxima vez te
    llevaré a un lugar al que puedas ir con mallas.

CRYSTAL: Caray, ya estás contando con que habrá una
    segunda vez? Y si te parezco aburrida? O rara?
SCOTT: Yo también soy aburrido. Y ya sé que eres rara.
CRYSTAL: Y si como con la boca abierta? O hablo en las
    escenas importantes de las pelis? O gasto demasiado?
SCOTT: Lo soportaré.
CRYSTAL: Y si soy una fetichista de las agujas?
SCOTT: Sin comentarios.

—¿ADÓNDE vamos? —pregunto cuando me siento en el coche mientras me aliso la falda de mi vestido de flores sin mangas.

Scott ha preparado una cita «ultrasecreta» que durará todo el día. Aunque me parece adorable, la curiosidad me está matando. No me molan las sorpresas. Soy de las que leen los espóileres de las películas. Y siempre sé quién va a ganar *The Bachelor* gracias a RealitySteve.

—Ya lo verás.

Esboza su sonrisa cautivadora, con una mano en el volante y la otra en la consola central. Me la pone tan cerca solo para provocarme.

Entonces intento cogérsela pero me da una palmada y me lanza un guiño embriagador, recordándome la regla de «no tocar». Pese a lo mucho que agradezco sus esfuerzos, me siento como una niña que no puede comerse el caramelo que tiene delante. Así que voy a poner a prueba sus límites.

Lucho por contener mis impulsos cuando cruzamos un barrio residencial relativamente nuevo en dirección a una zona de casas personalizadas aún por estrenar.

Tengo que contener la risa mientras las contemplo fascinada.

—¿Me has traído aquí para mirar por las ventanas?

Hace un par de semanas, cuando regresábamos de cenar con mis padres, mencioné que me gustaría ver cómo eran estas casas por dentro.

Se le escapa una risa ronca.

—Sí.

—Esta es, sin duda, la mejor cita de mi vida —declaro al ver que detiene el coche junto al bordillo.

—¿De toda tu vida?

—Creo que sí.

—Mira que eres friki —dice con una gran sonrisa.

Trato de ser la viva imagen de la serenidad mientras paseamos con nuestros hombros rozándose ligeramente. Recorremos la calle todavía sin asfaltar donde se ven algunas de las preciosas casas de estilo Craftsman ya terminadas, al menos por fuera.

—Me encantan estas casas. Ojalá pudiera verlas por dentro —suspiro.

Scott señala con el mentón una de las más grandes.

—Pues entremos.

Me detengo en medio de la calzada.

—No podemos entrar sin más.

—¿Desde cuándo estás en contra de colarte en lugares en los que no deberías estar? Los vestuarios no te suponen un problema. —Sonríe burlón—. Y apuesto a que ni siquiera están cerradas con llave.

Echo un rápido vistazo a nuestro alrededor. No se ve un alma, dado que las casas todavía no están ocupadas. Por lo general, nadie me pillaría cometiendo un allanamiento de morada, pero el carisma de líder de secta de Scott desata en mí el deseo de beberme todo su Kool-Aid y transgredir algunas normas.

Subimos los escalones del porche a la carrera. La puerta está cerrada con llave. No sé si siento alivio o decepción. Me dispongo a regresar a la calle cuando veo a Scott rodear la casa hasta la parte de atrás. Antes de que pueda gritarle que lo deje, consigue abrir la ventana del sótano. Sus labios se curvan hacia arriba, desafiantes.

—Vamos.

Poco convencida, le observo deslizar los hombros por el marco de la ventana y aterrizar elegantemente en el interior.

Pasea la mirada por el sótano inacabado y levanta la vista con los brazos abiertos.

—Venga —me ordena en un tono grave y serio.

Echo un último vistazo para comprobar que no hay testigos antes de colarme por la ventana con las piernas por delante y caer directamente en sus brazos. Saboreo la sensación de su cuerpo duro contra el mío.

—Estamos dentro.

Sonríe, orgulloso de nuestro acto delictivo. Me retiene unos segundos y me acaricia la parte baja de la espalda. La intensidad de sus ojos me paraliza. Baja la mirada hasta mis labios y me preparo para un beso sexy y una descarga de adrenalina por estar infringiendo la ley. Inclina la barbilla, aproxima sus labios a los míos y se detiene ahí un instante antes de girar sobre sus talones. Sube los escalones del sótano de dos en dos, privándome cruelmente de su contacto.

En cuanto mis pies pisan la planta baja, despegamos. Parece que volamos por la casa. Corremos de una habitación a otra mientras nuestras risas retumban en las paredes desnudas. Salvo algunas pilas de tablones y manchas de serrín esparcidas por el suelo, la casa está prácticamente terminada. Esta en particular tiene un reluciente parquet marrón grisáceo, una cocina casi toda blanca y una distribución abierta muy bonita. Arriba hay cuatro dormitorios, con una enorme bañera de patas en la suite principal.

Nos metemos en la bañera, sentados uno frente al otro. Las largas piernas de Scott ocupan todo el espacio, por lo que es imposible que no se enreden con las mías.

Me río, incapaz de encontrar una postura cómoda.

—Esto no funciona, eres demasiado alto.

Me hace señas para que me acerque.

—Ven aquí. Siéntate de espaldas a mí.

Trago saliva. Quiere que me siente entre sus piernas como si fuéramos dos adolescentes sobándose en la parte de atrás de una pickup en un autocine. Levanto las cejas ante su erótica propuesta.

—Estaríamos tocándonos.

—En este caso no cuenta. Es por razones prácticas. —Esboza su sonrisa más seductora—. No te tocaré, te lo prometo.

Lo miro con escepticismo antes de girarme más deprisa que una bailarina de break-dance. Me instalo entre sus piernas y apoyo la espalda en su torso. Con los ojos cerrados, aspiro su delicioso olor; se me ocurre que podría meterlo en una botella y esparcirlo allá donde esté. Apuesto a que incluso podría patentarlo y hacerme rica.

Se me hace un poco extraño que Scott tenga las manos sobre sus rodillas, sin tocarme. Pero si esto es todo lo cerca que podemos estar, no seré yo quien se queje.

—Algún día tendré una casa como esta.

Cierro los ojos, me agarro al borde frío de la bañera y se me escapa un gemido ligeramente pornográfico. Scott me rodea con sus muslos y enseguida recula. Sonrío, porque sé que no soy la única que está conteniéndose aquí.

—Si tuvieras una casa como esta, nunca saldrías a la calle —dice riendo.

Dejo caer la cabeza sobre su pecho firme.

—Cierto. Tampoco tú.

—¿Cómo decorarías las habitaciones?

—Siempre he querido un sillón de terciopelo verde. En el salón me decantaría por tonos dorados, verdes y tostados. La cocina es perfecta así, blanca y gris. Para el dormitorio principal me gustan tonos más oscuros, y colores divertidos en los cuartos de los niños.

—Ah, ¿sí? ¿Cuántos niños?

Aprieto los labios, pensativa.

—Dos. Niño y niña.

—Yo pienso tener por lo menos tres. Y dos perros —dice muy serio.

Casi me atraganto.

—¿Por los menos tres? Necesitarás una miniván.

Se encoge de hombros, como si no le importara.

—La de siete plazas.

Me río al imaginármelo como el típico papá de las afueras en una furgo familiar. A mi opción le pega más un todoterreno, pero la imagen no deja de divertirme. Ahora que lo he visualizado como un padre hogareño y sexy-a-matar, me será imposible verlo de otra manera.

—Y quiero una piscina. —Señala la ventana redonda situada junto a la bañera que da al amplio terreno de atrás—. Cuando nos mudamos a Boston teníamos piscina, aunque mi padre siempre se quejaba de que había que limpiarla.

—¿Quién necesita una piscina cuando se tiene una bañera como esta? —Me reacomodo en su pecho, apretándome más contra él.

Scott traga saliva sobre mi coronilla pero no se aparta. De hecho, siento que empieza a excitarse. Su respiración se vuelve entrecortada.

Sonrío, satisfecha de mí misma, y prosigo como si no hubiera notado nada.

—Los baños calientes son esenciales para mi salud y mi bienestar.

—Ah, ¿sí? ¿Por qué te gustan tanto? —pregunta con la voz ronca.

Ladeo la cabeza mientras lo medito y me doy la vuelta hasta quedar de nuevo sentada frente a él.

—Son relajantes. Con una vela, música, burbujas, aceites… y jabón. Me encanta enjabonarme… —Me reclino contra el otro extremo de la bañera y me imagino el agua caliente lamiéndome la piel, la combinación del aroma cítrico del jabón con el perfume a flores de la vela.

—Enséñame cómo lo haces —me ordena con su mirada clavada en la mía.

—Empiezo por arriba…

Con una precisión angustiosamente lenta, deslizo la mano por mi cuello y bajo por mi pecho y mi estómago. Quizá sea una crueldad, pero quiero desmontarlo. Quiero verlo perder el control.

Su cara de excitación me incita a meter los dedos por debajo del vestido y tirar de la falda hacia arriba. Mis dedos juguetean por el interior de mis muslos. Ya solo sus ojos hacen que me arda la piel.

—A veces hago esto. —Deslizo la mano por debajo del delicado encaje de mis braguitas.

Scott se inclina hacia delante cuando ve que me estoy tocando. Por la manera en que aprieta los puños y la intensidad de su mirada, que mantiene fija en mis dedos bajo el encaje, creo que está a punto de perder la batalla.

Gimo al tiempo que mis dedos giran alrededor de mi botón ardiente para aliviar la presión. Hasta ahora el revolcón en el vestuario era el momento más sexy de mi vida. Pero tener a Scott observándome así, vulnerable frente a él, se lleva oficialmente el título.

Ya solo el modo en que me mira, como si estuviera enteramente conmigo, me embriaga. No se parece a nada de lo que he experimentado hasta ahora, tanto es así que me petrifica. Quiero perderme en él y dejar de existir. Creo que nunca volveré a ser la misma, no después de esto. Por cómo mi corazón lo desea en estos momentos, sé que si me hace daño me quedaré destrozada. Mi destrucción será irreparable. Y aun así, siento que la recompensa merece el riesgo.

Me agarro al canto de la bañera con la mano que tengo libre mientras giro el dedo y la presión crece por instantes.

—Estás muy húmeda —jadea sobre mí, la prueba sedosa del efecto que causa en mi cuerpo.

Nuestros pechos se agitan, la tensión aumenta con cada segundo que pasa sin tocarme. De hecho, tiene las manos aferradas a los bordes de la bañera, los nudillos blancos, confirmando que el control que ejerce sobre mí no tiene nada de físico.

Me estremezco con solo escuchar su voz. Veo cómo los tendones de sus antebrazos se tensan y tiemblan. Gruñe al perder el dominio de sí mismo y acerca su mano a la mía. Ignoro qué se dispone a hacer, pero me subo a bordo con un pasaje tan solo de ida en primera clase.

Mirándome a los ojos, mueve mi dedo dentro y fuera de mí a un ritmo incitante.

—¿No estás rompiendo las reglas? —acierto a bromear antes de ahogar un gemido.

—En parte sí.

Soy incapaz de encontrar una palabra que describa la imagen de Scott dándome placer con mi propia mano. Hemos roto la regla de «no tocar», pero él sigue evitando besarme en los labios y solo me toca para guiar mi mano, lo que resulta exasperante. Se inclina para posar un beso lento en mi sien y nuestras respiraciones se funden cuando me introduce otro de mis dedos y su mano roza mi sexo.

—Dios —jadeo, tensándome cuando me invade la oleada de placer.

No soy consciente de nada salvo de lo que él me está haciendo.

Me sujeta la nuca con la otra mano, y mueve mis dedos cada vez más deprisa y más fuerte. Un rayo sale disparado de la parte baja de mi espalda hacia todos los rincones de mi cuerpo. Mis paredes internas palpitan y se cierran alrededor de mis dedos, más y más deprisa conforme la tensión alcanza un punto incontrolable.

—Córrete para mí. —Su voz queda y ronca en mi oído es cuanto preciso para que el nudo finalmente se libere.

Una descarga cegadora me recorre por dentro, rauda e inesperada. Temblando, me agarro a su pelo, desesperada por anclarme a él mientras la ola me golpea, una y otra vez, inmovilizándome con su embate. No quiero que esto termine. No quiero olvidar lo que se siente al tener a Scott mirándome como me mira ahora, la fijeza inquebrantable de sus ojos mientras me observa estallar delante de él.

Se le escapa un gemido ahogado y presiona sus labios contra mi frente, enredando sus dedos en mi pelo, abrazándome mientras lucho por recuperar el aliento.

—Te deseo tanto ahora mismo.

—¿Cuánto? —Le miro a los ojos surfeando todavía las olas residuales de mi subidón.

Suelta un fuerte suspiro antes de agarrarse al borde de la bañera.

—Tanto que ha llegado el momento de salir de aquí. Ya.

Con una sonrisa pícara, señalo con el mentón la cremallera supertirante de su tejano.

—En parte ya has roto las reglas. ¿Por qué no dejas que te eche una mano? Es lo justo.

Agacha la cabeza, haciendo una pausa con los dientes apretados.

—No podemos. Y estoy a dos segundos de romperlas del todo y subirte a ese mármol.

Me sonrojo.

—No me opondría.

—Vas a matarme. —Con un gemido quedo, sale de la bañera y su excitación más que prominente queda a la altura de mis ojos.

Me paralizo unos instantes, mirándola boquiabierta, deseando que Scott no tuviera un nivel de disciplina sobrehumano.

—Oye, que los ojos los tengo aquí arriba.

Sonríe, visiblemente satisfecho consigo mismo. Acto seguido se da la vuelta y sale de la suite silbando, como si nada hubiese ocurrido.

Al no seguirlo de inmediato, asoma de nuevo la cabeza.

—¿Todo bien?

Asiento varias veces, incapaz de resistirme a su sonrisa embriagadora. «Sí, genial, solo fingiendo que no he estado a punto de abalanzarme sobre ti para devorarte a cambio del mejor orgasmo de mi vida. Por favor, tráeme una camisa de fuerza porque no puedo controlarme».

♥ 22

Ha pasado una semana desde lo de «la bañera». Scott intenta hacer ver que todo va estupendamente a base de un riguroso autocontrol y creando una distancia segura entre nosotros. Dos asientos vacíos en el sofá entre ambos. Evitación de espacios pequeños. En todo momento. De hecho, casi se le cayó la botella de agua cuando sus dedos rozaron los míos al pasármela, como si mi piel fuera lava.

Por muy dispuesta que esté a cumplir con el «cortejo» a la manera antigua, no dejo de ser una *millennial*. La gratificación instantánea es tentadora no, lo siguiente, sobre todo cuando se frota contra mí al asistirme diligentemente en las sentadillas.

Pero hoy no tengo tiempo para pensar en mi frustración sexual porque he recibido el encargo de recorrerme Boston de arriba abajo para recoger los adornos que mi abuela Flo encontró tirados de precio en Facebook Marketplace (su nueva obsesión). Como si necesitara una excusa para comprar trastos.

Los centros de mesa y demás ornamentos son las únicas cosas que mi abuela no ha heredado de la que iba a ser la boda de Tara. Al parecer, la decoradora le reembolsó casi todo cuando mi hermana rompió a llorar en su despacho pocos días después de que se cancelara la boda.

Ir a buscar artículos de gente de internet siempre es una aventura. Y Scott se ha ofrecido a acompañarme, aunque ha retrasado la salida una hora y media sin darme ninguna explicación.

Cuando lo recojo, farfulla un insulso «Hola» sin mirarme a los ojos.

Apenas habla, salvo para responder con monosílabos. Es todo lo contrario del hombre despreocupado y sonriente que conozco. Ni siquiera se anima a sonreír cuando pongo a todo volumen «Thong Song» de Sisqó. Escuchar las canciones obscenas de nuestra juventud *millennial* en medio de un silencio denso y pesado es muy violento. Y no son imaginaciones mías, Scott está lo más pegado posible a la ventanilla del copiloto, deslizando el dedo por su móvil durante treinta largos minutos mientras estamos atrapados en el tráfico.

Lo miro de reojo al tiempo que cometo el tremendo crimen de bajar el volumen cuando suena Beyoncé.

—No hacía falta que vinieras si ibas a estar todo el rato con cara de palo.

Enarca la ceja una milésima de segundo.

—¿Cara de palo? Eso es nuevo.

—Lo reitero. —Aprieto el volante—. En serio, pídemelo y te llevo a casa.

Mantiene la mirada al frente.

—No, quiero estar contigo. —Su tono de voz no contribuye a darle la vuelta a mi escepticismo.

Aunque me intriga saber por qué se comporta como un emo quinceañero atormentado por su condición de mortal, no tengo tiempo de indagar porque hemos llegado a nuestro primer destino. He de recoger una caja de cirios de un hombre que lleva un jersey beis de cuello alto tan horroroso que podría considerarse un delito federal, como diría Mel. Se llama Spike. Por qué mi abuela pensó que era seguro enviarme a la dirección de un tipo llamado Spike escapa a mi entendimiento.

De camino a nuestra segunda parada, Scott y yo mantenemos una charla algo forzada sobre lo agobiante que es el tiempo húmedo, como jubilados sesentones. O como compañeros de curro que no tienen nada en común, obligados a hacer juntos un viaje de trabajo por carretera, lo cual, curiosamente, suena bastante sexy.

Intento no pensar en lo raro que está cuando llego a la dirección donde me tienen que entregar follaje artificial. Me abre la puerta una mujer de aspecto alegre que rebosa energía maternal e insiste en que entre en su casa para examinar los demás adornos en venta. No obstante, cuando empiezo a oír golpes y gritos en plan exorcista procedentes de una puerta que deduzco que conduce al sótano, salgo disparada alegando problemas digestivos. Al regresar al coche, contenta de seguir con vida para explicar mi aventura, Scott apenas levanta la vista del móvil. Si hubiera perecido en esa casa ni se habría enterado.

Por fortuna, la tercera parada transcurre sin incidentes, si obviamos los espantosos y pesados candelabros que Scott tiene que encajar en el maletero.

El último encargo es recoger farolillos y guirnaldas de luces en una finca para bodas que ha echado el cierre.

Al llegar, entiendo por qué ha quebrado el negocio. Tengo ante mí una escena de *La matanza de Texas*. El granero se halla en un estado ruinoso y, sinceramente, no me sorprendería que estuviera poseído. Fuera, descomponiéndose entre hierbajos que me llegan al ombligo, hay un montón de utensilios de labranza abandonados a su suerte, lo que da al entorno un aspecto siniestro. No quiero ni pensar cuántas criaturas salvajes estarán merodeando por los alrededores. Tampoco ayuda que la creciente oscuridad proyecte sombras inquietantes en todas direcciones.

Scott me pone la mano delante cuando nos acercamos al edificio, como si esperara algún tipo de ataque.

—¿Seguro que es aquí?

Llamamos a la puerta pero no acude nadie. Dudo que haya otro ser humano en varios kilómetros a la redonda. Aquello está al final de un camino de tierra, por llamarlo de algún modo dada la densa maleza que lo flanquea. De hecho, ni siquiera aparece en Google Maps. Me sorprende que lo hayamos encontrado con tan poca luz.

Miro a mi alrededor mientras escucho el rumor de las hojas

mecidas por el viento. Una larga cadena de farolillos pende entre un gran roble y el tejado del granero. Rezo para que no sean las luces que hemos venido a buscar.

Telefoneo a mi abuela Flo.

—¿Abuela?

—Hola, cariño, ¿cómo estás?

—Bien. Oye, Scott y yo estamos recogiendo tus adornos... —Me callo de golpe al recordar la conversación de Martin con Scott y su petición de que fuéramos despacio hasta la boda. Aunque quería preguntarle a Flo por este repentino cambio de parecer, no hemos tenido un momento a solas en toda la semana.

—¿Qué tal los candelabros? —me pregunta ilusionada. No parece molesta por la mención de Scott.

—Eh, muy bonitos —miento—. Verás, resulta que...

—¿Conseguiste el follaje por cinco dólares? No creo que valiera diez, la verdad.

—Lo dejamos en siete —miento de nuevo. Después de los ruidos exorcistas, lo último que quería era ponerme a regatear—. El caso es que hemos llegado al sitio de las bodas para recoger los farolillos y las luces pero no hay nadie.

—¿En serio? Espera un momento.

Puedo oír sus frenéticos golpeteos en el iPad. Scott se ha ido a explorar las inmediaciones del granero mientras yo aguardo, vulnerable y sola, atenta al menor movimiento entre las sombras. Estoy convencida de que algo emergerá entre los arbustos y me atacará, ya sea una persona, un animal o un espíritu cabreado con algún asunto todavía por resolver.

—La mujer acaba de contestarme. Se olvidaron de que íbamos y están fuera de la ciudad. Dice que puedes cogerlo todo gratis, para compensarte por las molestias.

Cuando Scott aparece por el otro lado del granero, suspiro aliviada. Me obligo a apartar los ojos de los bíceps que tensan la camiseta azul marino del departamento de bomberos y dirigirlos al árbol.

—Abuela, están colgados del árbol, no creo que pueda subir —digo calculando la altura a la que quedan los farolillos.

Scott sigue la dirección de mis ojos y sacude la cabeza, diciéndome con la mirada: «Ni se te ocurra intentarlo».

Mi abuela Flo suspira decepcionada.

—Me encantan esas luces. Cuestan una fortuna en las tiendas.

—¿Sabes qué? No te preocupes, ya se nos ocurrirá algo —la tranquilizo.

—Gracias, Crystal. Te quiero, cariño. Saluda a Scotty de mi parte.

—Lo haré. Adiós, abuela, te quiero. —Me vuelvo hacia Scott, que aguarda con los brazos cruzados, como embobado—. ¿Crees que habrá una escalera por aquí?

Se vuelve y examina el entorno a cámara lenta.

—Puede. Echaré un vistazo. Tú quédate aquí.

Me guardo el móvil en el bolsillo y contemplo el gigantesco árbol mientras espero. Debe de tener cinco o seis metros de altura. Demasiado alto para treparlo. Por otro lado, yo nunca he sido de las que se achantan ante un desafío.

Esta ha sido oficialmente la peor idea de mi vida. Ocupa el primer lugar de las tres cosas más estúpidas que he hecho nunca, entre ellas zamparme un pegamento de barra morado como si fuera una chocolatina cuando estaba en el jardín de infancia. Me sentía segura trepando por el árbol como Spider-Man y no me di cuenta de lo mucho que estaba subiendo. Y aun así no llego todavía a los farolillos. Por lo visto, tampoco era consciente de mi miedo a las alturas. Hasta que miré hacia abajo.

Scott empeoró las cosas cuando salió del granero con una escalera raquítica, que para mí que no podía aguantar a un niño desnutrido, y me regañó por haber trepado.

Ahora estoy agarrada a una rama con todas mis fuerzas y temblando de miedo, incapaz de respirar hondo o abrir los ojos. Llevo quince minutos intentando mentalizarme para bajar, pero estoy paralizada. La idea de mover el pie o cualquier otra parte del cuerpo me revuelve el estómago, como si estuviera a punto de precipitarme hacia mi muerte.

Jamás pensé que moriría así, cayendo de un árbol junto a un granero abandonado. Mi abuela se llevará un disgusto tremendo, por mi prematura defunción y por la ausencia de los mágicos farolillos en su boda.

Scott apoya la escalera en el árbol y comprueba su firmeza. Levanta la vista hacia mí.

—No te muevas de donde estás.

Mantengo los ojos cerrados hasta que su voz se hace más nítida, lo que indica que se está acercando. Cuando me atrevo a abrirlos, Scott se halla un metro por debajo de mí con un pie todavía en la escalera y la mano extendida.

—Cielo, escúchame bien.

—No me llames cielo —le gruño. Lo último que necesito es escuchar apodos cariñosos justo ahora, cuando estoy a punto de morir.

No parece molesto por mi tono de voz.

—Tienes que soltar la rama muy despacio y bajar el brazo para agarrarte a mi mano, ¿de acuerdo?

Habla de manera lenta y pausada. Aparta la mirada cuando nos salpican unas gotas de lluvia. No me había dado cuenta de que se acercaban nubes.

En cuestión de segundos, el encapotado cielo se resquebraja con un trueno ensordecedor y empieza a diluviar. La lluvia cae formando cortinas de agua gélida.

La mano empieza a temblarme en torno a la rama, ahora mojada y resbaladiza. Me pongo a hiperventilar mientras la lluvia rebota en mi cuerpo.

—No puedo soltarme.

—Tranquila, yo te sujetaré. Solo tienes que darme la mano. Bajaremos juntos.

—No, voy a morir aquí arriba. No pasa nada, lo acepto. Dile a mi familia que la quiero. Pon a Lizzo en mi funeral —le ordeno.

Vuelvo a cerrar los ojos cuando unos goterones se cuelan bajo mis párpados, cegándome. Ya no me cabe duda de que la naturaleza me la tiene jurada.

—De acuerdo. ¿Qué canción? Creo que «Tempo» pegaría en tu funeral. —Esboza la primera sonrisa que le he visto en todo el día.

Lo fulmino con la mirada.

—Venga, si quieres que a mi abuela le dé un infarto.

—Crys, no vas a morir.

—Sí voy a morir.

—No. ¿Confías en mí?

Buena pregunta. Por un lado sigo mosca por esa llamada a las dos de la madrugada y por su extraño comportamiento de hoy. Pero confío en él plenamente. Sé que no me dejará caer. Así que hago un pacto conmigo misma: cuando cuente tres, soltaré la rama y bajaré el brazo.

«Una».

«Dos».

«Tres».

Su mano envuelve la mía y me inunda de calor y alivio pese a la fría lluvia que nos acribilla.

Subir al árbol fue rápido, pero desciendo por la escalera dos veces más rápido. Scott me acaricia el pelo empapado y se pone a parlotear mientras bajábamos, como si no estuviese siendo rescatada de un árbol por un miembro del Cuerpo de Bomberos de Boston. Algo de que Albus Doodledore se comió sus zapatillas de halterofilia nuevas. La verdad, no le presto atención porque estoy demasiado ocupada entrando en pánico en cada peldaño de la desvencijada escalera.

No me atrevo a abrir los ojos hasta que Scott me susurra que hemos llegado al suelo. Cuando el destartalado granero aparece ante mí, me percato de que estoy abrazada a él con tanta fuerza que puedo notarle las costillas. Tiene que tirar de mi mano con firmeza para que afloje la presión. Es posible que mis uñas le hayan dejado marcas permanentes en el abdomen.

Sí, pese al pánico, he aprovechado esta pobre excusa para tocarle.

—Caray, has estado entrenando a tope tu fuerza de prensión. Casi me rompes las costillas —me dice con los dientes apretados.

—Lo siento.

—No pasa nada. —Su tono sereno me tranquiliza ligeramente—. Pero ¿por qué te subiste al árbol? ¿No podías esperar a que encontrara la escalera?

Le suelto y doy un paso atrás para contemplar, desalentada, los farolillos columpiándose bajo la lluvia. Por lo menos he hecho un esfuerzo valeroso por ahorrarle unos dólares a mi abuela.

—Me impacienté.

—No te preocupes, encontraremos otros. Vámonos de aquí.

Para cuando llegamos al coche, estamos hechos una sopa.

El asiento chapotea cuando Scott se inclina para encender la calefacción.

—Me alegro de haber pasado el día contigo aunque hayas estado a punto de romperte la crisma.

El sonido reconfortante de su voz provoca algo en mi cuerpo. Todo mi ser se tensa y se estremece, y estoy segura de que no es solo por la ropa mojada.

Descanso la frente en el volante unos segundos antes de poner los limpiaparabrisas a tope.

—Soy una idiota. Gracias por rescatarme. Tenía que haberte hecho caso.

Cuando levanto la vista, Scott encoge los hombros como diciendo: «Son cosas que pasan».

—¿Aún te quedan ganas de ver una peli superlarga? —le pregunto mientras doy marcha atrás.

Hace unos días aceptó ver *Titanic*. Al parecer, nunca la ha visto entera. Típico de los hombres, solo le suena la escena donde Jack dibuja a Rose desnuda, como si fuera «una de sus amigas francesas».

Imagino que dirá que no, pero, para mi sorpresa, asiente.

—Sí.

Aprieto el volante con fuerza, incapaz de ocultar mi inquietud.

—¿Estás seguro? Porque has estado muy raro conmigo todo el día.

Me palmea el hombro con gesto tranquilizador.

—Estoy seguro, Crys. No querría estar con nadie más hoy.

En mi edificio reina el silencio salvo por el crujido de la madera bajo nuestras pisadas húmedas y las gotitas de agua que rebotan contra el suelo del rellano frente a mi puerta.

Mi pecho jadea mientras me escurro el pelo, además del vestido y la chaqueta, los cuales se me pegan al cuerpo como una segunda piel.

Scott se limita a observarme con la frente arrugada, como si quisiera decir algo.

Me apoyo en la puerta y da un paso al frente, reduciendo el espacio entre los dos. Se me escapa una exhalación trémula cuando coloca la palma en la hoja, junto a mi cabeza. Sus ojos descienden por mi cuerpo.

—¿Quieres que ponga tu ropa a secar antes de ver la peli? —pregunto para romper el incómodo silencio.

Sube de nuevo la mirada.

—Sí, gracias.

Entramos. La sala está vacía y a oscuras, solo se ve el piloto del horno que ilumina la cocina, lo que quiere decir que Tara tiene turno de noche. Scott me sigue por el pasillo hasta el armario donde están la lavadora y la secadora.

Con cada paso se me acelera el corazón al pensar en quitarnos la ropa mojada. Me late con tanta fuerza que estoy convencida de que puede oírlo.

Me detengo bruscamente y Scott colisiona con mi espalda.

—No tengo ropa para ti mientras se seca la tuya. —Las palabras me salen temblorosas, no solo porque estoy tiritando, sino por su proximidad y la dureza de su pecho contra mí.

Tras un prolongado silencio, habla por encima de mi hombro.

—No te preocupes, iré a casa a cambiarme.

Espero que retroceda, pero no lo hace.

No soporto la idea de que se vaya. Mi cuerpo quiere impedírselo, por mucho que mi mente lógica grite «Detente».

Gracias a mi total falta de autocontrol, pego mi espalda a él. Espero que recule y me recuerde que tenemos prohibido tocarnos. Pero no lo hace. Me acepta sin vacilación, apretándome contra su pecho, como si me necesitara ahí. Un calor intenso me invade por dentro, tanto es así que dejo de tiritar.

Permanecemos unos instantes así, en mitad del pasillo, mientras entierra el rostro en mi cuello. Dibuja una senda de pequeños besos prohibidos en mi hombro antes de darme la vuelta.

Nuestras miradas se encuentran, escrutadoras, y mi cuerpo se disuelve en un charco sobre el suelo. Desliza los dedos por mi espalda y apoya su frente en la mía, exactamente como hizo en el camión de bomberos.

—Tengo que confesarte algo —dice.

Trago saliva, preparándome para lo peor.

—¿Qué?

—Si no te beso en los próximos cinco segundos me volveré loco —susurra bajito.

Pienso en las reglas que nos disponemos a romper. Todas, literalmente. Dichos pensamientos me rondan un segundo antes de desterrarlos a las profundidades de mi mente. Adiós, lógica. No se te echará de menos.

Levanto la vista buscando su ardiente mirada.

—Pues hazlo…

No he terminado de decirlo cuando su boca colisiona con la mía.

♥ 23

Sus labios se unen a los míos sin el menor titubeo.

El suspiro que Scott deja ir en mi boca parece de alivio, como si necesitara tanto como yo esta conexión tanto tiempo anhelada. Deslizo mi lengua contra la suya, me aprieto un poco más contra él. Nuestras bocas se abren y se cierran a un ritmo angustiosamente lento. Su lengua explora mi boca con paciencia, como si fuéramos a pasarnos aquí toda la noche. Y quién sabe, puede que así sea.

Su dedo baja por mi columna y sigue la curva de mi nalga. En cuanto respondo con un gemido, se enciende un interruptor. Nuestros besos se vuelven ávidos e intensos. Scott sabe al zumo de melocotón que se ha bebido en el coche. Al parecer, ahora es mi sabor favorito porque lo absorbo y lo saboreo, queriéndolo todo de él. Scott satisface mis demandas sin vacilar, llenándome y reclamándome con su boca.

Estamos en una maratón de lenguas, dientes y frotamientos en el pasillo hasta que reunimos el impulso necesario para pasar al dormitorio, arrancándonos la ropa mojada por el camino.

Cuando voy a quitarle la camiseta, se queda quieto contra mi boca, dudando. Sus ojos buscan mi rostro, debatiéndose entre lo que deseamos y lo que nos habíamos propuesto.

—¿En serio vamos a saltarnos todas las reglas?

Se lo confirmo sacándole la camiseta por la cabeza casi a arañazos para dejar al descubierto la obra de arte que es su gloriosa tableta.

—Por favor —le susurro.

Hace una pausa.

—Aunque no esperemos, sabes que me importas mucho, ¿verdad?

Lo miro fijamente, incapaz de no deleitarme en sus palabras.

—Me importas... tanto que me asusta —continúa. Me acaricia el óvalo de la cara y se detiene en mis labios—. Pienso en ti cada día, todo el día. No deseo otra cosa que estar contigo, aunque no hagamos nada.

Sus ojos tienen el color de un estanque lleno de nenúfares flotando plácidamente. No parece nada nervioso.

Sin darme apenas tiempo a murmurar un débil «Yo también pienso en ti todo el tiempo», me da un beso en los labios y me quita el vestido por la cabeza.

Cuando cae al suelo, junto a mis pies, se me corta la respiración. Aunque amo mi cuerpo, siempre me ha dado vergüenza que me vean desnuda, sobre todo los hombres. Pero delante de Scott me siento absolutamente bella.

Cada centímetro de mi piel se estremece cuando su dedo desciende por mi mandíbula, mi cuello, el monte de mis senos y las curvas de mi estómago hasta detenerse en el borde de mis braguitas de encaje.

Me siento deseada, venerada y cuidada de una manera que no he experimentado antes con nadie. En este momento sé que esto está bien, al margen de las sustitutas y las conexiones familiares.

—Eres perfecta, hasta el último centímetro —susurra con voz ronca al tiempo que sus ojos viajan por mi cuerpo paladeándolo, adorándolo en su totalidad. Por la forma en que me mira, sé que sus palabras son sinceras.

Me envuelve las mejillas con las manos y sus labios chocan con los míos. Una vez más, introduzco la lengua en su boca, ahora reconfortante y familiar, antes de que él se arrodille, sujetándome por los muslos, para rozarme el vientre con los labios.

Movido por una repentina urgencia, se apresura a quitarme las braguitas antes de incorporarse y deleitarme con el divino espectáculo de su abdomen mojado.

No me explico cómo sigo erguida, porque todo mi cuerpo es líquido puro bajo sus dedos. Tocarme delante de él en la bañera me puso a cien, pero el contacto directo de su piel es una hoguera. Cuando mis pantorrillas golpean el borde de la cama, Scott me tumba suavemente, se desprende del pantalón y el bóxer y entonces se corrobora al cien por cien la tesis de Mel sobre la BDE.

Se tumba y descansa los antebrazos a ambos lados de mi cabeza al tiempo que une su boca a la mía con desenfreno. Luego se detiene un instante cuando el latido de nuestros corazones se acelera. Sus labios viajan por mi cuello, mis senos, el monte de mi estómago. Me separa las piernas y juguetea con la lengua por el interior de mis muslos antes de introducirme los dedos en tanto que el pulgar baila y dibuja círculos fuera. Me estremezco, nuestros gemidos colisionan y me agarro a las sábanas.

La cabeza me da vueltas. En cuanto noto su lengua en mi interior, me pierdo por completo en él y en las sensaciones que provoca en mí. Arqueo la espalda mientras me retiene contra el colchón.

Mis dedos se aferran a su pelo, apresándolo contra mí, y él sigue dibujando círculos con la presión perfecta. Al sentir la vibración de su gemido gutural, primario, todo se vuelve blanco. Explosivo. Estremecedor. Una ola detrás de otra. No sabría decir mi nombre ni mi edad ni dónde estoy en estos momentos.

Cuando me siento preparada para abrir los ojos, Scott se inclina sobre mí y me besa de nuevo, más suave esta vez. Gimo cuando se aparta, pues lo quiero pegado a mi cuerpo el resto de mi vida.

Regreso a la seguridad de su mirada. Se queda quieto encima de mí y aprieta la mandíbula de un modo que me indica que está perdiendo el control. Quiero ser la mujer que lo lleve al límite, que lo desafíe. Y lo más importante, quiero mostrarle lo mucho que he deseado esto.

De pronto caigo en la cuenta de que necesitamos un condón. Me giro hacia la mesilla de noche para cogerlo. Cuando mis dedos encuentran uno, prácticamente se lo tiro a la cara. Scott se ríe, atrapándolo al vuelo antes de abrirlo. Se lo pone a una velocidad que mis ojos no han visto jamás.

Acariciando los mechones descarriados de mi pelo, me besa el lunar al tiempo que me separa de nuevo los muslos. Me sostiene la mirada.

—¿Estás segura? —me pregunta.

Solo soy capaz de asentir, obnubilada por la impresionante visión de su ser.

—No te oigo. Habla más alto —me ordena sin apartar los ojos de mí.

—Si no me penetras en los próximos cinco segundos, me volveré loca —le advierto, repitiendo sus palabras.

Con una sonrisa, coloca una de mis piernas alrededor de su cintura. Me abro un poco más para guiarle y entra en mí con una lentitud angustiosa, exactamente como besa. Avanza centímetro a centímetro y retrocede levemente, casi jugando. Cuando me aúpo hacia él, indicándole que quiero más, me llena por completo.

Se estremece al notar cómo me adapto y me cierro a su alrededor. Me acaricia la mejilla y los labios con el pulgar. Deslizo ávidamente las manos por los músculos de su espalda, clavándole las uñas a medida que se adentra en mí.

—Dios, qué placer sentirte. —Se mueve con fluidez y su aliento son olas calientes contra mi cuello.

No es solo el placer de sentirlo. Es cómo me mira, mi ser completo, de un modo que diluye todos mis miedos e inquietudes. Es cómo me capta, pues sabe exactamente lo que quiero antes de que lo verbalice. Nunca he sentido esta conexión con nadie. Una plenitud que me dice que jamás me sentiré vacía estando con este hombre.

Con cada movimiento, nuestros cuerpos se deslizan a la par,

acoplándose y fundiéndose como dos piezas del mismo puzle. En este momento no sé cómo podría vivir sin él.

Cuando el ritmo se vuelve más rápido y crece en intensidad, en ningún momento aparta los ojos de mí. En ningún momento deja de comunicarse conmigo, de decirme lo bella que soy o el placer que siente. Y cuando me dice que ya no aguanta más, mi cuerpo al completo alcanza el clímax, sobrepasando el punto de no retorno.

Me despierta el pitido que emite el grifo de la cocina cuando corre el agua caliente. Me cubro los párpados con las yemas de los dedos índice y corazón. Al estirar las piernas bajo las sábanas, noto un dolor sordo por debajo de la cintura. Siento como si hubiera hecho una rutina de piernas matadora.

Me froto los ojos y los abro ligeramente para recibir el chorro de luz que se cuela por el agujerito de la persiana que siempre me olvido de reparar.

¿Por qué me siento como una de diecinueve la mañana después de una juerga desenfrenada en la que cayeron demasiados tequilas? Anoche ni siquiera bebí.

La risa de Tara y la voz profunda y grave que la ha provocado retumban al otro lado de la puerta de mi dormitorio. Me aferro al edredón cuando me asalta el recuerdo.

Atascada en un árbol. Lluvia helada. Rompiendo todas las reglas. Sexo alucinante. Con Scott.

Las imágenes vuelven con la fuerza de una película ultra-HD. Lo revivo todo. La manera en que me miraba, como si realmente le importara. El sabor dulce de sus labios. La precisión con que me tocaba, como si lleváramos años juntos. Su voz ronca cuando me dijo que no podía esperar más. Y la naturalidad de sus gemidos fuertes, masculinos y guturales cuando se dejó ir.

Nos quedamos dormidos después de la primera vez. Una hora más tarde nos despertamos y volvimos a tener sexo para recuperar el tiempo perdido. En esta ocasión fue más lento, conmigo encima. Fuimos muy despacio para memorizar cada centímetro del cuerpo del otro, meciéndonos a un ritmo casi tántrico, reacios a poner fin a ese estado de dicha. Al acabar, me envolvió en la seguridad de sus poderosos brazos y me sentí invadida por una paz abrumadora.

Una fuerte vibración en la mesita de noche interrumpe mis tiernos recuerdos. Con un suspiro, salgo de mi posición fetal para coger el móvil. Miro la pantalla. Un mensaje de «Diana».

El corazón me da un vuelco. El maravilloso cosquilleo que revoloteaba por mi cuerpo desaparece de golpe cuando percibo algo extraño en el teléfono.

Esta no es la carcasa hortera de mi teléfono.

No es mi móvil el que está enchufado a mi cargador. Es el de Scott.

♥ **24**

Se me cierra la garganta. No sé qué hacer. Desde la pantalla de bloqueo, que muestra una foto adorable de un Albus Doodledore sonriente, no puedo ver lo que le ha escrito Diana. Estoy tentada de teclear su contraseña, que Scott ya me ha confesado que es el año de su nacimiento.

Flexiono los dedos sobre la pantalla, pero reculo. No soy capaz de fisgonear en su teléfono. Se me antoja una invasión atroz de su intimidad. Y siendo sincera, me aterra la posibilidad de desvelar una verdad que no me guste nada.

Durante unos instantes contemplo su nombre mientras parpadeo de incredulidad, hasta que pierdo mi determinación y entro en las redes sociales de Diana desde mi móvil.

Y es entonces cuando lo veo, en Twitter.

Diana Tisdale — Boston, cuánto te he echado de menos! Feliz de volver a casa. ♥

Diana ha vuelto.

A Boston.

El tuit es de hace una semana y media. Coincide con la noche que Scott recibió la misteriosa llamada.

Rastreo su Instagram en busca de algún indicio que me ayude a encajar las piezas. Diana solo ha publicado dos fotos desde su regreso, y ninguna me da pistas.

Nada de esto tiene sentido. Confío en Scott al cien por cien. Me he sincerado con él. Le he demostrado lo mucho que lo deseo. Me he acostado con él dos meses antes de lo que pretendía. ¿Y ahora esto?

Aunque me resisto a creer que han retomado el contacto y me lo está ocultando, este mensaje y el extraño comportamiento de Scott me dicen lo contrario. Mi mente baraja todas las posibilidades. ¿Vuelven a estar juntos ahora que ella ha regresado a la ciudad? ¿O simplemente charlan como amigos? No tiene mucho sentido, dado que Scott asegura que ya no lo son. ¿Qué puede haber sucedido tras la vuelta de Diana para que Scott estuviera ayer de tan mal humor?

Es como si la situación con Neil se repitiera. Semanas antes de que rompiéramos empecé a sospechar que hablaba de nuevo con Cammie porque ambos publicaron fotos del mismo café. Lo sé porque examiné las fotos en plan CSI. ¿En serio he sido engañada por segunda vez?

Tras diez minutos de angustia, preguntándome cómo voy a actuar con Scott ahora que sé lo del mensaje, finalmente reúno fuerzas para ponerme un jersey grande y unas mallas y arrastrarme hasta el cuarto de baño. Por suerte no tengo la cara llena de pegotes de rímel y maquillaje como en mis días de universidad. Aunque mis labios están rojos e hinchados y tengo un descarado chupetón violeta en el lado derecho del cuello.

Cuando entro en la cocina, Scott está delante del fuego con su ropa de ayer, como si este fuera su lugar. Como si esta fuera una mañana como cualquier otra. No me sorprende que sea de esas personas que se despiertan hechas un pincel, en todo caso con el pelo un poco alborotado como prueba de su condición de simple mortal. Me muerdo el labio al recordar lo suave que lo sentía entre mis dedos anoche.

Tara está siendo Tara. Sentada a la mesa todavía con el uniforme del turno de noche, observa cómo Scott hace unos huevos en la sartén.

Me preparo para la incómoda interacción del día después. Pero a Scott se le ilumina la cara cuando me ve.

—Está viva. —Esboza una sonrisa tranquila, como si no acabáramos de pasar horas conectados en más de un sentido.

Pienso en los ruidos, solo para adultos, que hacía anoche. ¿Podré olvidarlos? ¿Se reproducirán en mi cabeza como mi banda sonora favorita (de todos los tiempos) cada vez que lo vea?

—Hola —digo con la voz ronca. En contra de mi buen juicio, recupero el saludito con giros de mano.

—Scott te ha hecho el desayuno. Huevos revueltos sin leche.

Tara me observa con una sonrisa de extrema satisfacción. Por su cara de loca es evidente que está aguantándose las ganas de gritar «te lo dije» a pleno pulmón. No sé a qué hora ha regresado del trabajo, pero sí sé que las paredes de mi apartamento son finas como el papel.

Muerta de vergüenza, devuelvo la mirada a la sartén.

—¿En serio? Tú odias los huevos revueltos.

Scott se encoge de hombros.

—Lo sé, pero a ti te gustan.

El corazón me explota y estoy tentada de olvidar por completo el mensaje de texto.

Un silencio pesado se adueña de la cocina mientras Scott sirve los huevos en un plato. Esto debería ser perfecto. No se ha largado en mitad de la noche, en cuanto salió de mí. Y me ha preparado el desayuno. Tendría que estar sonriendo como una boba, pero solo puedo pensar en el mensaje de Diana.

Tara carraspea.

—Esto, me voy a mi cuarto —anuncia antes de marcharse para dejarnos solos.

No sé si estoy agradecida u horrorizada.

Scott me tiende el plato y un tenedor. Contemplo sus manos y, seguidamente, sus labios, recordando sus excepcionales habilidades. De hecho, tendría que ponerles una placa conmemorativa por su servicio, innovación, liderazgo e iniciativa.

Medio atontada, acepto el plato y, de pie junto a él, pincho un trozo de huevo con el tenedor. Igual que anoche, su cuerpo irradia calor y yo me siento atraída como las abejas al panal.

Se apoya en la encimera.

—¿Estás bien?

Pestañeo varias veces para apartar la imagen de nuestros cuerpos enredados, satisfaciendo las necesidades del otro sin juicio ni control. Necesito hablar con él. Ahora. Pero me echo atrás.

Mi semblante se endurece cuanto más me mira, pues ya sé por qué me colgó la otra noche. Y por qué ayer estaba de mal humor, pegado al móvil. Necesito preguntarle sobre ello, pero decido sacar los elefantes de uno en uno.

Ladeo la cabeza, tragándome el nudo que tengo en la garganta.

—Nos hemos acostado dos meses antes de lo acordado.

Su expresión no cambia, sino que permanece impasible.

—¿De qué hablas?

Lo miro hasta que sus labios esbozan una sonrisa taimada. Le abofeteo el brazo.

—Eres un capullo.

Suelta una risita.

—Lo siento, es una broma sin gracia. —Hace una pausa—. La verdad es que me siento como un imbécil. No tendría que haber dejado que la cosa llegara tan lejos.

No puedo adivinar qué piensa, y menos ahora que sé que vuelve a estar en contacto con su ex. Y eso me está volviendo loca. Tanto es así que empiezo a sentirme insegura.

—Lo de anoche estuvo bien, ¿no?

No responde enseguida. De hecho, su sonrisa desaparece tras una expresión neutra que soy incapaz de interpretar.

A la mierda mi vida. A mí me encantó. A él parece que no. Casi me desgarro los isquiotibiales para nada. Ahora mismo solo quiero hacerme un ovillo y desaparecer.

Finalmente recupera la sonrisa.

—¿Bien? ¿Dirías que solo estuvo bien?

—No, estuvo muy bien. ¿También para ti? —Me tapo la cara con las manos y miro por las ranuras de los dedos.

Echa la cabeza hacia atrás.

—¿Bromeas? La noche de ayer está grabada en mi memoria. Esculpida en una tabla de piedra sagrada.

Me llevo la mano al estómago y resoplo. No es nada sexy, pero el alivio que siento no tiene palabras. Anoche no volé sola hasta tocar el cielo, después de todo.

Me coge el plato y lo deja en la encimera antes de abrazarme y arrimarme a la calidez de su pecho. Acurruco la cabeza y trato de capturar el momento. Quiero recordar cómo me siento en sus brazos. Aspiro su olor almizclado, el cual, incluso después de una noche de intenso cardio, sigue siendo de lo más seductor. Me zambullo en la seguridad de esos brazos musculosos que me envuelven con la presión justa. No lo bastante fuerte para triturarme los huesos y lo bastante suave para poder soltarme.

Nos quedamos un rato así, meciéndonos en la cocina, hasta que al final vuelvo en mí. Por mucho que quiera, soy incapaz de obviar que vi el mensaje. Esto no puede durar. No es real. Tengo que aclararlo.

Me deshago de su abrazo. Sin el calor de su cuerpo tengo frío. Instintivamente me rodeo el torso con los brazos, aunque es un pobre sustituto.

—Scott...

—¿Sí?

—Sé lo de Diana.

Tensa la mandíbula y frunce el ceño.

—¿De qué hablas?

—Sé que ha regresado. Sé que vuelves a hablar con ella.

Se pasa una mano por la mata de pelo.

—No estoy hablando con ella, Crys.

—Entonces ¿por qué te escribe? No era mi intención verlo... pensaba que era mi móvil.

Suspira.

—Me escribió el otro día para decirme que estaba en la ciudad y que quería recuperar un collar que se dejó en mi casa. Nada más. Tenía que recogerlo anoche... pero, obviamente, no me encontraba en casa. No te lo he mencionado porque, si te soy sincero, no volví a pensar en ello.

Parpadeo despacio, registrando sus palabras.

—Entonces ¿no hay nada entre vosotros ahora que ella ha vuelto?

—¿En serio crees que te engañaría con Diana? ¿Después de todo lo nuestro?

—¿Qué quieres que piense? Técnicamente no estamos juntos. Puedes hacer lo que quieras y no me estarías engañando.

Da un paso atrás.

—Te dije que no saldría con nadie más.

—¿Cómo puedo creerte? Estás muy raro conmigo. No consigo entenderlo. Si solo te escribió para lo del collar, ¿por qué estabas ayer tan malhumorado?

Toma mis mejillas entre sus grandes manos.

—No tiene nada que ver con Diana, en serio. —Se le hunden los hombros, lo que me indica que está llegando al límite de su aguante.

—Entonces ¿con qué?

Se pone tenso y deja caer los brazos.

—No puedo contártelo.

Se me escapa una risita histérica, fruto de la frustración.

—Mira tú qué lástima.

¿Cómo demonios espera que confíe en él cuando se niega a contarme ese oscuro y misterioso secreto?

Agacha la cabeza.

—Sé que suena absurdo.

—Entonces háblame, por favor. ¿Es algo malo?

Scott inspira y suelta el aire despacio, como si estuviera eligiendo las palabras.

—Me vas a odiar.

Se me encoge el estómago al ver que se le humedecen los ojos. Decididamente es algo malo. Y por más que pienso, no se me ocurre qué puede ser.

—Habla, Scott.

—Puede que mi abuelo esté enfermo.

Parpadeo.

—¿Enfermo? ¿Qué quieres decir con «enfermo»?

—Hace semanas que no se encuentra bien. Aquella llamada era de él. Necesitaba que lo llevara a urgencias.

Me llevo la mano al pecho y exhalo con fuerza. Me siento mareada. Menos mal que Scott me ha dado de comer, de lo contrario me habría desmayado.

—Le hicieron unas pruebas y encontraron un tumor. Tiene que volver para que le digan si es maligno. Mi madre y yo le llevaremos esta tarde.

«Cáncer». La palabra surge en mi cabeza y rebota aquí y allá burlándose de mí como una pelota de ping-pong fuera de control. La enfermedad que mató a mi abuelo. Y ahora podría sucederle lo mismo a Martin. Se me parte el corazón, por Scott y por su familia, la cual, en cierto modo, ahora también es la mía. Cuando los imagino teniendo que soportar el dolor de perder a Martin, como nosotros perdimos a mi abuelo, me entran ganas de gritar.

Caigo en la cuenta de algo.

—Por eso insististe de pronto en que fuéramos poco a poco, ¿verdad?

Asiente.

—No podía avanzar contigo si te ocultaba esto. Por eso Martin me pidió que echara el freno hasta que tuviéramos el diagnóstico definitivo.

—Pero ¿por qué tenías que ocultármelo? ¿Lo sabe Flo? —pregunto.

Niega con la cabeza.

—No. Martin no quiere que se preocupe antes de tiempo. Y me pidió que no te lo contara. Mi abuelo me hizo jurar que no lo haría.

La garganta me hierve de rabia. Mi familia jamás se guardaría un secreto semejante. Lo afrontaríamos juntos, como hicimos con mi abuelo cuando nos dieron el diagnóstico.

—¿No me creías capaz de guardar el secreto? —En realidad sé que no habría podido esconderle algo así a mi familia. Pero, aun así, estoy furiosa.

Scott baja el mentón, contrito.

—No podía pedirte que le ocultaras esto a Flo. Sabía que no lo soportarías.

Pienso en la cara de mi abuela Flo cuando se entere. Estiro el brazo para impedir que Scott se me acerque. Ahora mismo no puedo mirarlo siquiera.

—Vete, Scott, por favor.

Se le contrae el rostro.

—Estaba deseando contártelo. Le dije a mi abuelo que esto no estaba bien y que tenía que contárselo a Flo hoy mismo, antes de ir al especialista…

Levanto la mano para indicarle que calle.

—Por favor, necesito estar sola.

Aunque deseo abrazarle y aliviar su angustia, solo puedo pensar en mi abuela Flo y en lo destrozada que le dejará la noticia. Tengo que estar a su lado.

Scott asiente y clava en mí una última mirada de pesar antes de abrir la puerta.

—Lo siento muchísimo, Crys.

25

Estamos llegando —le digo a mi abuela por teléfono.

En cuanto Scott se marchó, Tara bajó corriendo entre sollozos porque había escuchado la última parte de nuestra conversación. Consideramos la posibilidad de ir a casa de nuestra abuela Flo enseguida, pero la descartamos por temor a que Martin no se lo hubiera contado aún. Por fortuna, la abuela nos llamó poco después para decirnos que se marchaba al hospital para esperar los resultados.

Aunque Tara y yo estamos enfadadas porque nos han mantenido en la ignorancia, nuestros sentimientos poco importan dadas las circunstancias. Por muy mal que Martin haya manejado la situación, ese hombrecillo insoportable y chillón se ha ganado nuestro cariño.

Scott y él se parecen tanto en algunas cosas que casi da miedo. En las reuniones familiares esperan a que los demás se hayan servido antes de servirse ellos. Ambos son atentos y se acuerdan de detalles aparentemente nimios de la vida de todo el mundo. Harán todo lo que puedan por proteger a su familia, aunque eso signifique guardar secretos. La mera idea de perder a Martin, por extraña y novedosa que sea su presencia para mi familia, es algo que no puedo contemplar más de una fracción de segundo sin que me invada el pánico.

Conducir hasta el hospital, encontrar aparcamiento y localizar la planta nos lleva un tiempo. No obstante, sé que hemos llegado al lugar correcto cuando prácticamente nos chocamos con mi abuela Flo y mi madre al entrar en la zona de espera.

Mi abuela muestra unas enormes bolsas moradas debajo de sus ojos llorosos. Está encorvada, pálida y exhausta. Me vienen a la memoria los largos y difíciles meses en que mi abuelo se sometió a quimioterapia. Ella apenas comía ni dormía. Estoy segura de que aquella terrible experiencia le echó varios años encima. Es tremendamente cruel que tenga que pasar de nuevo por eso.

—Patricia y Scotty están ahora con Martin en la consulta del médico —explica mi abuela mientras Tara la abraza con tristeza.

—¿Cómo estás? —le pregunto al tiempo que un grupo de enfermeras cruza a toda prisa el largo pasillo blanco.

—Bien.

Tiene la mirada vidriosa cuando nos indica que nos sentemos en las incómodas sillas de la sala de espera. Como en la mayoría de los hospitales, allí huele a humanidad y desinfectante. La planta es relativamente silenciosa, salvo por algún que otro pitido lejano, charlas quedas y la niñita que ríe en el regazo de su madre dos sillas más allá.

—¿Cuándo te lo dijo? —le pregunta Tara en cuanto tomamos asiento.

—Esta mañana vino temprano a mi casa y me lo contó mientras tomábamos café —explica en un tono neutro que me impide determinar lo que siente.

Le dirijo una mirada empática.

—¿Estás enfadada porque no te lo haya contado hasta hoy?

—Sí. Tenemos planeado casarnos el mes que viene e irnos a vivir juntos. —Mi abuela aprieta los labios mientras juguetea con su pulsera de oro con dijes—. Pero luego pienso, ¿de qué me sirve? A mi edad no tengo tiempo para enfadarme por esas cosas. Martin lo hizo con buena intención, aunque se equivocara.

Medito sus palabras y caigo en la cuenta de algo: Scott tuvo que cargar con ese peso durante casi dos semanas. Con razón estaba decaído y distante. No es culpa suya que Martin le pidiera que mintiera en su nombre, por desacertado que fuera. Se hallaba en una posición muy difícil, obligado a elegir entre su familia y su nueva relación. Si yo me hubiera encontrado en esa situación con respecto a mi abuela Flo, habría elegido lo mismo: mi familia.

Cruzo y descruzo las piernas un millón de veces conforme pasan los minutos y de vez en cuando miro las noticias locales de la tele. Apenas me entero de nada porque ahora lo importante no es eso.

Mamá y mi abuela se levantan continuamente; tratan de mantenerse ocupadas paseando arriba y abajo. Tara está leyendo en su Kindle. Me pregunto si se entera de algo. A juzgar por los botes de su rodilla, diría que está tan nerviosa como yo.

Al cabo de una hora, el cansancio tras la noche con Scott y la movida emocional de esta mañana empiezan a hacer mella en mí. Pese a la incomodidad de los asientos, doblo las piernas sobre el brazo de la silla y consigo cerrar los ojos.

—Ni que estuvierais en un funeral. —La voz atronadora de Martin me arranca de mi sueño.

Me froto los ojos y planto los pies de nuevo en el suelo cuando su figura irrumpe en la zona de espera. Sonríe como si hubiese venido para una revisión rutinaria. Por su actitud cabe pensar que trae buenas noticias, pero sospecho que Martin es la clase de persona que sonreiría fuera cual fuera la situación. Para retrasar el dolor de los demás en la medida de lo posible.

Mi abuela Flo casi derriba la mesita del café al correr a sus brazos.

—¿Es cáncer?

Martin la abraza con todo su cuerpo antes de besarle dulcemente la frente. Luego menea la cabeza dirigiendo una sonrisa triunfal a mamá, a Tara y a mí.

—Es benigno. El tumor no es cancerígeno.

De pronto, la sala parece otra. Ya no es blanca, triste y descorazonadora. Es alegre, soleada y luminosa. Si hace unos instantes el ambiente era sofocante y deprimente, ahora se ha llenado de vida gracias al alivio común. Nos han hecho un regalo que no tiene precio: poder pasar más tiempo con alguien a quien queremos.

Menos mal que Martin la tiene bien sujeta, de lo contrario mi abuela se habría caído al suelo. Tiene el rostro bañado de una mezcla de lo que parecen lágrimas de felicidad y del recuerdo doloroso de perder a mi abuelo.

La tensión en mi estómago se diluye cuando me levanto para abrazar a Martin. No sé si alguna vez me he sentido tan agradecida por algo.

—Lo siento, Crystal —dice.

—¿Qué sientes?

Martin se separa y me aprieta los hombros con expresión pesarosa.

—Yo soy el responsable... de lo que ha pasado con Scotty. No le culpes a él, por favor. Le pedí que mintiera y ahora veo que fue muy injusto.

—Gracias —digo con un suspiro hondo, justo cuando Patricia y Scott asoman por una esquina.

Scott lleva la misma ropa que esta mañana, que es, estrictamente hablando, la misma que ayer. Parece que se haya peinado en cinco direcciones distintas y tiene los ojos rojos.

Se detiene a un metro de mí, como si no supiera qué hacer.

—Has venido.

Aguardo un par de latidos antes de arrojarme sobre él como una ardilla voladora, desesperada por volver a estar entre sus brazos. Igual que hiciera Martin con Flo, Scott me abraza, más fuerte que nunca, y siento que todo su cuerpo se relaja.

Después de esta dura experiencia, después de que a mi familia le haya sido concedida una segunda oportunidad, no quiero separarme nunca más de él. Me da igual que hayamos discutido. Me da igual que haya herido mis sentimientos. Y me da igual que estemos en la sala de espera de un hospital rodeados de espectadores.

—Por supuesto. Siento haberme enfadado contigo —le susurro en el cuello.

Apoyando su frente en la mía, me acaricia las mejillas con los pulgares.

—No debí ocultártelo. Me sentía fatal.

—Tranquilo, Scott, lo sé.

—Te juro que nunca volveré a ocultarte algo así. Me importas tanto… que no sé qué haría sin ti. No puedo perderte. —Aprieta mi mano contra su pecho. El ritmo regular de su corazón vibra contra mi palma. Este es el momento más tierno y auténtico de mi vida.

Prácticamente me disuelvo en él, porque sus palabras me llegan a lo más hondo.

—No me perderás, nunca —susurro deslizando el dedo por su barba incipiente.

Vuelve a unir su frente a la mía, mira mis labios, y cierra sus brazos alrededor de mi espalda. Cuando subo las manos por sus hombros, su cuello, su pelo, deja escapar un largo suspiro.

Hay pasión en su mirada, y no solo de deseo. También de un cariño inmenso. La intensidad del momento me roba el aliento y me vuelvo arcilla en sus manos. Quiero capturar esa mirada y guardarla para siempre.

Asiento imperceptiblemente y noto la oleada de alivio que lo invade antes de acercar su boca y unir sus labios suaves a los míos.

De repente todo calla. Los pitidos de las máquinas del hospital, las voces apremiantes, y todas las reglas quebrantadas y las preocupaciones del pasado desaparecen con el ruido de fondo. Solo escucho el torrente de sangre en mis oídos mientras nos fundimos el uno en el otro, uniendo nuestras lenguas con una mezcla de suavidad e impetuosidad. No lo siento como un tornado que desata el caos y me desgarra el corazón. Scott me ancla en un estado de calma. Y eso lo cambia todo.

Me aparto un momento para contemplar sus preciosos ojos.

—¿Que le den al 6 de agosto?

Esboza una sonrisa traviesa.

—Que le den al 6 de agosto —responde antes de volver a capturar mi boca.

26

2.31 — PUBLICACIÓN DE INSTAGRAM: «CAMPAÑA
DE POSITIVISMO DE TALLA — LIDIAR CON LOS HATERS» DE
CURVYFITNESSCRYSTAL:

¡Hola, chicas! ¡¡¡La respuesta al Positivismo de Talla ha sido
brutal!!! Estoy MUY contenta de que esta campaña haya
calado en muchas de vosotras y que estéis encontrándole el
gusto a dejar a un lado la báscula y a sintonizar cada vez
más con vuestro cuerpo. REINAS.

Por desgracia, siempre habrá gente imbécil. Como seguro
que habréis observado, no faltan los gilipollas en los
comentarios. He aquí un par de consejos para lidiar con
los haters:

1) Ignorarlos — Es más fácil decirlo que hacerlo. Yo
respondo cuando creo que es necesario poner a alguien en
su sitio. No obstante, recordad que solo buscan atención. Es
mejor no darles esa satisfacción.

2) No tienen relevancia en vuestra vida — Si os rodeáis de
gente estupenda y de un buen sistema de apoyo, el
comentario de un idiota carecerá de importancia.

3) Los desgraciados son ellos — La oscuridad se siente
atraída por la luz. La gente amargada y tóxica no soporta

que los demás sean felices y triunfen. No dejéis que os
desmoralicen.

Comentario de **MarleyYogaInstructor**: Cuánta razón   ♡
tienes. La oscuridad se siente atraída por la luz igual
que las polillas. Hay gente dispuesta a hacer lo que sea
para arrastrar a otros a su infelicidad. Tienen envidia.

Comentario de **Stannerjr**: jajaja eres patética.   ♡

No existe una palabra que describa las últimas semanas con Scott.
Fantásticas, alucinantes, maravillosas, impresionantes, extraor-
dinarias. Ninguna condensa de manera adecuada el caleidoscopio de sentimientos que se adueñan de todo mi ser cuando estoy
con él.

La sensación se parece al éxtasis postentrenamiento, con la
diferencia de que no se diluye en cuanto te quitas las zapatillas y
retomas tu vida de ermitaña aplatanada. La magia permanece
como un líquido bullendo a fuego lento.

Es la víspera de la boda de Martin y mi abuela Flo, el supuesto día hasta el que debíamos esperar para avanzar en lo nuestro.
Y cuánto me alegro de que no lo hiciéramos. Desde que supi-
mos que Martin no tenía cáncer, Scott se queda a dormir en mi
casa los días que no tiene turno de noche. Albus parece feliz en
su papel de aguantavelas. Le encanta correr a toda pastilla por la
moqueta de mi apartamento. Por lo visto, en el parquet del piso
de Scott no puede correr sin resbalarse.

Scott, además, me trae cajas de clementinas con la condición de que se las pele. Ha creado una *playlist* de Lizzo en
Spotify para cuando viajo en su coche. La mayoría de las mañanas me trae un café de la pequeña cafetería de al lado de mi
casa a cambio de que le prepare fiambreras de comida saludable.

Pero aunque adore a ese ser bondadoso y genéticamente

bien dotado que es Scott, sigo siendo tremendamente mezquina y competitiva. Y él también.

Estamos haciendo un circuito de calentamiento de cardio que consiste en un minuto y medio de agotadores levantamientos de rodillas. Como el egocéntrico macho alfa que es, Scott no se molesta en disimular que intenta superarme. Típico de él. Sobrepasando con creces el punto de un calentamiento relajado, nos sostenemos la mirada, desafiantes.

Para mi desgracia, la gravedad no está de mi lado pese a mi sujetador deportivo de alto impacto. A menos que quiera que las tetas me abofeteen la barbilla, no puedo seguir a esta velocidad.

—Esto es muy injusto, tengo las tetas descontroladas. Si sigo así, me joderé la espalda —resoplo a la vez que detengo.

Scott se apoya en la máquina de poleas que tiene al lado y pone cara de inocente.

—Cielo, esto no es una competición.

Entorno los párpados.

—Sí lo es. Tú siempre haces que lo sea.

—La única que se pica aquí eres tú. Yo voy a un ritmo tranquilo, disfrutando de las vistas.

—¿Qué vistas?

Se encoge de hombros y baja sus ojos verdes hasta mi pecho.

Lo miro con la boca abierta. Será cabrón.

Sonríe como los villanos de Disney.

—Cuanto más acelero, más aceleras tú y más arriba botan...

Me acerco y le doy un puñetazo suave en el pecho, aturullada.

—Eres malvado.

Me agarra por la muñeca y me atrae hacia sí. El calor de nuestros cuerpos se fusiona. Me planta un beso casto en la nariz al tiempo que se aprieta contra mí, provocando un estremecimiento en mi vientre.

—Preferiría que me llamaras genio.

Acerco mis labios a los suyos y dejo que mi lengua los explore a un ritmo lánguido muy poco apropiado para un gimnasio público. Suspira con fuerza cuando me separo de golpe, solo para torturarle.

—He de grabar mi entrenamiento. Si me disculpas. —Le lanzo un guiño malicioso por encima del hombro antes de alejarme.

Cuando empiezo con mi tutorial de brazos con mancuernas, Scott guarda las distancias, consciente de que no debe interrumpirme mientras grabo si no quiere ser objeto de mi poderosa ira. En lugar de eso, me envía un mensaje.

> SCOTT: ¿Crees en el amor en la primera serie? ¿O debería hacer otras diez repeticiones?
> CRYSTAL: UAU 🐰
> SCOTT: Nueva regla: no puedes volver a llevar esas mallas delante de mí.

Me está observando desde la otra punta del gimnasio mientras hace dominadas en la barra sin el menor esfuerzo. Seguidamente exhibe su fuerza haciendo abdominales que implican girar las piernas en el aire a un lado y otro con absoluto control.

> CRYSTAL: Ni lo sueñes. No después de engañarme para que montara el numerito.
> SCOTT: Lo siento. No me arrepiento.
> CRYSTAL: Y te he pedido amablemente que no hagas musculitos delante de mí, pero ni caso, así que las mallas se quedan.
> SCOTT: Provocadora.
> CRYSTAL: ☺

Una vez satisfecha con todos los segmentos del vídeo, veo que tengo otro mensaje de Scott de hace unos minutos.

> SCOTT: Necesito tu ayuda en el vestuario.

Paseo la mirada por el gimnasio. Solo hay una mujer en la elíptica mirando algo en su iPad y una pareja joven turnándose en la máquina de sentadillas de la ventana.

Al diablo con los vestuarios separados de Excalibur Fitness.

Conteniendo la respiración, me cuelo en el vestuario de hombres y sonrío por dentro al recordar la última vez que estuve aquí, en circunstancias muy diferentes.

Rodeo las taquillas y diviso a Scott sentado en el banco, con las piernas abiertas. Se ha quitado la camiseta y sus marcados abdominales relucen con una pátina de sudor fresco. Es un serio riesgo para la seguridad pública. Con razón el código de vestimenta del gimnasio exige el uso de camiseta.

Tras dirigirme una mirada imperiosa, se levanta de un salto y me arrastra hasta el fondo del vestuario, cerca de las duchas. Estoy a punto de preguntarle a qué viene eso pero me tapa la boca. Señala hacia la derecha, hay alguien en uno de los cubículos.

Cuando la puerta del cubículo se abre, Scott me mete en la ducha y corre la cortina. Nos quedamos muy quietos, sin respirar apenas, escuchando la voz ronca del hombre. Parece que está al teléfono.

—Lo que haga falta, Janice, no importa el precio. No olvides que por tu cumpleaños te compré un Beamer —gruñe.

Nos desternillamos en silencio. La conversación del hombre se desvanece cuando se traslada a las taquillas de delante.

—¿Qué estás haciendo? —susurro.

Scott responde cerrando sus labios sobre los míos, robándome vorazmente el aire. Se aparta y me tira de la coleta, juguetón.

—Lo que quería hacer el día que entraste aquí y te me echaste encima —dice bajito antes de que sus labios lancen su aliento caliente en mi cuello.

La posibilidad de que nos pillen es megaexcitante. Me derrito al momento y el cuerpo me vibra de expectación, anhelando lo que Scott tiene para ofrecer.

Sus besos son impacientes mientras nuestras lenguas colisionan. Me muerde el labio inferior y lo retiene unos segundos hasta que gimo en el sabor salobre de su boca. Normalmente sus besos empiezan despacio. De hecho, Scott suele empezarlo todo despacio. La tortura de su ascenso gradual es su especialidad. Pero esto es diferente. Es necesidad pura.

Introduce los dedos por debajo de mi camiseta y prácticamente me la arranca por la cabeza. Deprisa y corriendo, nos quitamos el resto de la ropa y las zapatillas. En cuanto nos quedamos desnudos, abre el grifo de la ducha para amortiguar los ruiditos que no podemos reprimir.

Sus dedos recorren mi cuerpo embadurnándome de jabón, hundiéndose entre mis piernas, masajeándome con un movimiento circular enloquecedor. En el instante en que empiezan a girar exactamente donde ansío su presencia, echo la cabeza hacia atrás contra la fría baldosa. Cuando pronuncia en silencio «Eres preciosa», mi placer se triplica porque sé que lo dice en serio.

Le agarro el rostro con las manos y aprieto mis labios contra los suyos, mostrándole lo mucho que me importa de la única manera que puedo. Ahora mismo soy incapaz de hablar, todo sale en pequeños gemidos indescifrables.

Con el vapor expandiéndose a nuestro alrededor, Scott posa un dedo en mis labios para indicarme que no haga ruido. Asiento, pero mi promesa se rompe en el momento en que su mano aumenta la presión contra mi centro.

—Joder —susurra en mi oído mientras sus dedos entran y salen de mí con una lentitud torturadora.

Como respuesta, mis manos danzan sobre los duros músculos de su espalda y su estómago y descienden hasta su erección. Me deleito contemplando todo su ser, sus ojos ardiendo de deseo, sus abdominales tensos y temblando de desesperación.

Cuando no puede aguantar más mi mano, lleva los labios a mi cuello y, cubriéndome el cuerpo de besos, baja hasta que su rostro está donde quiero que esté. Me pasa la lengua y dibuja círculos perfectos antes de levantarme la pierna para poder llegar más profundo.

Me agarro a su pelo y me esfuerzo para ahogar los gemidos, para no gritar su nombre. Sucede muy rápido. Lo siento llegar, siento cómo me invade y todo a mi alrededor desaparece hasta que solo lo veo a él.

Cuando termino, Scott se incorpora y me besa antes de apretarse contra mí.

—Esta vez tienes que estar calladita. ¿Lo prometes? —susurra deslizando el pulgar por mis labios.

Asiento obediente, hasta que entra en mí con una fuerza tan inesperada que me es imposible no gritar. Con un gemido gutural, me sujeta las muñecas contra las baldosas por encima de mi cabeza. Me coloca la pierna alrededor de su cintura para embestirme más hondo, enterrándose dentro de mí.

La fuerza y la pasión nos unen, una y otra vez, hasta el punto en que ni siquiera puedo recordar cómo es estar sin él. Scott es mucho mejor que cualquier deseo, sueño o fantasía que pudiera crear mi mente. Y es real.

Me susurra lo bella que soy. Lo mucho que me desea cada minuto del día. Está aquí conmigo, confirmando todas las razones por las que me ha robado el corazón.

El agua rebota en las baldosas mientras avanzamos juntos hacia el clímax.

Totalmente saciada y sin necesitar ya un entrenamiento de piernas mañana a primera hora, me tumbo en la cama y paso las fotos que Mel nos hizo a Scott y a mí en nuestra excursión a la playa la semana pasada. Mel lleva semanas preguntándome cuándo pienso mostrar a mis seguidoras imágenes de mi relación con Scott. Desde una perspectiva de negocio, opina que llenar mi grid de entrenos en pareja ampliaría mi audiencia. No va mal encaminada. Por alguna razón, a la gente le encantan las fotos de parejas perfectas con jerséis de trenzas a juego posando en huertos de calabazas, talando abetos de Navidad impecables o mirándose a los ojos delante de la chimenea.

Negocios aparte, yo siempre he sido un libro abierto con mis seguidoras en el aspecto personal. A muchas las considero mis amigas. Mantenerlas al margen de mi relación se me hace extraño, como si no estuviera siendo sincera con ellas sobre una parte fundamental de mi vida.

Básicamente me he mostrado reacia a desvelar la existencia de Scott porque a él no le interesa lo más mínimo darse a conocer en Instagram. Pese a que apoya mi empresa y me ayuda con el contenido, raras veces utiliza su propia cuenta.

Aunque Scott y yo no somos la pareja perfecta con pijamas a juego, las fotos de la playa me parecen adorables. En una nos estamos desternillando porque él acaba de tirarme del bañador para evitar que se me meta en la raja (los problemas de los bañadores de una pieza).

Mientras contemplo las fotos me invade una inmensa felicidad. Puede que Mel tenga razón. ¿Por qué no compartir mi dicha con la gente que lleva años siguiendo mi trayectoria? Además, Scott es un pibón, un pedazo de hombre, y me quedo corta. El mundo se merece ese regalo para la vista.

Observo una vez más mi foto favorita. En ella Scott me rodea la cintura con firmeza y su marcada tableta aparece ensombrecida en los ángulos justos. Ambos nos miramos y nos sonreímos, ajenos al mundo.

Antes de dormirme, finalmente presento a Scott a mis seguidoras.

♥ 27

Son las diez de la mañana. Scott y yo nos hemos quedado dormidos, y la peluquera y la maquilladora estaban citadas en el hotel a las nueve.

Medio aturdida, enciendo el móvil mientras me pongo el arrugado vestido sin mangas que descansa en el suelo. Tengo una avalancha de notificaciones sobre la publicación de anoche.

Y por lo que veo no paran de entrar, pero no tengo tiempo de leerlas. De hecho, el móvil se quedará en casa porque mi abuela Flo dejó bien claro que el día de su boda teníamos que estar todos «desconectados».

Me paso la caótica carrera hasta el hotel sudando bajo la faja Spanx y pensando que seguramente Tara ya tiene planeado cocinar mis órganos y venderlos en el mercado negro por llegar una hora tarde.

Pero en lugar de echarme a la caballería encima, soy la menor de sus preocupaciones. Ni siquiera se ha dado cuenta de que acabo de llegar, porque lo primero que suelta por su boca es:

—¿Has visto los anillos?

Al parecer, Tara tiene razones para estar estresada. Para empezar, la fotógrafa llegó al hotel pidiendo agua y analgésicos. Reconoció a regañadientes que tenía una resaca mortal. A continuación se descubrió que el pastelero se había hecho un lío con el pedido de las magdalenas y había cometido el error de cubrirlas con crema de mantequilla en lugar de crema de queso. La florista está desaparecida, igual que papá, que fue visto por última vez hace dos horas socializando con gente de la familia junto a la piscina. Y Hilary se ha meado en el vestido de mamá como venganza por haber sido ignorada siete minutos enteros.

Todo un panorama. Yo me hallo en modo crisis a pesar de que ya me han peinado y maquillado. Colocada y medio ciega por los gases de la laca, corro descalza por todo el hotel tachando cosas de la lista de Tara. Tengo las plantas de los pies negras como el carbón y no son más que las doce.

—Crystal, las velas flotantes van en los candelabros bajos, no en los altos —me chilla Tara frente a la mesa principal como si fuéramos concursantes de un *reality show* compitiendo por cien mil pavos.

—Ostras, lo siento.

Le lanzo una mirada a Scott, que en ese momento grita «Socorro» porque le ha sido asignada la tarea de comprobar cuatro veces las tarjetas con los nombres.

—¿Cómo queda todo? Un poco soso, ¿no?

Con la tablilla en la mano y las aletas hinchadas, Tara pasea una mirada insegura por el salón iluminado con velas. Apenas se fija en la moqueta de flores recién colocada porque al parecer desencadena su reflejo nauseoso. Está especialmente picajosa conmigo porque me he dejado en casa la sagrada carpeta de instrucciones, la cual contiene una lista detallada de tareas para cada minuto del día «(16.35 — Retirar la vegetación del arco y extenderla de forma uniforme en la mesa principal)», escrita con fuente Times New Roman tamaño nueve, interlineado sencillo, márgenes estrechos e impresa por ambas caras.

No obstante, cada vez que tengo la tentación de contestarle me recuerdo que es ella la que tendría que haberse casado hoy. Toda la familia está de acuerdo en que tiene derecho a estar más susceptible de lo normal, en especial después de la traumatizante prueba del vestido de dama de honor de la semana pasada. A Tara le dio un miniataque cuando, una vez en el probador, tomó conciencia de que ella ya no era la novia. Nos llevó media hora convencerla de que saliera del probador, en cuyo suelo había estado llorando despatarrada y envuelta como una momia en raso color melocotón.

Pese al estrés emocional, Tara ha hecho un trabajo excelente. Está todo tan bien organizado que cuesta creer que haya podido hacerlo sola.

—Creo que queda genial —digo observando su tic nervioso en el ojo. Por mi propia seguridad, doy un paso atrás.

Suelta un gemido.

—Venga, dime qué piensas de verdad.

Junto las cejas mientras le doy otro repaso al salón.

—Insisto, está precioso. Digno de una revista.

—Tú siempre tan imprecisa. No quieres herir mis sentimientos porque crees que estoy al borde de un ataque de nervios. A veces ni siquiera sé qué cosas te gustan. —Lanza las manos al aire con un gruñido y se aleja como un tornado.

A pesar de la tensión, todo acaba cuadrando en el último minuto. Y ahora que veo a mi abuela Flo avanzar hacia el altar siento que ha merecido la pena.

No es solo que luzca un precioso vestido de manga corta, con un encaje chantilly que parte del corpiño y desciende con elegancia hasta los tobillos. O que lleve el cabello peinado hacia un lado con ondas estilo años veinte y prendido con un pasador que pertenecía a mi bisabuela. También es su sonrisa radiante y cómo le brillan los ojos cuando atrapan el sol que se filtra por los elaborados vitrales de los ventanales.

Verlos a Martin y a ella regresar por el pasillo como marido y mujer hace que se me hinche el corazón y me sienta un poco culpable por no haberme tomado bien su relación al principio. Si esto no es una prueba clara de que el amor de película no tiene edad, no sé qué puede serlo.

Al igual que la ceremonia, el banquete sigue el riguroso programa de Tara. Entrada de los novios, música clásica suave y discursos intercalados de manera equitativa entre los cuatro platos.

Scott y yo estamos apretujados en una larga mesa rectangular que acoge a la mayoría de la familia más cercana. Mi abuela y Martin están sentados en una mesa para dos presidiendo el salón. Da gusto verlos, como siempre, hasta que Martin empieza a dar de comer a Flo con la mano como si fuera un pajarillo malherido.

Mi tía Shannon va fuerte esta noche, no deja de presionar con su último negocio piramidal: el poder sanador de los cristales. Como alguien que vende fitness, me he esforzado por no juzgar a las personas que basan su vida en los cristales. Aun así, me cuesta contenerme cuando alardea de su extravagante colgante, empujando a los invitados para que compren la gema de trescientos dólares que asegura que le curó la artritis crónica.

Papá está metido a tope en su papel de maestro de ceremonias y no para de soltar ingeniosos comentarios. No hay duda de que tiene un don para meterse a la gente en el bolsillo. Posee carisma.

—¿Crees que tu padre querría ser el maestro de ceremonias de nuestra boda? —susurra Scott después de una ocurrente observación sobre el pavo seco de mi abuela que los tiene a todos partiéndose de risa.

Una oleada de ternura me invade cuando asimilo lo que acaba de decir. La imagen de Scott y yo diciendo «Sí quiero» cruza rauda por mi mente. Es el momento más feliz de mi vida, y eso que aún no ha sucedido. Ahora que lo he visualizado, no puedo apartarlo de mi mente.

Pienso en lo bien que Scott encaja en mi vida, en las ganas que tengo de verlo después del trabajo y en cómo se estremece todo mi cuerpo de pura dicha con solo escuchar su nombre, y no logro imaginarme la vida sin él. Todavía no nos hemos dicho «Te quiero». Aunque he estado tentada de soltarlo en numerosas ocasiones o de escribirlo en un cartel y plantarme delante de su ventana, estoy esperando a que él lo diga primero. Pese a su fachada de chulito, va con el corazón en la mano. Si no me lo ha dicho aún será porque no está preparado. Y lo último que deseo es presionarle.

—No vayas tan deprisa, primero necesitas la aprobación de mi padre —bromeo al tiempo que aplaudo cuando papá baja ufano de la tarima al final de su discurso y regresa a nuestra mesa.

Scott me guiña un ojo, seguro de sí mismo, antes de apurar su copa.

—Bueno, eso no me preocupa. Tu padre me dio su bendición mucho antes de que empezáramos a salir. Plantó esa semilla muy pronto.

Me río al recordar el FaceTime en el que papá estaba achispado la noche de las despedidas de soltero de Martin y Flo.

—¿Qué le dijiste para conseguir su aprobación?

Scott desvía la atención hacia los camareros que están sirviendo los entrantes. Cómo le gusta dejarme en suspenso. Desenrolla con cuidado la servilleta que contiene mis cubiertos y la dobla sobre mi regazo. Cuando sus dedos me rozan el muslo, me estremezco de forma involuntaria.

—Bueno, le dije que eres terca, engreída, territorial, sobre todo en el gimnasio... —enumera como si se tratara de una lista de mis defectos—. Por lo general, un poco inestable. Tu padre estuvo de acuerdo. Dijo que siempre habías sido así y que no era probable que cambiaras. Prácticamente me suplicó que me quedara contigo.

Le doy una palmada juguetona en el pecho.

—Está claro que tienes un ego más grande que Boston.

Me aprieta el muslo por debajo de la mesa con una sonrisa cómplice.

—Crystal, ¿sigues en Instaworld? —me pregunta por enésima vez mi tío Bill mientras descuartiza su cuarto de pollo con las manos como si estuviera en KFC.

Además de preguntarme qué edad tengo ya, cada vez que nos vemos me pregunta en tono condescendiente sobre Instagram. No sé si le interesa de verdad o si se ha confabulado con papá. Sea como fuere, no deja de resultar irónico dada la adicción del tío Bill a reenviar memes políticamente espinosos y un tanto racistas en Facebook con sorprendente frecuencia.

—Instagram —le corrijo en medio de un bocado de ensalada—. Sí, sigo. De hecho, me va mejor que nunca.

Papá suspira hondo y toma asiento al otro lado de la mesa, frente a mí.

—Aunque su madre y yo le insistimos en la importancia de buscarse un trabajo de verdad. Algo más estable a largo plazo.

Mamá asiente a la vez que mece en su regazo a Hillary, que está encantada lamiendo las migajas del borde de la mesa con su lengua de lagartija. Seguro que está violando el código de salud pública.

Sin darme cuenta, cierro la mano en un puño tenso, que solo relajo cuando Scott apoya el brazo en el respaldo de mi silla.

—Ya tengo un trabajo de verdad —respondo educadamente para no montar una escena.

—Pero ¿cuánto tiempo crees que durará esta moda de Instagram? ¿Qué ocurrirá cuando la gente se pase a otra plataforma? —pregunta papá, ajeno sin duda a lo incómoda que me resulta esta conversación delante de toda la familia.

—Me adaptaré —contesto sosteniendo la mirada curiosa de mi padre—. Tengo el título de marketing de empresas y varios diplomas en fitness y nutrición. No necesito Instagram para difundir mi mensaje.

—*Millennials* —rezonga papá, provocando un murmullo de risas en torno a la mesa.

Miro fijamente a mi padre.

—Papá, no es preciso que lo entiendas.

Cuando deja la servilleta junto a su plato, la expresión de su cara es, por una vez, hermética. Indescifrable. No sabría decir si está cabreado o avergonzado por el hecho de que estemos debatiendo esto delante de la familia. Carraspea y, por fin sus labios esbozan una sonrisa.

—Tienes razón, no debería ser tan duro contigo.

Inspiro hondo. Esto sí que no me lo esperaba. Aunque mi padre no lo haya dicho directamente, creo que acaba de darme su aprobación, algo que se ha guardado durante los siete años que hace que tengo mi cuenta de Instagram. Ni siquiera he sido consciente de que la necesitaba hasta ahora. Y me siento bien.

Scott se inclina hacia mi padre por encima de la mesa.

—Tu hija es la persona más trabajadora que conozco y estoy deseando ver lo que consigue este año.

El corazón se me hincha con su apoyo incondicional, y más aún cuando papá asiente y dice:

—Yo también. En serio.

En cuanto terminamos de comer, Scott me arrastra hasta la concurrida pista de baile. Parece la boda de una pareja de veinteañeros con las luces estroboscópicas y todos los Ritchie (más papá) bailando los viejos éxitos como si no hubiera un mañana.

Mi padre acaba de probar el gusano, lo que me indica que la factura de la barra libre de Flo y Martin será desorbitada. Me digo que es mejor que lo vigile. Mi padre es célebre por entusiasmarse en exceso cuando hay música, alcohol y gente. En la última boda familiar se rasgó los pantalones bailando «Low» al estilo de Lil Jon y los East Side Boyz.

—Esta es la mejor boda que recuerdo —grita Scott por encima de una canción de Whitney Houston mientras se afloja la corbata.

No sé si se debe al elegante corte del traje, pero el caso es que no puedo apartar los ojos de él más de un minuto. Estoy acostumbrada a babear con Scott cuando viste camiseta, tejano y gorra. Pero esta noche lleva el cabello peinado hacia atrás, lo que le da un aire de actor de Hollywood de los años cincuenta. En este momento deseo llevármelo de la pista, buscar un rincón oscuro y meterle mano con desenfreno.

Cuando me hace girar, me siento como en *Bailando con las estrellas* y aterrizo dando vueltas en su pecho, feliz como una perdiz. Ni siquiera el hecho de que hace cinco minutos el tío Bill me diera un pisotón sin querer y me echara la cerveza encima consigue robarme la sonrisa.

Con el pelo pegado a mi cara por el sudor, hago una pausa para pedir una copa y dejo a Scott bailando con sus dos hermanas, que están totalmente entregadas a las coreografías de «Cha Cha Slide» y «Y. M. C. A.».

Whisky sour en mano, regreso minutos más tarde y encuentro a Scott charlando con una pelirroja de largas piernas a quien enseguida reconozco como Holly Whitby, la nieta de Ethel, la amiga de mi abuela Flo. Holly y yo crecimos juntas gracias a nuestras abuelas. De niñas estábamos muy unidas, pero cuando yo me metí en el mundo del deporte y ella entró en el circuito de los concursos de belleza nos distanciamos. Ha participado en prestigiosos concursos internacionales, por lo que es una celebridad en Boston. Naturalmente, todo esto lo sé porque la sigo en Instagram. No la veía en persona desde el instituto.

Siempre fue una chica preciosa, dotada de una cara perfecta, casi simétrica, labios carnosos y angelicales ojos azules. Ahora, sin embargo, parece recién salida de la pasarela de Milán con su cabello voluminoso y sus frondosas pestañas con extensiones.

Holly se inclina hacia Scott, que asiente educadamente.

—Baila conmigo —le ordena por encima de la música, tendiéndole su delicada muñeca.

Scott dirige su mirada de pasmo hacia mí con una sonrisa dulce, aunque no he dudado de él ni un segundo. Sin inmutarme, le animo con la mano a que baile con ella. Scott me mira con cara de «preferiría no hacerlo».

Holly sigue la dirección de su mirada y al verme pega un respingo.

—¿Crystal?

Sonrío.

—Me alegro de verte, Holly.

Nos inclinamos al mismo tiempo y nos damos un abrazo torpe. Al separarnos, su expresión sigue siendo de desconcierto. Se vuelve rápidamente hacia Scott.

—Un momento, Crystal no es tu novia, ¿verdad?

Cuando Scott asiente con el mentón, Holly no oculta su perplejidad. Se vuelve para observarme con detenimiento.

—Uau, te felicito. Quiero decir que... me alegro por ti. —El tono de su voz es todo menos sincero. Tampoco es malicioso. Es de genuina sorpresa—. Tenemos que quedar para ponernos al día. Puede que a comer —añade.

Una ocurrencia fugaz cruza mi mente: «¿Tiene motivos para estar sorprendida? ¿Le pasa a todo el mundo al enterarse de que estamos juntos?».

Cuando la toxicidad de mis pensamientos empieza a hacer mella en mi estómago, los aparto de un manotazo y regreso a la realidad.

—A comer estaría bien —contesto en un tono cordial pese a la tensión de mi mandíbula.

Scott alarga la mano por delante de Holly en mi dirección.

—¿Bailamos?

De forma instintiva, dejo que me conduzca hasta la abarrotada pista.

Me rodea con sus brazos y nos mecemos al ritmo de una canción lenta que reconozco pero a la que no consigo ponerle título. Los farolillos que compramos tras mi infructuoso intento de trepar al árbol cuelgan del techo, proyectando una luz dorada en su rostro.

—No tengo ni idea de quién es. Se me acercó mientras hablaba con tu madre —me dice, como si tuviera que justificarse.

Lo interrumpo.

—No te preocupes, Scott. Es la nieta de Ethel. Es buena tía.

Me acaricia la espalda, estrechándome contra su pecho con gesto protector.

—¿Estás bien?

—Sí, muy bien —respondo, aunque a decir verdad no lo sé.

Trato de apartar de mi cabeza el pasmo de Holly al descubrir que soy la novia de Scott. Intento olvidar la forma en que me miró. O cómo literalmente me felicitó por haberlo cazado. Por la razón que sea, el malestar persiste, hasta el punto de que ya no sé qué canción está sonando ni quién está bailando a mi alrededor.

Al término de la canción, Scott posa los labios en mi frente.

—¿Quieres venir a mi casa de aquí a un rato? Y de aquí a un rato quiere decir dentro de quince minutos exactos. Entro a trabajar a las seis.

Consigo esbozar una media sonrisa por encima del pesimismo que me asola.

—Me encantaría irme contigo ahora mismo, pero he de quedarme para ayudar a mamá y a Tara a recoger.

Me da un beso casto en la mejilla.

—No te preocupes. ¿Gimnasio mañana cuando salga de trabajar?

Asiento.

—Me parece bien. Pero, en serio, vete a casa y descansa.

Recoger la decoración al final de la noche es una empresa que conlleva renquear descalza y medio achispada por el salón haciendo uso de mis habilidades halterófilas. De hecho, Tara me ha nombrado el «músculo» responsable de trasladar todos los objetos pesados hasta el coche de mamá y papá.

Cuando por fin llegamos a casa, estoy agotada y solo ansío ponerme mi querido pijama con pantalón de cinturilla elástica.

Una vez en la cama, echo un ojo al móvil por primera vez desde anoche. La pantalla se ilumina con su deslumbrante luz azul y pego un bote.

Hay, literalmente, miles de notificaciones. Todas sobre la foto en la playa.

♥ 28

> No puedo creer que un tío con ese físico salga con ♡
> una tía como tú. Supongo que a algunos les gustan
> inseguras.

He leído estas palabras por lo menos cincuenta veces. Ahora son una captura de pantalla permanente en mi cabeza. Es la manifestación de todos los pensamientos que me imaginé que pasaban por la mente de Holly cuando se percató de que yo era la novia de Scott. Y hay miles de comentarios similares, todos de completos desconocidos.

> Está con ella por el dinero que gana con Instagram. ♡
> Seguro que se ve con otras…

> Él se merece algo mucho mejor!!! Está demasiado ♡
> bueno.

> Ella podría comérselo para desayunar. ♡

El número de comentarios y mensajes crueles sobre la foto que entran cada segundo no tiene precedentes. Por lo general, mis publicaciones en Instagram alcanzan la cima de reacciones al cabo de un par de horas de compartirlas. Sin embargo, casi veinticuatro horas después de colgar la foto de la playa, el bombardeo de notificaciones en mi teléfono no ha aflojado. De hecho, esta foto ha recibido por lo menos cinco veces más atención que cualquiera de mis publicaciones.

Mi corazón se va hundiendo en la desesperación conforme paso los miles de comentarios y mensajes privados. Es como una adicción perversa, como si estuviera inyectándome veneno pese a conocer las catastróficas consecuencias. Lo inteligente sería apagar el móvil y sucumbir a un buen descanso, pero, por alguna razón enfermiza, no puedo soltarlo. Leo los comentarios hasta que la tensión se vuelve insoportable, hasta que se me caen los párpados y tengo los ojos secos y ásperos como papel de lija.

Lo primero que hago a la mañana siguiente, tras dormir menos de dos horas, es incorporarme, agarrar el móvil y seguir donde lo dejé.

Intento recordarme que hay tres veces más comentarios positivos que negativos, pero eso no consigue aplacar la sensación de náuseas en mi estómago.

Ostras, cuánto me alegro!!!   ♡

Una pareja preciosa ♥   ♡

BOMBONAZO.   ♡

Se le ve en la mirada que está colado por ti.   ♡

Mientras Tara cotorrea sobre un incómodo encuentro con el DJ de la boda al tiempo que devora una Pop-Tart, yo sigo pegada a mi teléfono en la mesa de la cocina, encorvada como Igor en aquella vieja película de Frankenstein, preparándome para el siguiente comentario ofensivo.

Tara deja su plato en el fregadero y se sienta en la encimera con las piernas colgando.

—El caso es que me añadió en Snapchat y anoche, cuando llegamos a casa, ya me había enviado una foto de su cara. Hecha desde abajo, cosa que nunca entenderé. ¿Quién quiere una doble papada? Y ni siquiera iba acompañada de un mensaje. Porque... si quieres sexo, al menos di «Hola» o «¿Qué tal?». —Hace una pausa para respirar—. ¿Es eso lo que me espera en el mundo de las citas? Si es así, creo que iré a comprar el primero de mis trece gatos.

Encojo los hombros con desgana.

—No, DJ Heavy J no se lo ha currado ni un poquito. —Suspira, examinando sus excéntricas zapatillas de flamencos—. ¿Viene hoy Scott? ¿Tengo que ponerme sujetador?

—Puede que esta noche. Iré al gimnasio con él cuando salga del trabajo —le digo, y me llevan los demonios cuando aparece otro comentario desagradable en mi pantalla.

Se me encoge el estómago solo de pensar que veré a Scott esta noche. Lo último que quiero es explicarle lo de la foto. Me da vergüenza. No solo por lo que la gente dice de mí, sino por los comentarios dirigidos a él, en especial después de haberse sincerado conmigo sobre el acoso que sufrió de niño.

La ansiedad me devora por dentro mientras paso una eternidad navegando por las entrañas de los comentarios. Estoy poseída, ignoro cuánto tiempo ha pasado. ¿Una hora? ¿Tres? A saber. Tengo cero ganas de salir para hacer recados y para asistir a mi sesión con Mel.

Intento desterrar los pensamientos negativos a los rincones más recónditos de mi mente, como hago normalmente. Pero esta vez es diferente. Por la razón que sea, se niegan a moverse. Hay demasiados y no cesan de rebotar en mi cabeza y pegarse como lapas. Son incansables. Es como si me estuviera ahogando en ellos.

He considerado la posibilidad de eliminar la publicación, pero sería una muestra de debilidad. Otra opción es manejar esto como tengo por costumbre, es decir, haciendo un *mic drop* con una foto provocativa y seguir con mi vida. No obstante, la sola idea de publicar otra imagen mía es como echar alcohol en una herida abierta.

Ahora mismo, la única estrategia que me resulta mínimamente atrayente es poner mi cuenta en modo pausa y capear el temporal.

Pese a la decisión de detener toda actividad hasta que el asunto caiga en el olvido, sigo teniendo una responsabilidad para con mis clientas. La irónica situación se me hace patente después de tirarme una eternidad redactando un mensaje para una clienta sobre la importancia de quererse al margen de supuestos defectos. ¿Me convierte mi actual baja autoestima en una hipócrita? Mi marca se basa en el positivismo corporal. Entonces ¿por qué permito que los comentarios de unos completos desconocidos me hagan dudar de mí misma después de haber llegado tan lejos en ese sentido?

Reproduzco en mi cabeza los comentarios y mensajes privados más hirientes, los que dicen que Scott es demasiado bueno para mí. Que o me engaña o está conmigo por interés. No dejo de pensar en la cara de Holly. La forma en que me miró de arriba abajo, incapaz de comprender mi conexión con Scott.

Camino del gimnasio para la sesión de entrenamiento de Mel, soy plenamente consciente de cómo la falta de confianza en mí misma se abre paso hacia la superficie, igual que un roedor cargado de enfermedades colándose por una grieta de la pared.

Mel me saluda con la mano desde las esterillas, donde está estirando con su conjunto Gymshark de colores a juego. Se la ve contenta y, como siempre, irradia una seguridad en sí misma de lo más natural.

—Hola. —Se detiene a un metro de mí y entorna sus ojos castaños, parece destripar mentalmente mi descuidada vestimenta—. ¿Estás bien?

Me limito a asentir con la cabeza. No quiero hablarle de la foto por temor a venirme abajo delante de los gym bros.

—He dormido poco.

—¿Capitán América te mantuvo despierta toda la noche? —Agita sus cejas perfectamente depiladas.

—Qué va. Es el cansancio de la boda —digo, incapaz de sonreír.

—Tara me envió fotos. Menuda juerga. Estabais todos increíbles. El vestido te quedaba superbién.

—Gracias —farfullo, y señalo la barra de hombros en un intento desesperado de poner fin a la conversación.

Mi aspereza la sorprende. Sé, por su cara de expectación, que quiere indagar, pero se contiene. Evito a propósito la cháchara para que entienda que no tengo ganas de hablar.

Consigo pasar nuestra hora de sesión sin mirar el teléfono a pesar de que mi ansiedad sigue bullendo bajo la superficie y amenaza con desbordarse.

Al salir del gimnasio, Mel me pregunta si puede «esconderse» en mi casa. Por lo visto su hermano se marcha hoy de su apartamento y Mel preferiría enseñarle las tetas a todo Excalibur Fitness antes que ayudarlo con la mudanza.

Le digo que sí porque su compañía me hace bien, aunque no me apetezca decir más de tres palabras seguidas.

Nada más llegar a casa me quito las Lulus y me pongo el pantalón del pijama. Vemos un episodio entero de *Amas de casa reales de New Jersey* en silencio. Mel, sin duda, sabe que algo pasa porque apenas comento el episodio, el cual es muy jugoso e incluye un tirón de extensiones andrajosas, un pezón al aire y el lanzamiento de una tarta de cumpleaños.

Normalmente estoy muy atenta, hago observaciones sarcásticas y me meto con el espantoso vestido de Teresa. Hoy, en cambio, miro el móvil como un halcón porque los comentarios y mensajes privados no dejan de entrar, y yo me hundo cada vez más en una espiral de tristeza.

Cuando acaba el programa, Mel se vuelve hacia mí.

—Vale, tu mala onda me está bajoneando. ¿Qué ocurre?

—¿Mala onda?

Agita las pestañas y me clava una mirada que dice: «Corta el rollo».

—Hoy teníamos la máquina de sentadillas de la ventana para

nosotras solas. Lo suyo es que estuvieras eufórica y extrañamente sentimental, como si te hubiera tocado la lotería. Sin embargo, has estado toda la tarde con cara de palo.

Suspiro. Es inútil seguir evitando lo inevitable. Sin decir palabra, giro la pantalla hacia Mel con la foto ampliada de Scott y yo en la playa.

Se le ilumina el rostro.

—¡Al fin la publicaste! Estáis increíbles.

Hago una pausa mientras me devoro la uña. Si la miro objetivamente, sé que estoy fantástica en esta foto. Ese bañador es superfavorecedor. Entonces ¿por qué me he obsesionado tanto con lo que opinan unos desconocidos?

—¿Has leído los comentarios?

—¿He de matar a alguien?

Mel agarra su móvil de la mesita de centro con el entrecejo ya fruncido antes de empezar a pasarlos, como la amiga leal que es. Me enternece que ya esté enfadada en mi nombre sin saber aún qué está ocurriendo. Mientras los lee, ahoga una exclamación, meneando la cabeza.

—Lo siento mucho. A esta gente se le va la olla. Algunos están para que los encierren.

Aprieto los labios.

—Los mensajes privados son todavía peores.

Le lanzo mi teléfono para que pueda verlos por sí misma. Lee un par de ellos en alto, lo que resalta aún más su brutalidad.

Me mira a los ojos.

—Pasa de ellos. Si tienen un problema con nuestros cuerpos, ¿a nosotras qué nos importa? Espero que no estés tomándote en serio nada de esto.

—Supongo que no... No sé —digo con el corazón tan en carne viva como un filete sanguinolento.

Ojalá fuera lo bastante dura para que los comentarios me resbalaran como a Mel. Pero después de siete años con mi cuenta, tengo la armadura desgastada y me siento desprotegida.

—No dejes que te obsesionen y, desde luego, no contestes.

No es saludable enzarzarse con los haters. Créeme, sé de lo que hablo.

—No pienso publicar nada hasta que resuelva cómo manejar el asunto.

—Todas las influencers pasan por esto y todas salen fortalecidas, incluso las delgadas. Hace unos años se metieron con la gordura de Selena Gomez. No estoy diciendo que sea lo mismo, pero entiendo…

—No, no es lo mismo —suelto en un tono más seco del deseado.

Mel me mira con severidad y cruza los brazos. Soy oficialmente una capulla.

La garganta se me cierra de arrepentimiento.

—Lo siento, Mel, es que estoy un poco agobiada.

Suaviza la expresión conforme pasan los segundos. Finalmente descruza los brazos y agradezco que no me haya mandado a la mierda por imbécil.

—¿Lo sabe Scott?

—Creo que no, o por lo menos no lo ha mencionado. —Por suerte, Scott no mira apenas su cuenta de Instagram. Tampoco lo etiqueté en la foto para proteger su intimidad.

—Piensas decírselo, ¿no?

Me encojo de hombros.

—Crystal, tienes que contárselo antes de que lo vea. Esta noche.

—Lo sé.

En el fondo sé que Mel tiene razón. Scott se merece saberlo. Mis dedos se mueren por llamarlo, pero cuando echo una ojeada a la pantalla veo que me ha escrito hace unos minutos.

SCOTT: Esperando impaciente la sesión de piernas? Crees que intentarás superar tu récord?

SCOTT: Tengo para nosotros un nuevo entrenamiento de intensidad alta. Te prometo que iré suave. ☺

El contraste entre su texto desenfadado y la mala leche de los comentarios de Instagram me hace sentir aún peor. Es como si alguien me hubiese metido debajo de una haltera cargada hasta arriba.

Lo último que necesito ahora es la lástima de Scott, pese a saber ya lo mucho que me reconfortarían sus palabras. Scott ha visto los comentarios detestables de mis otras publicaciones y hemos hablado largo y tendido sobre ellos. Pero nunca ha visto comentarios relacionados con él. Nunca ha leído que «le van las gordas» o que yo soy «repugnante» e «indigna». Si esos comentarios a los que estoy tan acostumbrada pueden afectarme hasta el punto de hacerme llorar, ¿cuánto podrían afectarle a él?

Peor aún, ¿podría empezar a creérselos?

—Estaba pensando que como no te apetece ir al gimnasio esta tarde, ¿qué tal si nos quedamos en casa? Podría llevar sushi —me propone Scott por teléfono.

No tiene ni idea del alud que me está enterrando viva.

Me ha llamado al salir del trabajo, justo cuando estoy leyendo un correo electrónico de una periodista de BuzzFeed News.

> Querida Crystal:
>
> Hace tiempo que sigo tu cuenta de Instagram, CurvyFitnessCrystal. Tu trayectoria es una inspiración para mí y no he podido evitar reparar en la foto con tu nuevo novio que publicaste recientemente. Sé que has recibido mucha atención con referencia a ella y numerosos comentarios negativos. Estoy escribiendo un artículo al respecto. ¿Te importaría responder algunas preguntas? He de entregarlo en un plazo de cinco horas, por lo que me gustaría escuchar tu parte de la historia antes de que se publique.
>
> Recibe un cordial saludo,
> Daphne Jenkins
> Articulista de Salud & Estilo de vida

Miro el móvil echando fuego por los ojos ¿Qué demonios? ¿Un artículo sobre mi foto con Scott? ¿En BuzzFeed News? ¿Es una broma?

Aunque las intenciones de la periodista parecen buenas, difundir el asunto atraerá más atención indeseada. El mero hecho de que alguien lo haya considerado de interés refuerza la idea absurda de que mi relación con Scott es «controvertida». Y yo que quería escabullirme en las sombras.

Las manos me tiemblan mientras trato de volver al presente.

—Lo siento, Scott, se me ha ido la cabeza. ¿Qué decías?

—Que si quieres que nos quedemos en casa. ¿Todavía te apetece sushi? El otro día dijiste que tenías antojo de sushi.

Me acurruco y me subo la manta hasta el cuello como si fuera un escudo protector. No quiero compañía, y aún menos de Scott.

—La verdad es que no me encuentro muy bien —digo nerviosa.

Mi excusa para renunciar a una cena de sushi tiene que ser creíble o Scott sospechará. Finjo que me da una arcada y tuerzo el gesto porque suena como el maullido angustiado de un gato malherido.

—¿Estás enferma?

—Creo que sí —digo débilmente, lo cual en parte es cierto. El desgaste emocional de hoy me ha dejado exhausta.

—Dime los síntomas. En cuanto llegue, haré que te sientas mejor —bromea con voz insinuante.

Está claro que no me ha pillado el tono.

—Me duele la garganta y estoy moqueando. Nada serio.

Me tapo la cara cuando comprendo que he cometido un tremendo error al hacerme la enferma. Scott tiene un título de paramédico como bombero.

—Estoy a diez minutos de tu casa. ¿Sobrevivirás hasta que llegue?

—No —aúllo. Ahora mismo prefiero nadar en aguas infestadas de tiburones a encontrarme cara a cara con Scott. No estoy preparada para presenciar su humillación. Tampoco estoy preparada para que se compadezca de mí—. O sea, que no vengas. Podría ser contagioso. No quiero que enfermes tú también.

—No me importa que me contagies. Te llevaré sopa.

—No me gusta la sopa.

Suelta un bufido.

—Sí te gusta, mentirosa. La pides siempre que comemos fuera.

—Scott, escúchame, no quiero sopa.

Se queda un momento callado.

—De acuerdo. ¿Seguro que estás bien? Pareces enfadada. ¿He hecho algo que te haya molestado?

—No —respondo con la voz angustiada. Ojalá hubiese hecho algo para poder justificar mi comportamiento tan grosero.

—Es evidente que sí. ¿Es porque te manché la mejilla con azúcar glas en la boda?

—No estoy enfadada —digo en un tono tirante.

—Vale... ¿Hay algo que pueda hacer por ti?

—No, pero gracias, en serio.

Otro silencio.

—Eh, está bien. Mejor me voy a mi casa, ¿sí?

—Sí. Mañana te llamo.

Mi cuerpo se quiebra a causa de esta llamada. Ni siquiera puedo concebir la idea de dormir sola esta noche sabiendo que esa periodista está escribiendo un artículo sobre mí. Cuelgo y me llevo el móvil al pecho.

He debido de quedarme dormida, porque cuando abro bruscamente los ojos al oír unas llaves tintineando en la cerradura, la sala está sumida en una oscuridad deprimente. Me froto los párpados con los puños cuando Tara se cierne sobre mí como un fantasma siniestro en una película de terror. Mis ojos se acostumbran a la penumbra y veo, por el uniforme, que acaba de llegar del trabajo. Huele a caldo de pollo, lo cual adquiere sentido cuando reparo en el envase de sopa de Whole Foods que tiene en la mano.

—Scott me escribió y me pidió que te trajera esto porque —hace el signo de las comillas— estás enferma.

Me mira fijamente a los ojos. Mel le contó lo de los comentarios de Instagram. Lo sé porque Tara me envió un millón de mensajes en mayúsculas a los cinco minutos de marcharse Mel esta tarde.

Asiento con desgana y cojo la sopa.

—Gracias. ¿Cómo estás?

—Me he dado una hostia delante de Whole Foods y he quemado a un hombre. Gracias por preguntar. —Se levanta el pantalón y me enseña un corte sanguinolento en la rodilla.

Me inclino para examinarlo. Tiene mala pinta, pero no es lo bastante profundo para requerir atención médica, aunque Tara seguramente actuará como si la necesitara.

—¿Qué ha pasado? ¿Qué quieres decir con que has quemado a un hombre?

—Estaba saliendo de Whole Foods con tu sopa cuando, te juro que no es coña, un tío igualito a Paul Walker —DEP, bendita sea su preciosa alma— apareció de repente y chocó conmigo, como en una película. —Da una palmada para inyectar dramatismo a su relato—. Pero en lugar de tener un momento romántico de prolongado contacto visual, la sopa salió volando.

Pongo los ojos como platos.

—¡No!

Asiente.

—Sí. La cosa sucedió como a cámara lenta. Salté hacia delante, pensando que podría atrapar la sopa en el aire y salvarlo. Pero no pude. Le cayó encima y empezó a gritar como si lo estuvieran torturando. No sé si porque me vio abalanzarme sobre él o porque la sopa le estaba achicharrando la piel… El caso es que me esquivó y aterricé con la rodilla en la acera. —Mira de nuevo la herida con una mueca de dolor.

—¿Te dio por lo menos su nombre?

Niega vehementemente con la cabeza.

—No. Pasado el susto, me miró como si estuviera pirada y se metió corriendo en la tienda. No tuve más remedio que entrar cojeando detrás de él para pedir otra sopa.

La anécdota es graciosa y muy propia de Tara. En otras circunstancias estaría desternillándome, pero ahora mismo los músculos de mi boca se niegan a esbozar siquiera una sonrisa.

—¿Cómo lo llevas? —me pregunta sentándose en el borde del sofá, junto a mis pies.

Me encojo de hombros.

—Me siento fatal.

—¿Cuánto tiempo piensas hacerte la enferma? Scott no se lo tragará mucho más —me advierte.

—Lo sé, pero todavía no estoy preparada.

Mis ojos pillan un mensaje nuevo.

SCOTT: Te ha llevado Tara la sopa?

CRYSTAL: Sí, muchas gracias.

SCOTT: Espero que te ayude. Me gustaría que me dejaras ir a verte. Mañana vuelvo a tener doble turno y te echo de menos.

CRYSTAL: Estoy bien. Por favor, deja de preocuparte. Yo también te echo de menos.

SCOTT: Vale. Descansa. Por cierto, no me preguntes cómo lo sé porque me da vergüenza, pero esas mallas de Lululemon que tanto te gustan están de oferta.

CRYSTAL: Genial, gracias.

SCOTT: Vale, iRobot. Sé que estás enferma, pero sería mucho pedir que me enviaras un signo de exclamación? Un emoji??? UN GIF???

CRYSTAL: 😁😁😁😁😁😁😁😁

SCOTT: Un pelín agresivo, pero lo tomo.

Dejo que el sentimiento de culpa por mentir a Scott se asiente antes de volver a leer el correo de BuzzFeed News. Busco en Google el nombre y el contacto de la periodista para confirmar que es quien dice ser. Lo es.

Me planteo seriamente responder a su correo, suplicarle que no escriba el artículo. Redacto una respuesta, lo que me lleva casi una hora, buena parte de la cual se me va en borrar palabrotas y «desmayuscular» frases enteras a fin de transmitir la imagen de la persona madura y emocionalmente estable que soy. Pero antes de pulsar «Enviar», pienso en mi campaña de Positivismo de Talla. «Quiérete e ignora a los haters».

Elimino la respuesta y cierro el portátil.

Con o sin mi comentario, esta historia se hará viral. Mañana.

29

BURLAS AL SOBREPESO DE UNA REINA DEL FITNESS DE INSTAGRAM POR SALIR CON UN TÍO CACHAS

Crystal Chen (@CurvyFitnessCrystal), de 27 años, colapsó internet al publicar una foto sexy, y ahora viral, de ella y su novio en la playa (se muestra más abajo) a sus 250.000 seguidoras de Instagram. Publicada el 5 de agosto, la foto ha recibido más de 50.000 likes y 6.000 comentarios, muchos de los cuales ponen en duda su nuevo romance.

Defensora del positivismo corporal, Chen lleva años difundiendo el mensaje de que las mujeres «acepten sus curvas y amen su cuerpo». Ha servido de inspiración a mujeres de todas las formas y tamaños para adoptar un estilo de vida saludable sin la pérdida de peso como objetivo. Sus clientas llevan años alabando sus programas de entrenamiento flexibles, los cuales hacen hincapié en que la salud física y la salud mental forman un tándem.

Aunque no desveló el nombre de su impresionante novio, ha sido identificado como Scott Ritchie (@Ritchie_Scotty7), de 30 años, miembro del Cuerpo de Bomberos de Boston.

Las seguidoras de Chen confían en que continúe compartiendo su vida con su nuevo compañero y siendo un modelo a seguir en la industria del fitness.

* Nota de la editora: Chen no respondió a la petición de BuzzFeez News de comentar lo sucedido y tampoco ha estado activa en su cuenta los últimos dos días.

Acurrucada en el sofá bajo la protección de una gruesa manta de punto, leo el artículo por quincuagésima octava vez. Lo más seguro es que esté desarrollando un síndrome severo del túnel carpiano por agarrar el móvil con tanta fuerza.

La primera vez que leí el artículo me puse furiosa. Quería gritar como una loca y volcar una mesa al estilo *Amas de casa reales*. Sabía que la periodista escribiría el artículo, pero no me parecía algo real. Hasta que mi nombre se divulgó por todo internet.

Han pasado dos días desde que publiqué la foto y se ha hecho viral no, lo siguiente. Cuando no estoy machacándome o contemplando el abismo, sigo obsesivamente la cobertura que estoy teniendo, intentando localizar cada lugar donde se publican los artículos y se retuitean.

También se han puesto en contacto conmigo los principales medios de comunicación, entre ellos la revista *Glamour*, Perez Hilton y el *New York Times*. Fue incluso tema candente en *The View*. Cuando Whoopi Goldberg grita desde la mesa en tu nombre, sabes que has triunfado. Ojalá fuera por otra razón.

He recibido una avalancha de mensajes de apoyo diciéndome lo «inspiradora» que soy. Sin embargo, no puedo evitar sentir que el mensaje de mi plataforma ha quedado eclipsado. Ya no va de positivismo corporal. Va de humillación corporal. Crystal Chen es una víctima. La chica curvy que consiguió pillar a un tío cachas.

La parte lógica de mi cerebro me dice que ponga fin a mi silencio y recupere el mensaje. Por otro lado, ¿no será contraproducente? ¿No hará que otras mujeres desistan de quererse, sobre todo después de leer los comentarios desagradables? Que la foto se haya hecho viral por su negativismo refuerza una vez más las dificultades que implica tener curvas.

Aquí no hay ganadores aparte de los troles, a quienes no pienso dedicar ni un segundo de atención. Necesito más tiempo para elaborar una respuesta. Además, ahora mismo no tengo energía para defenderme ni para ser el modelo a seguir de nadie.

Estoy calentando unos noodles, mi nuevo plato precocinado, cuando veo la hora en el microondas. Las seis. Scott debe de estar a punto de terminar su turno. Me doy cuenta de que no he sabido nada de él en todo el día, lo cual es muy raro. Por otro lado, mis respuestas a sus mensajes de ayer fueron cuando menos desganadas. Lo más seguro es que esté molesto porque no he querido verlo después de varios días separados, toda una eternidad.

Justo en el momento en que me acomodo en el sofá con el humeante tazón de noodles en la mano, Scott irrumpe en el apartamento sin llamar, como si al pensar en él se hubiera materializado. Lleva la sudadera verde botella que tanto me gusta y que realza el verde bosque de sus ojos.

Nunca lo he visto así, excepto cuando creía que Martin estaba enfermo. Tiene la mirada dura. Los ojos enrojecidos. La mandíbula tensa. El pelo alborotado, apuntando hacia arriba, sin saber hacia dónde caer. Se detiene unos segundos angustiosos antes de acercarse blandiendo su móvil frente a mi cara con el artículo en la pantalla.

—¿Qué demonios es esto?

Me hundo un poco más en el sofá al tiempo que los ojos se me llenan de lágrimas. Cuánto lamento que haya tenido que enterarse por terceros. Carecer de una explicación plausible de por qué no se lo he contado yo tampoco ayuda. Cada vez que hacía el gesto de telefonearle, me echaba para atrás, temiendo lo que pudiera ocurrir si leía esos comentarios. Pero ahora que está aquí, después de haberlos leído, ¿cómo puedo empezar siquiera a explicarme?

La expresión severa de su rostro se suaviza cuando toma asiento a mi lado; cierra los ojos y se pellizca el caballete de la nariz con el pulgar y el índice. El calor familiar de su cuerpo calma el pánico que atenaza mi estómago, aunque solo ligeramente.

El silencio es ensordecedor. Temo que nos engulla a los dos, hasta que dice:

—¿Por qué no me lo contaste?

Acercándome al borde del sofá, entierro mi rostro surcado de lágrimas en mis manos, consciente de que no tengo excusa. Debí contárselo la noche de la boda, o el día que recibí el correo de la periodista de BuzzFeed. O mejor aún, cuando publiqué la foto.

—Quería resolverlo sola —acierto a decir.

Me coge la cara y extiende los pulgares sobre mis mejillas para enjugarme los lagrimones.

—¿Por qué?

—¿Has visto los comentarios?

—Sí, pero tuve que parar para no arrojar el móvil contra la pared. No dicen más que gilipolleces —declara, tensando el rostro—. ¿Por qué has estado evitándome?

Hago una inspiración trémula.

—Porque sé lo mucho que odias estas cosas. No quería que leyeras las estupideces que han escrito sobre ti por mi culpa. Sé que no es una excusa. Siento no habértelo contado antes.

Posa los labios en mi sien.

—Sabes que nada de lo que dicen esos comentarios es cierto, ¿verdad? —Hace una pausa—. Odio que tengas que pasar por esto.

En cuanto clava sus ojos en los míos, me empiezan a temblar los labios y rompo a llorar otra vez. Se me nubla la visión y me descubro arrojándome sobre él para sollozar en su pecho. Nunca me he derrumbado delante de él, delante de ningún tío. Soy una versión completamente destrozada de mí misma que no sé cómo recomponer.

Me siento débil, como cuando estaba en el colegio y me escondía en el cubículo del vestuario para cambiarme. Me pasé los años de instituto y de universidad borrando esa sensación, empeñada en sentirme justo al revés, fuerte y segura de mí misma. Intentando ser alguien a quien le trajera sin cuidado lo que pensaran los demás, sobre todo por el bien de mis seguidoras. Ahora he de enfrentarme al hecho de que no soy esa persona tan feliz y segura de sí misma. Ni para mis seguidoras ni para la persona que más me importa: Scott.

Detesto esta sensación. No puedo volver a ese lugar solitario y sombrío. Me niego.

Esa determinación interna hace que se me endurezca la mirada y, enderezando la espalda, me seco bruscamente las lágrimas.

—Estoy bien, en serio —digo a través de un sorbetón—. La verdad es que esta noche preferiría estar sola.

Scott contrae el rostro con preocupación. Parece descolocado.

—¿Sola? No tendrías que pasar por esto sola. —Se mesa el pelo, exasperado—. Tiene que haber algo que yo pueda hacer...

—Scott, por favor —lo interrumpo con la voz temblorosa—. Deja de tratarme como si fuera un cachorrillo desvalido. No hay nada que puedas hacer. No necesito que te pongas en modo héroe ahora mismo. De hecho, necesito justo lo contrario. Solo te pido una noche más para ordenar las ideas y decidir qué demonios voy a hacer con todo esto.

—Crys, no...

Le detengo cubriendo su mano con la mía.

—Resolveré esto sola. Confía en mí.

Sentada a mi lado en el sofá, Tara cierra de golpe el libro y deja escapar un largo suspiro.

—¿Recuerdas lo que me dijiste a las dos semanas de venirme a vivir contigo?

—¿Que no dejaras las migas de tus Pop-Tarts por toda la encimera o no cocinaría más para ti? —murmuro con la mejilla aplastada contra el brazo del sofá en un ángulo incómodo.

Llevo tumbada en esta posición desde que me desperté esta mañana. Es posible que hasta haya un contorno de tiza alrededor de mi cuerpo inerte.

—Además de eso. —Deseosa de iluminarme, Tara se sienta

en el borde del sofá con la rodilla rebotando—. Me dijiste que me lavara la cara y me pusiera las pilas.

No puedo evitar soltar un bufido por el nefasto recuerdo.

—Y me pegaste con un libro.

—Con razón. Fuiste muy dura conmigo. Pero ¿sabes qué? Que eso me ayudó y empecé a sentirme mejor. Así que si yo dejé de deprimirme porque mi prometido me dejó y mi futuro salió volando por la ventana, tú también puedes superar esto. Estás actuando como los personajes melancólicos de mis novelas románticas, y eso no es bueno. Tienes que desahogarte.

Le clavo una mirada de odio, instándola en silencio a que me deje tranquila. No lo hace.

He ahí una de las muchas diferencias entre nosotras. Frente a un problema, el que sea, Tara comparte su congoja con todo el que tiene cerca, como la pobre dependienta de la farmacia que hay a una manzana de casa. Cuantas más personas y opiniones, mejor (lo que no quiere decir que haga caso de los consejos que le dan).

Yo nunca he sido de apoyarme en los demás cuando estoy mal. Por la razón que sea, prefiero sufrir en mi cruda soledad. Soy básicamente El Grinch (la versión de Jim Carrey) mortificándose en su guarida, hablando solo y despreciando todo lo bueno que hay en el mundo.

Ha pasado un día desde que Scott se marchó, si bien en contra de su voluntad. Para ser franca, en cuanto salió por la puerta me vine abajo. Pero el shock de haberme hecho viral sumado a su actitud de tengo-que-arreglarte-la-vida era agobiante, casi asfixiante.

Estar a solas con mis pensamientos, por aterradores que sean, me activa y me despeja la cabeza, y eso es lo que necesito para elaborar mi respuesta a la situación. No puedo ignorar mi Instagram de por vida.

Aunque no consigo ni un minuto de silencio para pensar. Tara está poniendo a todo volumen «Rumors» de Lindsay Lohan una y otra vez. La ha declarado mi canción, lo que es trágica y vergonzosamente oportuno. El tema es un clásico, pero ya empieza a alterarme los nervios.

Me dispongo a escribir a Scott para agradecerle que me haya dado el espacio que necesito cuando Tara suelta un alarido y detiene a Lindsay justo en el momento que está preguntando por qué la gente no la deja vivir.

—¿Qué pasa ahora?

—¿Has visto el comentario de Scott?

Arrugo la nariz, desconcertada. Scott nunca utiliza Instagram, salvo la vez que le dio un like a todas mis fotos cuando nos conocimos.

—¿Qué? No puede ser.

Tara me pasa su teléfono con los ojos abiertos como platos.

—Creo que no te va a gustar.

♥ 30

Comentario de **CJS_49er**: Imposible que este tío esté ♡
con ella por otra cosa que no sea su dinero y su fama, LOL.
Por qué un tío con ese físico iba a aspirar a tan poco?
Seguro que la engaña!

Respuesta de **Ritchie_Scotty7**: **@CJS_49er**: Eres patético ♡
y debería darte vergüenza. Crystal es hermosa por
dentro y por fuera. Me da mucha pena la gente que no es
capaz de verlo. Es una persona que haría lo que fuera por
cualquiera y que ha dedicado su vida a ayudar a los demás.
Haznos un favor y haz algo útil con tu vida. Dirige tu odio
y tu ignorancia hacia algo provechoso para variar.

—No puedes evitarlo, ¿verdad? —bufo entre dientes.

Scott parece un poco confundido cuando se aparta para dejarme entrar, y lo entiendo. Me he presentado en su apartamento sin avisar hecha una furia. Reconozco que no me resulta fácil mantener mi nivel de indignación porque Albus Doodledore está galopando como un potrillo por la sala, eufórico por mi llegada. La lengua le cuelga por la comisura de la boca mientras me mordisquea los dedos.

Cierro los puños para proteger mis dedos de Albus, lo que automáticamente me recuerda por qué estoy aquí y reaviva la ira que corre por mis venas. Si fuera un personaje animado, estaría echando humo por las orejas.

—Puedo explicártelo.

Me observa caminar de un lado a otro delante de la mesita de centro de IKEA mientras Albus sigue mis pasos ansiando que le tire el gibón de trapo lleno de babas que ha dejado en el suelo.

—Scott, te dejé claro que no necesitaba tu ayuda, que quería resolverlo sola, y vas y responden a un montón de comentarios a mis espaldas. Has hecho justo lo que te pedí que no hicieras. Te has lanzado de cabeza, tratando de ser un héroe que no necesito. Me has quitado la oportunidad de elaborar una estrategia, de reorganizarme, de abordar la situación a mi manera. Y ahora parezco una damisela afligida que necesita el rescate y la validación de su novio alto y fuerte.

Traga saliva con la cabeza gacha.

—Los borraré.

Mi irritación se dispara.

—Ya es tarde para eso.

Publicó los comentarios hace solo dos horas, y BuzzFeed News ya ha escrito un artículo titulado: «El novio cachas de la influencer de fitness rellenita declara que adora sus curvas». Ofrece una imagen de mí aún más patética que el primer artículo.

Para colmo, justo cuando los comentarios empezaban a aflojar, cuando ya me estaba convirtiendo en una vieja noticia, enterrada por el siguiente escándalo jugoso, el odio ha vuelto a dispararse.

Scott se levanta y busca mis manos. Cruzo los brazos para evitar el contacto.

—Lo siento. No podía permitir que nos bombardearan con esos comentarios estúpidos de que seguro que te engaño o te utilizo. Nada más lejos de la verdad. No puedo pasar por alto que la gente diga cosas horribles de la persona a la que quiero.

«Me quiere».

El mundo se detiene de golpe. Mi mente es como uno de esos muñecos de plástico de las pruebas de choque que se estampan de cabeza contra el airbag. Estoy pasmada. Descoyuntada. Petrificada. ¿En serio acaba de decir que me quiere?

—¿Qué? —acierto a farfullar, perdiendo de vista todo lo demás.

Mantiene sus ojos fijos en los míos.

—He dicho que te quiero. Más de lo que puedo expresar con palabras.

—¿Cuándo lo decidiste? —Mi voz es apenas un susurro. Cuando el peso de sus palabras se posa en mis hombros, me dejo caer en el sofá. Scott se sienta a mi lado, pegando su rodilla a la mía.

Se hace un largo silencio, como si necesitara meditarlo.

—La primera vez que me pelaste una clementina. Esa noche vimos *El señor de los anillos*.

Se me contrae todo el cuerpo. Llevo un mes deseando escuchar esas dos palabras de sus labios. Y parece que dice la verdad, o por lo menos eso cree él. No obstante, que lo diga ahora suena a lástima. ¿Por qué no me lo dijo en el instante en que lo sintió? Ha tenido un montón de oportunidades para hacerlo. ¿Por qué ha esperado al peor momento? Ansío creer que sus palabras son sinceras, pero la duda se ha instalado en mí para quedarse. La misma duda que ha enturbiado mi vida desde que la foto se hizo viral.

¿Cómo puede quererme si ni yo sé todavía si me quiero?

Después de la vorágine de los últimos días, soy incapaz de asimilarlo.

—No sé, Scott.

Se le agota la paciencia.

—¿Que no sabes qué? Acabo de decirte que te quiero.

—Estoy muy enfadada contigo. Tendrías que haberme consultado antes de responder a los comentarios.

—No te lo consulté porque ya me imaginaba tu reacción. —Agita una mano cansada en mi dirección.

—Es el ABC de las redes sociales. No responder nunca a los haters. Nunca.

—¿Aunque se dediquen a difundir mentiras?

—Sobre todo cuando difunden mentiras. —Una nueva oleada de resentimiento me sube por la garganta—. Es como si tus comentarios fueran mi respuesta a todo este asunto. Hacen que parezca débil, como si necesitara que alzaras la voz en mi defensa. Como si esos ataques me afectaran. Como si odiara mi cuerpo y necesitara a alguien como tú para infundirme confianza.

—Pero ¿por qué te parece tan horrible? ¿Por qué has de ser tú la que responda?

—¡Porque es mi imagen! ¡Es mi marca!

Arruga los labios, consternado.

—¿No te hartas nunca de esto? ¿De que te critiquen constantemente?

—Sabes que sí, pero no tengo elección. —Exasperada, bajo las palmas de las manos por mis mejillas. Me siento como si tuviera que resolver un rompecabezas irresoluble.

—¿Por qué no eliminas la foto? Tarde o temprano te pasará factura. —Calla al ver mi mueca de disgusto.

Tendría que haberlo visto venir.

—Scott, ¿cuántas veces he de decírtelo? No tengo doce años. Siento mucho lo que te ocurrió en el colegio, pero esto es diferente. Eliminar la foto no cambiará nada.

Irritado, levanta las manos con vehemencia.

—Pero mira lo que te está haciendo. Te carcome por dentro, siempre lo ha hecho. Estoy preocupado por ti. Esto no debería definirte. Vales mucho más, eres mucho más que esto.

—No es tan sencillo.

Aprieta la mandíbula.

—¿Cómo quieres que lo nuestro funcione si me dejas fuera cada vez que los troles dicen gilipolleces sobre ti?

—¡No lo sé! —respondo en un tono más elevado del que pretendía, y me descubro poniéndome en pie.

Scott se levanta a su vez y se lleva las manos a las caderas.

—¿Sabes qué? Este ha sido siempre el problema entre nosotros, que no confías en mí. No confías lo suficiente para apoyarte en mí cuando las cosas se tuercen. ¿Y sabes otra cosa? Que estoy cansado de intentar ganarme tu confianza. Ya no sé qué más hacer.

—¿Cómo puedo confiar en ti si actúas a mis espaldas? —le pregunto gesticulando como una demente—. Te dije que quería resolverlo sola.

Se pasa una mano tensa por el pelo.

—Esa es la cuestión, que ya no tienes que hacer las cosas sola. En eso consiste una relación. Ahora me tienes a mí. Deberíamos superar estas cosas juntos, como un equipo.

Guardo silencio. Tiene razón, mi primer impulso debería haber sido contárselo y que afrontáramos esto juntos, y no fue así. Hice justo lo contrario. Le oculté lo que pasaba, como si fuera un secreto vergonzoso, porque en el fondo me aterraba que se creyera los comentarios. Me aterraba que me dejara.

—Y si de verdad quieres que seamos un equipo, me niego a mantenerme al margen sin hacer nada para frenar esta mierda —añade.

Parpadeo.

—No puedo permitir que se me conozca como la gorda que se atrevió a salir con un tío bueno. No puedo. He trabajado demasiado duro para llegar a donde estoy.

Tras digerir mis palabras, menea la cabeza como si por fin lo entendiera.

—De eso se trata, entonces.

—Hacía años que no me sentía tan mal conmigo misma. Necesito tiempo para entender qué me pasa antes de centrarme en nosotros.

Scott recula como si le hubiese abofeteado. Clava la vista en el suelo bajo sus pies descalzos durante lo que se me antoja una eternidad infernal.

—Entonces… ¿qué? ¿Estás poniendo fin a lo nuestro? ¿Después de decirte que te quiero? Después de lo que hemos pasado para llegar a este punto, ¿estás dispuesta a tirarlo todo por la borda por una estúpida foto? —pregunta en un tono de voz bajo, grave y exhausto.

—Sí.

El corazón se me rompe en pedazos cuando la palabra se

asienta entre nosotros. No puedo discutir, o retractarme, porque es la verdad. Si de verdad quiero recuperar mi fortaleza, necesito encontrarla sola, cosa que no haré si me escondo en los brazos de Scott mientras me acaricia el pelo y me dice que todo se arreglará.

Entierra el rostro en las manos. Cuando lo levanta para respirar, parece que el apartamento se hubiera quedado sin aire. Lo he aplastado por completo. Le he clavado el tacón y he pisado con fuerza.

Instintivamente doy un paso hacia él para abrazarlo. Scott descansa su frente en la mía y da un largo suspiro. Memorizo su olor a bosque y la sensación de seguridad que me da su cercanía. Intento aferrarme a este momento todo el tiempo que puedo.

Cierro los ojos y de pronto sus labios se estrellan contra los míos. No es un beso dulce ni suave. Es puro desgarro. Nuestras lenguas luchan entre sí, atormentadas. Con rabia, tristeza y amor girando en un tornado de caos.

Antes de volver a abrir los ojos, Scott se aparta de mí como si quemara. Se pasa la mano por el pelo sin saber qué hacer. Nuestros ojos llorosos se encuentran de nuevo y se le escapa una exhalación trémula.

—Crystal... ¿tú me quieres?

Me muero por decirle que sí, que muchísimo. Quiero decirle que hace semanas que lo sé. Pero ¿para qué? Solo conseguiría poner las cosas más difíciles.

—Lo siento —digo en un susurro.

Le miro a los ojos y solo veo tristeza. Es como si estuviera presenciando cómo su corazón se desploma y se parte en dos. Y el mío le va a la zaga. Siento como si una pesa rusa se hubiese precipitado contra mi pecho, aplastándome el hueso.

Cuando al fin comprende que no voy a cambiar de parecer, me da la espalda.

Nada me queda por hacer salvo marcharme.

♥ 31

Llevo dos días sin salir de casa. En pijama. Tara ha asumido la tarea de desenredarme a diario el pelo de trol. Es una experiencia dolorosa porque lo cepilla desde la raíz, no desde el centro, como si estuviera poseída. Me sorprende que no me haya dejado calva.

Odio sentirme así. Odio haber dejado que los haters ganaran. Es como si toda mi plataforma hubiera sido una gran mentira. ¿Cómo puedo promulgar el amor propio y el positivismo corporal cuando me he dejado atrapar por la negatividad?

A estas alturas esperaba haber tenido algún tipo de revelación, un gran plan para resurgir y seguir adelante con mi Instagram. En lugar de eso, estoy en modo zombi. Me limito a existir. Como, duermo, como, duermo.

Después de negarme a abandonar el sofá, Tara solicita refuerzos. Mel irrumpe en mi apartamento con una caja de clementinas y en cuanto las veo rompo a llorar en plan feo, al estilo de Kim Kardashian. Debo decir en su defensa que Mel ignora lo que significa para mí esta adorable e inocente fruta cítrica. Solo puedo pensar en la sonrisa de Scott cuando las pelaba para él.

—Estás fatal, Crystal —dice Mel sin molestarse en ocultar su desagrado ante el absoluto caos de mi por lo general ordenado apartamento. Arruga la frente al reparar en los platos sucios apilados en el fregadero, los pañuelos de papel usados que invaden la mesita de centro y las migas de las galletas saladas esparcidas por el sofá.

Debido a mi estado, Tara ha empezado a limpiar lo que ensucio, pero su iniciativa es cuando menos irregular.

Mel se escurre en el trocito de sofá que no está cubierto de migas. Me da palmaditas en la espalda mientras lloro y me sueno la despellejada nariz.

Finalmente levanto la cabeza para coger aire.

—Lo siento, Mel, he sido una puta egoísta. ¿Cómo estás?

Sacude la cabeza restando importancia a mi comentario, como si su vida fuera lo último de lo que desea hablar.

—Estoy bien. He empezado a colaborar con una marca de bañadores supermona.

—Me alegro mucho por ti —le digo de corazón. Pese a mi tristeza, me hace bien escuchar las buenas noticias de otros—. ¿Qué tal con Peter? —le pregunto tras un breve silencio.

Apenas conozco a Peter, salvo por la vez que Scott y yo fuimos con ellos al rocódromo. Es de esos tíos de cara aburrida que se creen superiores, demasiado intelectuales para realizar actividades vulgares como la escalada. Además, solo ve la tele con fines educativos, nunca como entretenimiento. Scott lo llamó «fantasma» y apostó conmigo a que durarían dos meses a lo sumo porque no tenían nada en común.

Mel sube y baja los hombros, parece al borde de la exasperación.

—No lo sé. Vale, seguimos sin ponernos de acuerdo en nada. Nunca. Por ejemplo, la otra noche yo deseaba que viniera a casa después del trabajo, pero me dijo que necesitaba «estar solo». No cedió ni cuando quise tentarle con una mamada.

Tara levanta el mentón.

—¿Le ofreciste una mamada y se negó a ir?

—Así es, y eso que yo no suelo ofrecer mamadas. Estaba segura de que no se lo pensaría dos veces. ¿Creéis que es una mala señal?

Tara frunce el entrecejo.

—Yo no lo conozco y no sé nada de su vida y sus motivaciones, pero es la primera vez que oigo que un tío rechaza una mamada.

Hago un mohín.

—Scott es la única persona con la que he querido estar a todas horas, incluso en mis días cruzados.

Los últimos días sin Scott Landon Ritchie han sido apagados. Es como si les hubiesen arrancado el filtro de tonos cálidos y brillantes, dejando solo una oscuridad lúgubre. Todo está vacío. Su sitio en el sofá, su lado de la cama. Su risa potente y contagiosa ya no resuena en el apartamento.

Echo de menos ver películas larguísimas con él. Que me haga un millón de preguntas porque se durmió diez minutos y se perdió una escena crucial.

Mel sacude con disimulo algunas migas del sofá.

—¿Habéis hablado desde entonces?

—No.

Scott no me ha bombardeado con llamadas y mensajes, y no sé si debería sentirme aliviada o peor aún. Aunque sí me envió un mensaje de voz: «Crys, siento… siento mucho haber respondido a esos comentarios. Cuando estés lista, llámame, por favor».

—Lo que no entiendo es por qué necesitas distanciarte de él. Especialmente después de que te dijera que te quería —razona Mel.

—Pero eligió el peor momento posible. Y la primera vez que lo dijo ni siquiera me lo creí. Eso te da una idea de lo trastornada que estoy ahora mismo.

—¿En serio? —dice Tara, sumándose a nosotras después de recoger la cocina—. Por supuesto que te quiere. Te juro que no entiendo por qué te haces esto.

En lugar de sentarse en el extremo del sofá, se acurruca encima de mí y apoya los pies en el regazo de Mel, como un bebé gigante.

Pese a lo mucho que deseo telefonear a Scott y decirle que le quiero, que volveré a ser la mujer segura de sí misma de antes, no puedo.

—Primero he de recuperarme —digo—. No correré el riesgo de romperle otra vez el corazón hasta que me quite esto de encima. Además, todavía estoy un poco enfadada con él.

Tara clava en mí una mirada furibunda.

—La culpa de que tu autoestima haya caído en picado no es de Scotty, sino de los troles. No puedes hacerle responsable de eso. Él solo intentaba protegerte. Vale, se equivocó en la manera, pero lo hizo con la mejor de las intenciones. Y para serte sincera, yo también estoy preocupada por ti. En eso coincido con él.

La miro indignada.

—¿No me digas?

—Te has obsesionado con lo del positivismo corporal hasta el punto de anteponerlo a ti misma. Y al final has permitido que lo que opina una panda de haters envidiosos te afecte tanto como para cargarte tu relación.

—Scott actuó a mis espaldas —les recuerdo con obstinación.

Mel pone los ojos en blanco.

—También hay comentarios desagradables sobre él, ¿no? ¿Acaso no tiene derecho a defenderse? No todo gira en torno a ti.

Tiene razón. Hay comentarios horribles sobre él, no solo sobre mí. ¿Cómo he podido ser tan egoísta?

Entierro la cara en las manos, avergonzada por haberle culpado injustamente.

—En cualquier caso, la única manera de evitar esto sería eliminar mi cuenta y renunciar a mi plataforma, lo cual queda descartado.

—Decidas lo que decidas, no puedes seguir así. No lo soportarás —me advierte Mel.

—Tendré que hacerlo.

Mel me pasa más pañuelos cuando me empieza el hipo.

—Aunque seas entrenadora, Crystal, no siempre has de

mostrarte fuerte y segura. La comunidad curvy no te pide que la defiendas. Nosotras estamos bien. Lo que necesitamos es que tú seas lo mejor que puedas ser.

Suspiro.

—Eso es lo peor de todo, que no soy mi mejor versión. Tengo la sensación de estar viviendo una mentira. ¿Cómo puedes ser siempre tan positiva, Mel? Da la impresión de que nunca dejas que las cosas te afecten.

Me mira impertérrita.

—Terapia. Desde que me hice instafamosa, o como quieras llamarlo, veo a mi terapeuta cada dos semanas y me sienta de maravilla.

Ladeo la cabeza, contemplando esa posibilidad.

—Quizá debería probarlo.

—Además, la mayor parte del tiempo soy una persona positiva —continúa Mel—. Igual que tú. Puede que ya no me importen los comentarios, pero sigo teniendo días en que no me gusta todo de mí. Es normal.

Tara asiente y descansa la cabeza en mi hombro.

—Te exiges demasiado, Crystal. Todo el mundo duda a veces, es humano. Y más después de lo que has pasado.

Trato de asimilar sus palabras.

—Supongo que sí.

Cuando Mel se marcha, me descubro mirando mi carpeta del correo electrónico titulada «Feedback». Es donde guardo los mensajes de mis clientas tras finalizar sus programas. Abro uno de Jennifer, una de mis clientas favoritas.

Hola, Crystal:

No puedo creer lo deprisa que han pasado estos meses. No imaginas lo mucho que tu apoyo ha significado para mí. Nunca me sentía lo bastante segura para ir al gimnasio y levantar pesas, pero todo eso cambió cuando tuvimos nuestra primera reunión y me dijiste que nadie prestaba atención. Me diste esa pasada de *playlist* y por primera vez me sentí empoderada.

He progresado muchísimo tanto en el gimnasio como mentalmente. Me has convencido de que consumir una comida poco saludable no va a cargarse mi progreso. Ya no cuento las calorías ni me obsesiono en pesar las porciones. Por primera vez en muchos años soy feliz. Unos días son mejores que otros… pero, como me dijiste, lo que cuenta es que los días buenos pesen más que los malos.

No paro de recomendarte a todo el mundo. Eres más que una entrenadora de fitness. Siempre te consideraré una de mis mejores amigas.

Te quiero!

Jennifer

Me paso la tarde leyendo esos correos. Si existe un denominador común en todas mis antiguas clientas es que se hallaban en pleno viaje de autoaceptación. No se gustaban todos los minutos del día, desde luego. Y yo las tranquilizaba diciendo que eso no importaba, que mientras se gustaran más de lo que se odiaban, estaban en el buen camino.

Quizá la clave esté ahí.

♥ 32

Al día siguiente me despierta un mensajero de UPS que me trae mi nueva ropa de deporte patrocinada. Su cara de asco al reparar en mi rostro cadavérico y en el pijama lleno de lamparones cuando me pide una firma es como un puñetazo en el estómago. Tanto es así que me veo empujada a fingir un ataque de tos y a explicarle que soy víctima de un virus misterioso y probablemente letal. «¡No padezco un trastorno grave DE autodesprecio! ¡Lo juro! No me juzgues. Vale-gracias-ADIÓS».

Si existe alguna esperanza de volver a ser normal he de empezar por regresar al gimnasio, el que fuera mi refugio frente a todas las cosas malas, desagradables y estresantes. No solo por el bien de mi negocio y mi sustento, sino por mí. Por mi alma.

En cuanto cruzo el torniquete y aspiro el familiar olor a sudor, desinfectante, dientes apretados y determinación, la ansiedad por haber salido de casa comienza a disiparse. No hay mucha gente porque apenas son las tres de la tarde. Echo una ojeada y reconozco un par de caras. El tipo del walkman con la perilla. La culturista tensando su culo pétreo frente al espejo. Por suerte, la persona que intento evitar por todos los medios no está.

Cuando me encuentro cara a cara con mi máquina de sentadillas favorita delante de la ventana, me arrepiento de haberme ausentado estos días. Es lo que tiene el entrenamiento de fuerza: los parones retrasan el progreso, al margen de la memoria muscular.

Cuando voy por la segunda serie estoy roja como un tomate, frustrada y al borde de las lágrimas. Noto la tirantez, el dolor inmediato y la sensación de piernas de gelatina a causa de tantos días de inactividad.

Estoy sudando a mares, planteándome dejarlo y retirarme al santuario de mi cama, cuando se me acerca una mujer que no conozco. De mediana edad, tiene la piel morena y unos ojos castaño oscuro preciosos. Enseguida me fijo en su camiseta de un concierto de Lizzo en la que se lee en letras fluorescentes: ESTOY DE COÑA.

—Me encanta tu camiseta —le digo.

Sonríe y baja la mirada mientras se la estira.

—¡Gracias! La compré en el concierto que dio este invierno. Es increíble cómo se mueve sobre el escenario. Y con tacones.

—Y que lo digas. No entiendo cómo puede bailar tanto rato sin destrozarse los pies.

Asiente deprisa sin moverse de donde está.

—Perdona que te moleste...

Inspiro hondo, a la espera de que me pregunte si soy la chica de la foto viral.

—No quiero parecer una entrometida, pero cuando te he visto hacer las sentadillas me he dicho: «Joder, esta mujer es alucinante». ¿Cuántas sentadillas haces?

La miro incrédula, durante tanto tiempo que debe de pensar que estoy pirada. Tras estos días atormentándome por lo que piensa de mí gente que no conozco, el inesperado cumplido me resulta ajeno.

—Oh... gracias —tartamudeo.

—Yo no podría ni con la barra —se lamenta mientras examina las pesas de la barra que tengo detrás—. Soy Rhonda, por cierto. —Me tiende cordialmente la mano.

—Crystal. —Se la estrecho antes de señalar la máquina de sentadillas—. Para hacer sentadillas has de tener en cuenta tu peso corporal. Eso determinará cuánto puedes subir de manera natural. Es como entrenar cualquier otro músculo. Con las sentadillas tienes que empezar despacio, muy despacio. Dejar que tu cuerpo se acostumbre a la dinámica del movimiento.

Se apoya en la máquina asintiendo con interés, así que prosigo.

—En las sentadillas se trabaja todo el cuerpo, no solo las piernas. También intervienen el torso y los glúteos.

—Hablas como una experta.

De pronto, tomo conciencia de que realmente conozco mi oficio.

—Soy entrenadora personal.

—Ahora entiendo que levantes tanto peso. Llevo tiempo queriendo hacer algunas sesiones con un entrenador para empezar a trabajar con pesas. Es el segundo día que vengo y... —Pasea la mirada por la Zona Gym Bro como una oveja descarriada—. Estoy un poco agobiada.

Ladeo la cabeza con empatía, recordando el terror y la vergüenza que me daba a mí la primera vez que entré en el gimnasio años atrás.

Observo a los intimidantes gym bros que gruñen a nuestra izquierda y mi vista se detiene en la máquina de poleas y cables donde Scott vivió el caso Toalla. El recuerdo me provoca una punzada en el estómago, pero solo me dura un par de segundos y me centro de nuevo en Rhonda.

—Es cierto que esos tíos imponen un poco, pero son buena gente. Siempre están dispuestos a ayudar si los necesitas —la tranquilizo. Aunque me burle de su rollo sectario, los gym bros siempre son amables y me saludan cuando me ven.

Rhonda no parece muy convencida, y no la culpo siendo nueva. Después de haber releído los correos de mis clientas, tengo ganas de volver a ayudar a alguien.

—Solo me faltan dos series para terminar. Luego, si quieres, te enseño algunas cosas.

Esboza una gran sonrisa, pero un segundo después sacude la cabeza.

—No quiero robarte tu tiempo si estás ocupada.

—En absoluto. Dame un par de minutos.

Tras acabar la última serie, le muestro un par de movimientos básicos en las máquinas. Normalmente empiezo por las máquinas para que la gente que se inicia en el gimnasio obtenga una buena base antes de pasar a las pesas libres.

Rhonda me cuenta que es psicopedagoga de secundaria y que se acaba de divorciar. Se ha mudado a Boston desde una pequeña ciudad próxima a Atlanta y ha iniciado un «viaje de autoaceptación», como ella lo describe. Aunque no tiene presupuesto para un *Come, reza, ama*, sí ha cambiado su corte de pelo y su ropero.

Cuando me dice que la he inspirado para empezar a levantar pesas, tengo que sentarme en un banco y respirar. Es la primera vez en semanas que veo una luz al final del túnel. La esperanza de que el éxito y la felicidad de otra persona puedan volver a motivarme. La esperanza de que este incidente viral no me defina el resto de mi vida.

Conocer a alguien que ha aprendido a aceptarse y a respetarse de nuevo después de que su vida se desmoronara resulta muy alentador. También yo podría aprender algo de Rhonda, así que me ofrezco a entrenarla gratis.

—Vigila la postura. Endereza un poco la espalda... Así, ya lo tienes.

Me lleno de orgullo cuando Rhonda emprende su tercera serie de sentadillas. Empezó solo con la barra, pero tras unas pocas sesiones ya va por cincuenta kilos.

Aunque Rhonda es diez años mayor que yo, nos hemos hecho muy amigas. Como sigue buscando trabajo, solemos hacer las sesiones por la tarde. Durante los entrenos, cuando se detiene para coger aire, me pone al día sobre la pesadilla de su divorcio y la feroz batalla por la custodia de sus dos gatos pelones, Tim y Tam, y celebra lo liberador que es hacer pis con la puerta abierta en su nuevo apartamento.

—Y me he comprado un montón de bragas menstruales —anuncia toda orgullosa meneando la cadera—. Chuck las odiaba y me prohibió usarlas cuando empezamos a salir. Sé que Fruit of the Loom no es lo más sexy, pero son supercómodas.

—Mi ex también las odiaba. No el último. El anterior, Neil.

—Ah, el tío que te utilizó de tirita.

—Ese. El que va antes de Scott.

Al percatarse de mi cambio de humor, arruga la frente.

—¿Qué pasó con Scott?

Me muerdo el labio inferior y, pese a mi gen antisocial, lo suelto todo. Me sale como un torrente. Le cuento lo de la foto viral y todo lo demás. Y sacarlo hace que me sienta como si me hubieran quitado un peso gigantesco de los hombros.

Sentada en la tarima, Rhonda me escucha como una auténtica psicopedagoga, pasada con creces nuestra hora de sesión.

—Por eso yo evito internet a toda costa. —La empatía reemplaza enseguida su media sonrisa—. Lamento que sientas que has perdido tu plataforma y la confianza en ti misma por esa foto. Es horrible. Las personas no estamos hechas para esa clase de escrutinio. Nadie tendría que pasar por eso.

—No ha sido agradable, pero lo sobrellevo como puedo. Detesto sentir que he estado vendiendo mentiras a la gente. He animado a mis seguidoras a quererse a sí mismas pase lo que pase, pero empiezo a pensar que eso es mucho pedir. ¿Quererte todo el día, todos los días?

Se encoge de hombros.

—No creo que la confianza y la autoestima se obtengan por arte de magia. Tampoco puedes aferrarte a ellas como si fueran algo tangible. Van y vienen. A lo mejor te sientes segura en todos los aspectos de tu vida salvo en uno. O puede que ocurra algo y toda tu confianza se haga añicos en un instante, como te ha sucedido con la foto de Instagram. No significa que en el fondo de tu corazón no te quieras.

Me paro a reflexionar sobre lo que acaba de decir.

—¿Y cómo recupero la confianza en mí misma?

—Tienes que encontrarla según tu propio criterio. Redescubre las cosas que te gustan de ti y foméntalas. No solo aquellas que la sociedad dice que deberían gustarte. La belleza no es objetiva, por mucho que la sociedad te diga lo contrario.

Aprieto los labios.

—No sé si en eso coincido contigo.

—¿Por qué no?

—Porque tengo la impresión de que a la gente le gustan las mismas cosas. Todo el mundo piensa que Scarlett Johansson es sexy. Los hermanos Hemsworth. Idris Elba. Rostros con forma de corazón. Ojos claros. Todo eso.

—Solo a un segmento de la sociedad occidental —señala Rhonda—. Antes las curvas se veneraban. Y, personalmente, no sé qué le ven a esos Hemsworth. Los abdominales supermarcados no me ponen en absoluto. ¡Hollywood, dame hombres con cuerpos de papá!

Me río mientras tiro de una hebra de mis mallas. En eso tiene razón. En el mundo existen diferentes ideales de belleza. Y los propios cánones de belleza cambian con el tiempo.

—Puede.

—Cada persona ve la belleza de manera distinta, Crystal. Lo peor de todo es que se nos enseña desde niñas que no somos bellas porque no somos blancas y delgadas. ¿Alguna vez tuviste una Barbie que se pareciera a ti?

—No.

Me dirige una mirada incisiva.

—Exacto. Y las mismas grandes empresas que nos decían que no éramos guapas, que no éramos dignas de amor, de repente nos gritan que tenemos que gustarnos.

—Y si no nos gustamos en todo momento, el problema lo tenemos nosotras. —Asiento, comprendiendo al fin. Yo me convertí en parte de la maquinaria al vender esa idea a mis seguidoras.

Después de mi sesión con Rhonda regreso a mi apartamento y me tumbo en el suelo de la sala mirando el techo. Si soy sincera conmigo misma, ni siquiera recuerdo cuándo escuché por primera vez los términos «positivismo corporal» y «autoestima». Calculo que fue cuando puse en marcha mi plataforma de fitness, y me aferré a ellos con todas mis fuerzas porque pensaba que eran poderosos. «Por supuesto que me merezco quererme. A la mierda la sociedad», pensé.

Siguiendo el consejo que di en mi reciente publicación de Instagram, agarro un folio y redacto una lista de todas las cosas que me gustan de mí, pero no solo porque la sociedad dice que son valiosas. También hago una lista de las cosas que no me gustan.

Resulta curioso que la lista de los «Me gusta» sea dos veces más larga que la de los «No me gusta». Y he puesto un montón de cosas en las dos. Las estudio detenidamente y poco a poco empiezo a comprender.

La confianza y el amor a una misma son fenómenos en constante cambio. Estoy en mi derecho de sentirme unas veces bien y otras no tan bien. ¿Quién es nadie para reprocharme que no esté en mi mejor momento después de haber sido humillada en internet hace solo unos días?

Con ello en mente, retomo mis entrenamientos a lo largo de los siguientes días, sin prisa pero sin pausa. Cada vez que vuelvo al gimnasio recupero un poco más la seguridad en mí misma.

Estoy empezando a respetar la imagen que veo en el espejo, aunque no siempre me guste. El otro día vi mi reflejo después de hacer una serie de peso muerto rumano bastante dura. Y sonreí, no solo porque tenía un buen día de pelo, sino porque estaba orgullosa de mí misma. Probablemente fue el momento más feliz que he tenido en mucho tiempo.

Por supuesto, con cada paso hacia delante también hay contratiempos. Pero solo pido ser siempre honesta conmigo misma en los momentos sombríos, y seguir avanzando y encontrando maneras de contrarrestar lo negativo con lo positivo.

19.30 — PUBLICACIÓN DE INSTAGRAM: «LO SIENTO» DE **CURVYFITNESSCRYSTAL**:

Hola a todas. Esta no es una publicación fácil para mí. Os debo una disculpa, no solo por haber desaparecido, sino también por mi campaña de Positivismo de Talla. Os pido perdón por todas las veces que os dije que os quisierais EN TODO MOMENTO. Os pido perdón por todas las veces que utilicé términos como «positivismo corporal» y «autoestima». Básicamente me estoy disculpando por el enfoque de mi plataforma hasta la fecha.

Ya no defiendo términos como «positivismo corporal» y «autoestima». Y os cuento por qué:

Mientras crecía como una chica mitad asiática y regordeta, jamás me vi reflejada en los medios como un objeto bello o digno de afecto. No encajaba en los cánones de belleza establecidos. Así era difícil quererse a sí misma.

En un momento dado, todo cambió. De repente el término «positivismo corporal» estaba en todas partes. Marcas populares que hasta entonces solo habían utilizado a modelos de la talla treinta y cuatro introdujeron a mujeres curvy en sus anuncios. Ahora eran mujeres rubias con curvas las que me decían que tenía que QUERERME, y que si lo hacía todo iría bien. Que no tenía permitido sentirme insegura, nunca.

Por supuesto, aquí quererse era el objetivo último. No estoy diciendo que no te quieras si ya lo haces (en serio, lo respeto muchísimo). No obstante, a algunas les lleva más tiempo integrar este concepto. Es un viaje de por vida. Y detesto que la obligación de cambiar la percepción que nos han metido en la cabeza recaiga en la gente cuyo cuerpo no encaja con los cánones de la sociedad. De repente, no es socialmente aceptable que te sientas mal contigo misma, nunca.

Lo siento, pero yo no puedo decir que me gusten mis michelines y mi celulitis todo el día, todos los días. Por otro lado, tampoco necesito despreciarme y odiarme. Se trata de aceptarte y respetarte al tiempo que comprendes que tú eres mucho más que tu cuerpo.

A partir de ahora las cosas van a cambiar en mi cuenta. Seguiré ofreciendo mis programas, haciendo tutoriales de entrenamiento y demás, pero mi mensaje será diferente. Ya no veréis la sección de comentarios en algunas de mis publicaciones. En lugar de eso, he creado un grupo privado de Facebook para mis clientas y seguidoras de confianza.

Espero de corazón que os unáis a mi grupo y me sigáis en este nuevo viaje. 😊

Crystal

Comentario de **tranerrachel_1990**: Me encanta!! ♡ Cuánta razón tienes. Nos enseñan a odiar todo aquello que no se ajusta al canon de belleza que nos imponen y luego, al mismo tiempo, nos dicen que nos aguantemos y que nos gustemos de todos modos. Y si no lo hacemos, nos hacen sentir mal por ello.

Comentario de **fitnessgoalsbymadison**: Uau, qué ♡ mensaje tan potente. Me apunto al viaje.

Comentario de **gainz_gurlie**: Crystal, eres increíble! ♡ Cuánto me alegro de que hayas abrazado el respeto al cuerpo.

Comentario de **DarcyChapman12**: Echo de menos tus ♡ publicaciones. Espero que hayas vuelto para quedarte.

♥ **33**

Mi abuela Flo terminó por convencer a Martin para que se mudara a su «casa de los horrores» (como la llama Tara). La casa sigue abarrotada de trastos, pero Martin ha conseguido que mi abuela le haga sitio para sus cosas tirando algunos objetos innecesarios, por ejemplo su colección de viejas pantallas para lámparas (estaba convencida de que tarde o temprano les daría uso), tres batidoras KitchenAid (todas a estrenar) y dos jaulas de lujo (Flo nunca ha tenido pájaros).

—¿Cómo está Scotty? —me pregunta Martin mientras corta a machete su filete demasiado hecho.

Aunque mis padres están al corriente de mi ruptura con Scotty gracias a la bocazas de Tara, me resisto a contárselo a mi abuela y a Martin porque sé que se llevarán un disgusto. Seguro que a mi abuela le vuelve esa imagen mía muriendo en completa soledad.

No he visto a Scott desde hace semana y media. Pensar que ha pasado tanto tiempo desde la última vez que hablé con él me deja el ánimo por los suelos.

Pese a lo orgullosa que estoy de empezar a ver la luz al final del túnel, creo que es posible que Scott tuviera razón. A lo mejor esto habría sido más fácil con él a mi lado.

Antes de verme obligada a responder a Martin, mamá acapara la atención de todos cuando reacomoda a una agitada Hillary en su falda.

—No hay más filete para ti —le dice dándole una palmada en el lomo.

Desconecto mientras mi familia charla sobre el inminente viaje de luna de miel de Flo y Martin a Hawái, y aún más cuando sale el tema de que la sobrina nieta de Martin ha sido admitida en Medicina. Solo puedo pensar en lo mucho que echo de menos la presencia de Scott, su mano estrechándome el muslo bajo la mesa con gesto protector.

Terminada la cena, me retiro con discreción al desvencijado porche de mi abuela, donde me siento para disfrutar de los últimos rayos de sol. Me esfuerzo por evitar el contacto visual con los aterradores enanos esparcidos por el césped. De niña me divertía asegurándole a Tara que estaban vivos, como Chucky, el muñeco asesino. Me acomodo en la silla de jardín retro, una reliquia con tantos años como yo, y me cubro los ojos con la mano.

Papá me sigue con una cerveza en la mano.

—¿No crees que la carne estaba demasiado hecha? —me pregunta, típico de él. Mi padre siempre empieza las conversaciones con una pregunta de lo más trivial.

El sol del atardecer proyecta una luz dorada sobre la hierba marrón, ávida de un poco de lluvia en este verano particularmente seco.

—Sí, pero estaba buena.

Asiente con la mirada al frente y toma asiento en la silla que hay a mi lado.

—¿Te he contado alguna vez cómo empecé mi empresa de limpieza?

Doy un suspiro exagerado. Justo ahora que empiezo a recuperar la confianza en mí misma, tiene que venir a soltarme el rollo de la estabilidad económica.

—Papá, no quiero escuchar otro sermón sobre buscarme un trabajo de verdad.

Ignora mi comentario agitando la mano.

—Acababa de terminar el instituto y no tenía dinero para ir a la universidad. Una noche estaba trabajando en la lavandería cuando entró tu madre. —Hace una pausa mientras la mirada se le llena de nostalgia—. Iba con una amiga. Llevaba el pelo cardado como un caniche. Era la moda entonces —añade, dándome un codazo antes de beber otro sorbo de cerveza—. El caso es que me miró y sonrió, así que yo le devolví la sonrisa. Pensé que era muy guapa y que estaba fuera de mi alcance. —Una ardilla rayada cruza el porche y se lanza por el otro extremo—. Cinco días después, creo que fue, volvió. Esta vez no traía ropa para lavar. Pensé que quizá se había dejado algo la última vez, pero vino directa hacia mí y me propuso una cita.

Resoplo. No me cuesta imaginarme a mamá haciendo algo así. Pese a su apariencia discreta, cuando quiere algo no hay quien la detenga.

—Yo tenía cuarenta dólares en mi haber, pero como ella quería salir, la llevé al McDonald's y la invité a un combo. Después me cogió la mano y me besó. —Tiembla con una risa suave.

—Típico de mamá. —Se me sonrojan las mejillas al pensar en mis padres como dos jóvenes besándose en el McDonald's.

—Ese día supe que quería casarme con ella.

De pronto me recuerdo en los brazos de Scott, sabiendo que quería pasar el resto de mi vida con él, sin importar cómo se viera desde fuera, sin importar los obstáculos.

—¿Qué tiene que ver eso con tu empresa de limpieza?

Levanta la mano.

—Espera un poco. Una de las primeras veces que invité a tu madre a un buen restaurante me retrasé. Ella ya estaba cuando llegué. Le dije al camarero que había quedado con mi novia. El tipo me miró extrañado y me soltó: «Aquí no está». Miré por encima de su hombro y vi la cabeza de tu madre en una de las mesas. Le hice señas con la mano y el camarero me clavó los ojos de un modo que nunca olvidaré. Y me dijo: «Esa no puede ser su novia». El hombre no pretendía ser cruel. Su desconcierto era genuino. Era una reacción muy común, sobre todo en aquellos tiempos. La gente no podía entender que una mujer blanca saliera con un hombre asiático.

Inspiro hondo, conmocionada. Nunca me había parado a pensarlo. Como mujer mitad china, mitad blanca, he sufrido actitudes racistas, comentarios ignorantes y preguntas directas como «¿Tú qué eres?». Pero jamás se me ha ocurrido que no pudiera salir con alguien por eso.

—No lo sabía —digo reacomodándome en la silla.

Vuelve a mirarme.

—Tu madre creía que el racismo sutil no existía, pero sí que existía. La gente comentaba cosas, incluso nuestros amigos hacían pequeñas bromas que no pretendían ser insultantes. Pero lo eran, pues reforzaban el hecho de que pensaban que yo no era blanco cada vez que nos miraban. Hasta tus abuelos se mostraron reacios al principio.

—Pero la abuela Flo te quiere, y el abuelo también te quería.

—Su tiempo les llevó —reconoce frotándose la barbilla—. Yo sentía que tenía que hacer más que un hombre blanco para ganármelos. Y el que no tuviera un céntimo tampoco ayudaba. De modo que monté el negocio… en parte para demostrarme a mí mismo que era lo bastante bueno para ella.

Lo miro a los ojos, incapaz de aceptar eso. Me parte el corazón que alguien tan seguro como mi padre se sintiera indigno a causa de su raza. Nada más lejos de la verdad.

—Pero lo eras, siempre lo has sido.

—Eso me decía tu madre. Ella no entendía por qué me afectaba tanto. Discutíamos por eso. Hasta que comprendí que la gente siempre sería cruel y que si quería tener una vida dichosa, debía hacer lo que estuviera en mi mano para protegerme.

—¿Como qué? —pregunto.

—Como no dejar entrar en mi vida a gente intolerante. Y decir lo que pienso cuando alguien hace un comentario ofensivo. Existe una diferencia entre decir lo que piensas y dejar que la ignorancia de los demás tenga poder sobre ti. —Suspira—. Me llevó un tiempo reconciliarme con eso. Pero ya no necesitaba la aprobación de nadie, y tampoco alimentar el malestar y dejar que eso me definiera.

«No necesitaba la aprobación de nadie», esas palabras resuenan en mi cabeza. Scott dijo eso mismo, pero lo siento diferente viniendo de mi padre, que ha vivido el problema en carne propia por no encajar en el estrecho molde de la sociedad. Qué ingenua he sido al pensar que era la única que estaba pasando por eso, que nadie podía entender cómo me sentía.

—Pero lo que más me ayudó a superar todo aquello fue tu madre —prosigue—. Seguro que hubiera podido yo solo, pero la carga era más ligera cuando la incluía a ella. No siempre me entendía, pero lo intentaba. Me escuchaba. Y me ayudaba a ver el lado positivo cuando me venía abajo. Era mi pilar. Y sigue siéndolo.

Entorno los párpados.

—Sé por qué me estás contando todo esto.

Papá encoge los hombros y me guiña un ojo mientras bebe un sorbo de cerveza.

—Solo te he contado una de mis historias. Si la relacionas con tu propia vida, es cosa tuya. —Se levanta para abrazarme.

Cuando me rodea con sus brazos, los ojos se me llenan de lágrimas al comprender que estoy delante de alguien, mi padre, que ha pasado por lo que yo estoy pasando. Y que salió victorioso. No dejó que el odio lo destruyera o destruyera su amor por mi madre. Eso los hizo más fuertes. Juntos.

—No dejes que nadie te diga cuánto vales. Nunca. Ni siquiera tu viejo cuando te insiste en que busques un trabajo como es debido. Y a los desconocidos ni caso —dice, y me suelta para sacarse un pañuelo de papel del bolsillo y tendérmelo.

—Papá —digo sorbiendo.

—¿Sí?

—Detesto que me saques el tema del trabajo. Estoy contenta con lo que he conseguido con mi empresa, y últimamente más. No necesito tu crítica constante.

Se queda petrificado unos instantes antes de soltar un suspiro.

—Lo sé.

—Entonces ¿por qué lo haces?

Baja la cabeza y le da un puntapié a una hoja seca.

—Lo siento, no sabía que te molestara tanto. Pensaba que te ayudaba.

—Pues no me ayudas. Creo que tú y yo tenemos una idea muy diferente del éxito y la estabilidad.

—Entonces estamos de acuerdo en que estamos en desacuerdo. Te prometo que no te diré nada más. No he sacado el tema desde que me regañaste en la boda, ¿cierto?

—Cierto, y te lo agradezco.

Me da unas palmaditas en el hombro.

—En cualquier caso, recuerda lo que te he dicho: no estás sola. Y me siento muy orgulloso de ti y de la mujer en la que te has convertido.

Me quedo en el porche cuando entra, reproduciendo sus palabras en mi mente.

Si mi padre hubiese sucumbido a aquellos comentarios desagradables que lo encasillaban, mamá y él no se habrían casado. No habrían tenido su boda pasada por agua pero perfecta aquí, en el jardín de mi abuela Flo. No habrían tenido su azarosa luna de miel en un hotel plagado de chinches en las Adirondacks. No nos habrían tenido a Tara y a mí. Ni habrían tenido treinta hermosos años de vida juntos.

La vida que yo podría tener con Scott. La vida que deseo con todo mi ser.

34

Aquí no hay indicios de humo. Pensaba que era un aviso de incendio —resuena la voz ronca y familiar de Scott en el gimnasio vacío.

No esperaba que Scott y el equipo de bomberos llegaran tan deprisa a Excalibur Fitness. En cuanto vi el camión rojo detenerse frente a la entrada, corrí a esconderme en el armario de la sala de yoga.

Agazapada bajo un manto de oscuridad, miro por la diminuta rendija de la puerta como una voyeur. El corazón me late deprisa mientras me obligo a permanecer inmóvil. Cada vez que respiro, la montaña de esterillas que tengo detrás amenaza con desmoronarse y enterrarme viva. Tampoco ayuda que la escoba se me haya caído en la cabeza tres veces en un minuto. Quién me iba a decir que los grandes gestos podían ser tan peligrosos.

Cuando empecé a planear esto, sabía que no podía fallar nada. Es lo menos que se merece Scott después de todo lo que le he hecho pasar. Necesito demostrarle que lo siento. Que nunca más dejaré que mis miedos e inseguridades afecten a nuestra relación. Que yo también lo quiero. Cuando tropecé con mis antiguos tutoriales de entrenamiento, supe con exactitud lo que quería hacer.

—Igual ha sido una falsa alarma —responde la voz profunda de Trevor.

Esta locura de plan ha sido posible gracias a Trevor. Para mi sorpresa, se volcó por completo, analizando meticulosamente todas las posibilidades y estrategias de refuerzo para garantizar una ejecución perfecta. Puede que sea un mujeriego que recula ante la mera idea de una relación monógama, pero Trevor me ha demostrado que en el fondo es un romántico. Qué pena, tanto talento desperdiciado.

—¿Qué es esto? —pregunta Scott. Su voz suena más cerca.

Cuando unas pisadas fuertes irrumpen en la sala de yoga, se me cierra la garganta. Scott lleva puesto todo el equipo. Creo que mi alma ha salido de mi cuerpo. Aunque la rendija de la puerta no me permite una panorámica completa, es demasiado sexy para la vista. Ni siquiera el grosor de la chaqueta y el pantalón consiguen camuflar su maravillosa corpulencia. Se quita el casco y se lo coloca bajo el brazo, dejando al descubierto ese pelo peinado hacia atrás que me hizo babear la primera vez que lo vi.

Observa la pared con cara de concentración y desconcierto. La proyección ocupa casi todo el fondo con la foto. La foto que lo estropeó todo. La foto de nosotros dos en la playa. La foto que fue noticia a nivel nacional.

Lanza una mirada acusadora a Trevor.

—¿Es una broma de mal gusto o qué?

Trevor sacude la cabeza y dirige a Kevin una mirada cómplice.

—Dale un minuto —dice Kevin.

Scott los fulmina con los ojos, señalando la foto.

—¿Es una encerrona? ¿Van a montar alguna actuación o alguna mierda por el estilo? Sé que he estado deprimido, pero esto es...

—Deja de decir gilipolleces y mira —le ordena Trevor, perdiendo la paciencia.

Coge de la mesita el mando del proyector y le da al play antes de adentrarse en la oscura sala con Kevin y el resto del equipo.

La foto de la playa desaparece y es reemplazada por un vídeo en el que aparezco yo mirando a cámara. Mi voz inunda la estancia.

—«Hola, Scott. Perdona por haberte arrastrado hasta aquí en circunstancias tan misteriosas y peliculeras. Sé que no nos separamos de la mejor manera. Siento muchísimo haberte hecho daño. Sé que todo este asunto te hizo dudar de mis sentimientos por ti y de mi confianza en ti. Necesito decirte un par de cosas, pero primero echa un vistazo a esto».

El vídeo da paso a un clip donde salgo haciendo remadas con cable. La toma es perfecta, hasta que una figura corpulenta se coloca delante de la cámara, tapando la mayor parte de la pantalla, salvo la mitad de mi rostro.

—«Toma, para que no se te olvide limpiar el asiento».

Scott pone los ojos como platos al oír su voz.

Cuando sale del encuadre, se me ve sentada en el aparato de remo pestañeando. Lo que no sabía entonces era lo mucho que deseaba seguir hablando conmigo. «No tenía ni idea de cómo continuar la conversación sin parecer un baboso y hacer el ridículo, así que me fui», me confesó una noche mientras rememorábamos cómo nos habíamos conocido.

El vídeo introduce una toma mía haciendo abdominales en la esterilla. Scott pone cara de incredulidad cuando ve que su figura aparece en escena y se arrodilla delante de mí con esa sonrisa de chulito.

—«¿Qué has hecho con mi móvil?».

—«No sé de qué hablas» —le respondo yo.

En el vídeo me incorporo y nos quedamos frente a frente, fulminándonos con la mirada unos segundos antes de proseguir con la cháchara. Mi cara luce una gran sonrisa, lo cual me impactó la primera vez que vi el corte porque en mi recuerdo le estaba lanzando una mirada intimidatoria.

Durante unos minutos la imagen se oscurece porque Scott se guarda mi móvil en el bolsillo. Se me escucha cómo le pincho sobre Tinder y le digo que me justifique por qué necesita su móvil. Después nos ponemos a negociar para devolvernos los móviles. El vídeo salta a un primer plano de su cara cuando se niega a darme el teléfono y decide colarse en mi Instagram para averiguar mi nombre.

A continuación sale un entrenamiento que hicimos juntos a las pocas semanas de aceptar la regla de los tres meses. Creo que olvidamos que la cámara estaba encendida.

Nos estamos recuperando en una esterilla con las piernas estiradas y no paramos de rajar, como siempre. Le llamo antivacunas (lo que niega con vehemencia) y fardo de la paliza que le he dado en los burpees (lo cual es cierto). Apenas puedo respirar a causa del entrenamiento, pero también porque Scott me sonríe de oreja a oreja. La imagen se congela conmigo en mitad de una carcajada.

El vídeo salta entonces a un montaje de Scott haciendo muecas divertidas delante de la cámara antes de ponerse serio y filmar mis entrenamientos. Hay algunas tomas de él dándome un beso, e incluso una en la que estamos intentando hacernos una foto juntos en el sofá sin darnos cuenta de que la cámara está en modo vídeo.

Lo siguiente es una sesión con Mel. Estoy documentando sus flexiones de brazos. Corresponde al día después de enterarnos de que Martin estaba sano. La cámara enfoca a Scott, que está a unos metros de nosotras haciendo saltos de cajón.

—«Hola, bombón» —le llamo.

Mi mano aparece en el encuadre saludándole.

La cámara vuelve a Mel, que sonríe divertida.

—«Sois monísimos».

Mi risa inunda la sala.

—«Para» —le digo a Mel.

—«Le quieres» —se burla ella.

Dirijo la cámara a mi rostro sonriente.

—«Sí. Lo quiero».

Por la rendija veo que Scott tiene cara de estupefacción. Sigue mirando la pantalla, fascinado, mientras se suceden más tomas y fotos de nosotros en la boda de Flo y Martin. Por último aparece de nuevo la foto de nosotros en la playa.

Se gira hacia mí cuando abro la puerta del armario para salir de mi escondite. En ese preciso instante, la escoba se cae y me golpea la cabeza una vez más.

♥ 35

P arece una estatua congelada. Un ciervo frente a los faros de un coche. Ni siquiera las esterillas de yoga lo sacan de su pasmo cuando salen disparadas del armario como un alud. Su mirada oscila entre mis ojos y el vídeo proyectado en la pared del gimnasio.

—Te debo una explicación. —Me retuerzo los dedos, incapaz de controlar los nervios, mientras rezo para que no me salga un chichón por el golpetazo de la escoba. La sensación de frío ha desaparecido por completo—. Primero de todo, te quiero. Y me detesto por no decírtelo cuando me lo preguntaste, porque era la única respuesta posible. Como has podido ver en el vídeo, hace muchísimo que te quiero.

Mis ojos siguen el movimiento de su nuez cuando traga saliva. Parece angustiado. De hecho, diría que está a punto de darse la vuelta y marcharse para siempre. Pero no lo hace. Se queda donde está y asiente para que continúe.

Me había preparado un discurso, pero ahora que tengo a Scott frente a mí todos mis pensamientos salen a chorro, como el agua de una presa reventada. Lo que sea que se dispone a emerger de mi boca no lo hace con suavidad.

—En realidad, el problema no era solo que la foto se hiciera viral. De niña tenía el complejo de que nunca era lo bastante buena. Y no solo por mi tamaño. Era todo. Nunca me creía lo bastante ágil en los deportes, o lo bastante inteligente en el colegio, o lo bastante divertida para mis amigos. —Me interrumpo para coger aire—. Todo eso cambió cuando creé mi plataforma. Comencé a ganarme la aceptación de completos desconocidos y pensé: «Uau, ahora sí que me gusto».

El semblante de Scott se va relajando mientras prosigo con mi parloteo.

—En mi plataforma he intentado ayudar a los demás a sentir lo contrario de lo que yo he sentido. Era una manera de escapar de lo que en realidad sentía por dentro, sobre todo cuando estaba con Neil. Y en general funcionaba... —Me retuerzo las manos, incapaz de estarme quieta—. Pero a medida que la plataforma crecía, los comentarios eran cada vez peores. No quería intervenir. Yo siempre he recomendado ignorar a los haters. Se convirtieron en una obsesión, porque estaba desesperada por cambiar la mentalidad de la gente. En cierto modo, anhelaba demostrar mi valía y dejar que se convirtiera en mi identidad.

Scott da un pequeño paso al frente, como si quisiera decir algo, pero no lo hace. Simplemente me deja hablar.

—Cuando la foto se hizo viral, fue como si se hiciera realidad mi peor pesadilla. Que, en cierto modo, yo no valía. Siento no haber tenido en cuenta tus sentimientos. Siento no haber reconocido lo terrible que era también para ti. Fui una completa egoísta. —Asiente, lo que interpreto como que está de acuerdo—. Entiendo que estuvieras preocupado por mí y que respondieras a esos comentarios. Creo que he encontrado la manera de desengancharme de la negatividad sin dejar de tener un contacto personal con mis clientas y mis seguidoras.

—Me alegra oír eso —dice de corazón, aunque todavía mantiene las distancias.

—Scott, sé que nunca podré compensarte por lo ocurrido. Tardé demasiado en darme cuenta de que confío en ti más que en ninguna otra persona. En realidad era en mí en quien no confiaba, porque me estaba exigiendo algo inalcanzable. Ahora lo sé. —Hago una pausa—. He comprendido que tener la autoestima alta en todo momento no es realista. Tengo derecho a sentirme triste y cohibida unas veces y segura y feliz otras, siempre y cuando me acepte y me respete. Y te quiero en mi equipo.

Se reajusta el casco bajo el brazo.

—Has hecho un buen trabajo de reflexión. Estoy muy orgulloso de ti. —Su tono es dulce y sincero—. Yo quiero pedirte perdón porque me equivoqué al responder a los comentarios. Me he sentido muy mal por ello. Sé lo mucho que te apasiona tu plataforma y no quiero ser un obstáculo. Reaccioné de manera desproporcionada por la experiencia que viví de niño. Nunca debí proyectarla en ti. Sé que puedes manejarlo sola.

—Ya estás perdonado.

Se pasa la mano por la barba incipiente.

—No… no puedo creer que hayas escenificado un aviso de incendio. —Se vuelve hacia la ventana, donde sus compañeros observan nuestra conversación sin ningún disimulo—. ¿Vosotros estabais en el ajo?

Todos asienten y levantan el pulgar con entusiasmo.

—Creo que esto es lo más osado que he hecho en mi vida —reconozco entre risas, conteniendo el deseo de acariciarlo, de sentir sus enormes brazos en mi cintura—. Sé que tienes mucho que asimilar. —Abre la boca para decir algo, pero continúo—: Quería decirte lo mucho que te quiero a ti y a la persona que eres. Tenía que habértelo dicho antes, en cuanto me di cuenta. Echo de menos tus estúpidas frases para ligar. Echo de menos ver las películas sola cuando te quedas dormido a mi lado. Y echo de menos reírnos juntos hasta llorar.

—¿En serio echas de menos mis frases para ligar?

Un atisbo de esa sonrisa de chulito regresa a sus labios, pero solo un segundo. Se balancea sobre los talones antes de acercarse unos centímetros y cernirse sobre mí, como hizo el día que nos conocimos, cuando me robó la máquina de sentadillas. Su cuerpo irradia calor.

—Sí. Incluso las peores.

La sonrisita provocativa asoma de nuevo. Hasta los hoyuelos hacen su aparición. Es sutil, como si se sintiera aliviado y feliz.

En cuanto sonrío, las arrugas de su frente se desvanecen. La tensión abandona su mandíbula. No hay duda, todo su ser es magnético. Tanto, que mis pies avanzan solos hacia él.

Scott no retrocede. De hecho, acorta el espacio que nos separa y me envuelve entre sus fuertes brazos. Luego toma mi rostro en sus manos y me sonríe con los ojos antes de inclinarse para unir sus labios a los míos. Le rodeo el cuello, atrayéndolo hacia mí.

La sensación de sus labios en los míos, después de todo este tiempo separados, es como la primera gota de agua que golpea la lengua después de un entrenamiento de crossfit matador. Su beso me hace renacer. Está lleno de vida y me libera de todo el caos y el ruido que invadían mi mente, paralizándome. Todo se detiene cuando me toca, dando paso a una serenidad perfecta. Reina el silencio. Un silencio cristalino. Puedo oír todos mis pensamientos por primera vez en años.

Cuando Scott descansa su frente en la mía, susurro:

—Siento haber tardado tanto.

Posa el dedo índice en mis labios.

—Te habría esperado toda la vida. Te quiero.

❤ 36

Pese al despliegue cinematográfico, Scott y yo no podemos galopar hacia la noche estrellada. Él debe terminar su turno, la responsabilidad por encima de todo. Pero no importa, porque en cuanto sale del trabajo aparece en mi puerta con sus preciosos ojos verdes brillando y una caja de clementinas bajo el brazo.

Me deleito en la contemplación de su camiseta ajustada y sus prominentes bíceps, propios de un dios griego. Se apoya en la jamba con su sonrisa de chulito, como si nunca se hubiese ido.

—No tienes que comprarme clementinas cada vez que vengas a casa —le digo, aunque en realidad no quiero que deje de hacerlo mientras camine sobre la tierra.

—Yo creo que sí. ¿Quién me las iba a pelar si no? —Me dirige una sonrisa cautivadora antes de entrar y dejar la caja en la mesita de centro. Señala la pantalla del televisor. *El padrino*, otra película larguísima, bajada y lista para nuestro disfrute—. Veo que ya has elegido.

—Sí, aunque apuesto a que no tardas ni una hora en dormirte.

Me acerco a él. Todo mi cuerpo vibra de energía contenida, ansiando explotar, derribando toda la negatividad que estoy dejando atrás.

Con una sonrisita, me envuelve con el manto seguro y cálido de sus brazos. A cambio me aferro a su torso como un koala, diciéndole en silencio que nunca lo soltaré. Mis rodillas amenazan con flaquear mientras disfruto de su olor a ropa limpia y jabón.

Me besa con dulzura la sien.

—Pero a pesar de eso, me quieres.

—Te quiero. —Esbozo una sonrisa de oreja a oreja en cuanto las palabras salen de mis labios, porque estoy deseando repetirlas. Una y otra vez.

Sus hoyuelos se ahondan cuando desliza los dedos por mis nalgas y las aprieta con firmeza.

—Veo que has dedicado tiempo extra a la máquina de sentadillas de la ventana.

—Algo tenía que hacer para llenar mi tiempo. Además, era un placer tenerla para mí sola, sin el peligro de que me la robaras.

Levanta la ceja y me obsequia con un apretón más firme.

—Ah, cierto, que esa máquina está vedada a todo el mundo salvo a Crystal Chen.

—Oye, aquel día me la agencié limpiamente —le recuerdo con un golpe suave en el pecho—. No es culpa mía que no vieras mis cosas.

Trata de disimular que está disfrutando.

—Vale, llegó la hora de la confesión: puede que viera tus cosas y aun así te robara la máquina.

Me tapo la boca con la mano, en parte liberada, en parte escandalizada por la revelación.

—¡Lo sabía!

El pecho le tiembla con una risita mientras despliega los dedos de una mano por mi pelo hasta la nuca, y descansa la otra en mi mejilla.

—Había llegado a Excalibur veinte minutos antes. Era la primera vez que iba y aún no tenía claro si quería apuntarme. Costaba casi el doble que el gimnasio que había un poco más abajo, pero solo tenía un rato para entrenar antes de entrar a trabajar y decidí comprar un pase de un día. —Me atrapa con su mirada seria antes de continuar—: Justo cuando me disponía a pagar, te vi. Enfriabas en la cinta de correr y estabas absolutamente preciosa. Me puse nervioso como un crío. Creo que intenté pasar el carnet de conducir por el datáfono. No fue mi momento más glorioso.

—No puedo creerlo... —consigo farfullar, presa del shock por lo que acabo de oír.

Cuando fui a verlo al trabajo, Scott me reconoció que se sintió atraído desde el principio, pero no sabía que ya se había fijado en mí antes del incidente de la máquina de sentadillas.

Inspiro hondo cuando me acaricia el lunar con el pulgar.

—Sabía que en cuanto hablara contigo estaría perdido. Y así fue. De modo que al terminar las sentadillas, regresé a la recepción y pedí el pase de un año.

—Qué atrevido.

Me lanza una mirada astuta.

—Conozco a mi tipo de mujer.

—¿Y cómo es tu tipo de mujer? —pregunto al tiempo que deslizo los dedos por los duros músculos de su espalda.

—Decidida, segura de sí misma, amable y estimulante. —Se le escapa una risa queda—. Mi madre dice que me atrae todo lo que me supone un desafío.

Entierro mi sonrisa en su pecho y aspiro su olor antes de levantar la vista.

—Aunque no te hubieses apuntado al gimnasio, nos habríamos conocido a través de Flo y Martin.

Ladea la cabeza, meditándolo.

—Es cierto. Lo nuestro estaba escrito. Eso sí, lo pasé en grande pinchándote en el gimnasio...

Le pellizco juguetonamente el brazo.

—¿Por qué no me has contado hasta ahora que te hiciste socio por mí?

—Porque acababa de salir de una relación. En aquel entonces no estaba seguro de cómo reaccionarías si te lo decía.

—Bien pensado.

—Pero tenía intención de contártelo. Me lo estaba guardando por si un día me mandabas dormir en el sofá —dice contra mi oreja.

Con el corazón más hinchado que el bíceps de un culturista, le doy un beso en la comisura del labio.

—Te quiero. Me conoces tan bien.

—Y por eso sé que, en realidad, no quieres ver una peli ahora mismo.

Ladeo la cabeza como un corderito inocente mientras me cubre el cuello de besos suaves como plumas.

—Ah, ¿no?

—No. Tengo otros planes para nosotros.

—¿Qué planes?

—Un entrenamiento intenso de todo el cuerpo, y empezamos en este mismo instante.

Me inunda un hormigueo de expectación mientras finjo que dudo, aunque estoy a punto de arañarle el torso.

—¿Y de qué grado de intensidad estamos hablando?

—Alto. Múltiples series. Sin descansos.

Me mira impertérrito un par de segundos antes de curvar los labios con una sonrisa pícara. Clava en mí su mirada ardiente mientras me conduce de espaldas por el pasillo hasta mi habitación y me tumba en la cama.

Sonriendo, me empapo de la maravilla de sentir su cuerpo acoplándose al mío como si nunca nos hubiéramos separado. Como la memoria muscular.

Nunca me he sentido tan amada como en estos momentos, por mí y por él.

Puede que yo no le caiga bien a todo el mundo, y tampoco Scott. Nos reímos de tonterías. Preferimos morir antes que ponernos ropa de calle y salir de casa, a menos que sea para ir al gimnasio. No hay teatro. Ni aventuras locas de cuentos de hadas.

Somos sencillamente nosotros compartiendo la vida. Y cada día es un nuevo récord personal.

 # Epílogo

INSTAGRAMER CURVY DE FITNESS DENUNCIA
LA HUMILLACIÓN CORPORAL, INSPIRANDO
A MUJERES DE TODO EL MUNDO

En agosto, la instagramer de fitness Crystal Chen publicó una foto adorable de ella con su novio nuevo, Scott Ritchie, quien casualmente tiene un abdomen de tableta de chocolate. Lo que Crystal no esperaba era la avalancha de reacciones violentas que siguió a la publicación.

—La mayoría de los comentarios eran cariñosos y alentadores, pero tuve que soportar muchos mensajes horribles. Algunos decían que Scott estaba conmigo por mi dinero, o que me engañaba —declara a BuzzFeed News.

Chen prosigue:

—Soy humana. Me sentía culpable por permitir que me afectara lo que decían los haters, porque justo acababa de lanzar mi plataforma de Positivismo de Talla, la cual predicaba la autoestima al margen de tu raza, tus aptitudes o tu tipo de cuerpo.

»A decir verdad, ya no utilizo términos como "positivismo corporal" y "autoestima". Ahora me inclino más por "respeto al cuerpo" y "autoaceptación". ¿Por qué? Porque gustarte EN TODO MOMENTO no es realista. Todos tenemos días en que dudamos de nosotros mismos, y es entonces cuando hemos de poner el foco en la aceptación y el respeto, no en el odio o el amor. Yo puedo amar mi cuerpo y aun así tener momentos de duda sin sentirme culpable por ello. Estoy harta de ser "demasiado gorda" para la sociedad y al mismo tiempo demonizada por no "amarme de todos modos". Es un ciclo enfermizo, y necesité pasar por esta experiencia para verlo.

»Scott también recibió muchos comentarios de odio después de publicarse la foto. Mensajes de gente que le decía que podía aspirar a algo mejor, que le llamaba "cazarrollizas". También era elogiado por "ver mi belleza" más allá de la talla. La intención era buena, pero lo cierto es que a Scott le encanta mi cuerpo. Me dice que soy preciosa incluso cuando estoy sudando a mares en el gimnasio o recién levantada. Y lo quiero aún más por eso. Lo mejor de todo es que sé que es verdad. Siempre lo he sabido.

»Es fácil decir: "Oh, los haters no son más que personas envidiosas y desdichadas". Tal vez sea cierto. Es una pena que la gente no pueda ver más allá de la talla, el color de piel o el nivel social. Y me ha llevado tiempo comprender que yo sola no puedo cambiar la mentalidad de la gente.

Crystal expresa el deseo de que su historia sirva de inspiración a otros.

—Quiero que la personas que no encajan en los cánones de belleza convencionales sepan que también son merecedoras de una gran historia de amor. Todas lo somos.

* Nota de la editora: Después de esta entrevista, Chen anunció a sus 650.000 seguidoras que Ritchie y ella se han prometido y tienen planeado casarse en primavera. Para ver las fotos de la pedida de matrimonio y la sortija personalizada podéis visitar su cuenta de Instagram.

20.34 — PUBLICACIÓN DE INSTAGRAM:
«¿PAREZCO UNA PROMETIDA CON ESTE ANILLO?»
DE **CURVYFITNESSCRYSTAL**:

Hoy empezó como un día normal. Mi perro Albus intentaba frotarse contra mi pierna mientras yo bailaba por la cocina al ritmo de «Soulmate» de Lizzo (vuestro nuevo himno, no hay de qué). Luego Scott y yo fuimos al gimnasio para una sesión de piernas.

Después de entrenar me puse a grabar un tutorial sobre empujes de cadera. A media filmación (que estaba saliendo impecable) Scott se coló en el encuadre con una sonrisa extraña. Enseguida le reñí por estropearme el vídeo (es su *modus operandi* cuando quiere exasperarme). Me disponía a amenazarle con tomar acciones legales cuando clavó una rodilla en el suelo y sacó un anillo.

Dijo un millón de palabras increíblemente bonitas (deslizar para ver el vídeo). Al parecer, estaba estresado pensando que quizá debería hacer algo más elaborado. Pero fue perfecto. Encajaba con nuestro estilo.

Después de decir (aullar) SÍ, nuestros familiares salieron de un cuarto trasero del gimnasio, donde llevaban más de una hora escondidos. Creo que ese momento pasará a la historia como el más feliz de mi vida. Hasta la fecha. ☺

Crystal

Comentario de **Melanie_inthecity**: Me va a dar algo.　♡
MIS NIÑOS SE HAN PROMETIDO!!! *respiraciones en una bolsa de papel*

Comentario de **BostonKelly89**: Qué maravilla de　♡
anillo. Cuánto me alegro por ti. Quedamos en las Fiji para vuestra luna de miel ☺

Comentario de **Samantha_Tay1991**: Fantástico el
vídeo… cuánto te quiere ese hombre. Estáis hechos el uno para el otro!

Comentario de **FairyDustWeddings**: Escríbenos para　♡
que os organicemos la boda! Xo

Comentario de **Ritchie_Scotty7**: Eres preciosa por dentro ♡
y por fuera. Nunca dejaré de intentar superar ese
momento solo para verte sonreír. Estoy impaciente por
pasar el resto de mi vida contigo, hasta que tengamos
noventa años y vayamos al gimnasio con chándales a juego.
Te querré siempre, Crys.

Agradecimientos

Publicar *Sigue mi ritmo* con una editorial de renombre era un sueño que jamás imaginé posible. Me quedo corta si digo que no lo habría conseguido sin el apoyo, el cariño y la experiencia de mucha gente.

Gracias a Kim Lionetti, mi fantástica agente, defensora a ultranza de numerosas historias de amor escritas por autores diversos. Te estaré eternamente agradecida por todo tu apoyo, asesoramiento, experiencia y buena disposición para responder a mis preguntas indiscriminadas durante el proceso. Jamás olvidaré que me diste una oportunidad e hiciste realidad mis sueños. Todavía hoy me pellizco cuando veo tu nombre en mi bandeja de entrada. Gracias infinitas a los demás miembros del increíble equipo de BookEnds Literary.

Todo mi agradecimiento a mi editora soñada, Kristine Swartz, por creer en esta historia y luchar por ella en cada paso del camino. Uno de mis temores era que no se entendieran los matices de mi personaje y su experiencia vital como mujer china birracial. No puedo destacar lo suficiente lo mucho que valoro no solo tu buen hacer, sino tu conexión personal con tales personajes. Gracias al talentoso equipo de Berkley por hacer que mi primera experiencia editorial fuera tan fluida.

A la comunidad de bookstagram, donde comenzó mi pasión por la literatura romántica contemporánea: cuánto aprecio la lealtad y el apoyo conjunto de personas en internet que nunca he visto (y que se han convertido enseguida en verdaderos amigos). Vuestros mensajes privados, en los que expresáis la ilusión que os hacen mis libros, me alegran el día (no, la vida). Es en esta comunidad donde encontré a mis increíbles lectores beta y de sensibilidad. Gracias en especial a Kelly por tu vista de lince. Me ayudaste a hacer de este libro lo que es hoy.

Mi más profunda gratitud a mis amigas escritoras por vuestro apoyo y por sacarme de múltiples atolladeros. Agradezco enormemente a las #Berkeletes todas las risas en Discord cuando tendría que haber estado escribiendo. Sois, sin lugar a dudas, las mejores amigas escritoras que podría desear.

Gracias a Sam y Robin, mis amigas del alma: fuisteis las primeras en posar los ojos en mis espantosos borradores iniciales (mis más sinceras disculpas). Es a vosotras a quienes llamo cuando estoy atascada en un conflicto argumental (lo que me ocurre a menudo). Gracias por mantener en secreto mis tentativas como escritora antes de que tuviera el valor de contárselo a la gente. Sam, gracias por leerte todas mis historias absurdas y mal perfiladas de los últimos quince años. Fuiste mi primera admiradora y eso es algo que nunca olvidaré.

A mis padres. En primer lugar, confío en que esta sea la única parte del libro que hayáis leído. Ahora en serio: os debo todo lo que soy. A vosotros os debo mi amor por la lectura. Gracias, papá, por pasar tus fines de semana conmigo en Chapters mientras yo recorría los pasillos buscando los libros de Meg Cabot y V. C. Andrews. Gracias por dejarme acaparar el escritorio de la casa para pasarme horas tecleando mis relatos con la fuente Comic Sans.

Por último, gracias a John, mi marido. No imaginas cuánto he valorado tu apoyo incondicional a lo largo de este viaje. Has permitido que te desatendiera para pasarme horas encorvada sobre el ordenador escribiendo febrilmente, antes de saber siquiera que esta «afición» iba a llevarme a algún sitio. Has soportado mi ansiedad (verano de 2020, cuando la novela fue sometida a supervisión, no vayamos a olvidarlo), mis interminables dilemas con las tramas e incluso mi obsesión con los tíos buenos que creaba en la ficción. Gracias por traerme comida mientras escribo y por pelarme las clementinas y retirar las hebras, como Crystal hace para Scott. Eres mi eterna inspiración del héroe romántico (junto con Chris Evans, por supuesto).

«Para viajar lejos no hay mejor nave que un libro».

EMILY DICKINSON

Gracias por tu lectura de este libro.

En **penguinlibros.club** encontrarás las mejores
recomendaciones de lectura.

Únete a nuestra comunidad y viaja con nosotros.

penguinlibros.club

Penguin
Random House
Grupo Editorial